Wishing

You

Y-o-u-n-g

愿年轻的你，爱得热泪盈眶

花底淤青 著

暖心治愈励志文集，愿你邂逅一次久违的感动。

图书在版编目（CIP）数据

愿年轻的你，爱得热泪盈眶 / 花底淤青著. — 南京：江苏凤凰文艺出版社，2018.11
 ISBN 978-7-5594-2976-6

Ⅰ.①愿… Ⅱ.①花… Ⅲ.①故事－作品集－中国－当代 Ⅳ.①I247.81

中国版本图书馆 CIP 数据核字(2018)第 223785 号

书　　名	愿年轻的你，爱得热泪盈眶
著　　者	花底淤青
责任编辑	张　黎　张　婷
出版发行	江苏凤凰文艺出版社
出版社地址	南京市中央路 165 号，邮编：210009
出版社网址	http://www.jswenyi.com
印　　刷	南京台城印务有限责任公司
开　　本	880×1230 毫米　1/32
印　　张	7.875
字　　数	130 千字
版　　次	2018 年 11 月第 1 版　2018 年 11 月第 1 次印刷
标准书号	ISBN 978-7-5594-2976-6
定　　价	32.00 元

（江苏文艺版图书凡印刷、装订错误可随时向承印厂调换）

目 录

第一章　一人一骑，天涯不远　　001
你不是岁月静好，而是太懒　　001
有些梦想注定留在远方　　007
人生观决定人生，幸福观决定幸福　　015
千万别说"莫欺少年穷"　　024
没有靠山，那么自己就是最大的靠山　　032
步步回头的人怎么走得了远方　　037
一生张扬明媚，无须被宠　　046

第二章　也许有一个我你没见过　　054
每一片海都不一样　　054
你不用活在别人的标准里　　064
不要拼命修图，你本来就很好看　　069
活得漂亮，从来不是为了讨谁欢喜　　077
感情总是善良，残忍的是人会成长　　082
生命中最难的，是你不了解自己　　087
我们为什么要修养自己的心　　092

第三章　愿年轻的你，爱得热泪盈眶　099
梦中有颗叫伊范洁琳的星　099
你不珍惜，如何配上拥有　105
祝亲爱的自己生日快乐　112
词穷到只会说"喜欢你"　122
人世风尘起，惟爱无燎烟　128
你习惯暖所有人，那爱情唯剩冰凉　136
没有谁一开始就般配　142

第四章　焦虑大时代，请不慌不忙的生活　150
你可曾在意过灵魂的质量　150
长大的岁月里，我们未曾变化　155
就算我们不是诗人，也可以诗意地生活　163
真正的幸福，是将生活灌进柴米油盐里　169
对不起，我还过不起安逸的人生　175
一个人的生活更要精致温暖　182
谁的一生未曾做过荒唐事　188

第五章　温柔与爱，都在这里　195
我不介意荆棘　195
如果可以选择，我决定幸福　205
那些微小的改变，让我们越来越好　214
一生总得做一次飞蛾　219
你有多强大，就有多温柔　228
让你耀眼的，从来都不是别人　235
你单反相机里的向日葵　239

第一章　一人一骑，天涯不远

当窗理云鬓，对镜贴花黄。做女子当做花木兰，有"我自横刀向天笑"的气势，也有香气如木兰清凉古朴，种下花田自赏的淡定，不奢望幸运降临，一切听凭心意驱使。

执着，坚韧，温柔，像冷兵器。

也唯有成为如此模样，才能将自己酝酿成山涧清风润物细雨，活得恰到好处，如竹生长，温柔绵长。

你不是岁月静好，而是太懒

岁月静好如山如河，须压得住山摇地动，抵得住江河崩塌，拿捏得起百年沧桑变化。岁月蹉跎而去，再回首，愿你望见真切的烟火阑珊，而非泡沫碎影。

终归，纵使千军万马兵临城下，我也亲挚长戟一夫当关，耐受戏谑风雪，心仍旧安然如久居山水江南。

1

仲夏，杭州湖畔，余鱼约朋友去钓鱼。从晨曦至日暮，一坐一整天，钓上来三五只活蹦乱跳的鲫鱼，荷叶清翠，暖风微醺。

傍晚，与友告别，余鱼提着背篓回家，像"带月荷锄归"

的陶渊明。路上,她写说说:"晒晒太阳钓小鱼,岁月静好,你我安然,生活如此美丽。"她附照片,以九宫格的风景照来证明一日休闲快活。

底下评论高呼"666""文艺小仙女""闲得像神仙",一派艳羡景象,惹人眼红。

同时间,余鱼的父亲正打电话过去,催问她的工作情况。她打马虎眼,重复说找到了找到了,随即不客气地挂断电话。老父亲在电话另一端叹了口气。

两个星期过后,余鱼结余的生活费用尽,这时候惦记起父亲来,想了想,买了些便宜的土特产寄回家,电话里问候三五句,拉拉家常,最后提及正事:"老爸,能不能给我寄点钱过来?单位这边要办证,得花钱,我实习呢,工资还低着。"

父亲顿了顿,闷声闷气地同意了。

他挂完电话,慢慢步颠到屋外头,望着未收成的稻米地,回头看了看妻子:"老伴儿,女儿又要寄钱,你给准备些,我今天拿去银行寄了。"

"腿病咋办?"

"都是老毛病,不治算了。"

妻子有些不甘心,复道:"存了两个月的钱,这病就不看了?"

父亲摆摆手:"不看了不看了,我没关系,女儿要紧。"

无人知晓,闲情逸致的背后,竟是一副荒凉景象。

余鱼不是不知道父亲做了大半辈子农活的辛苦,她也并非不了解种地的艰辛与钱的来之不易。偶有熟悉的朋友劝她,但余鱼正经解释:不能如父母般重蹈覆辙苦累一生,眼下只争朝夕,能好过一日是一日,毕竟岁月静好,才是生命的意义。

朋友耸肩:"道理我都懂,但这就是你'啃老'的理由?"

余鱼闻若未闻，反正，她不想上班，朝九晚五的日子过着让人厌烦，在余鱼眼中，上班是浪费生命。

看似云淡风轻的日子过了很久，两年流水般过去。她曾找过几份普通的自由工作，如敲敲打打录入文档之类的细活，不过寅支卯粮，靠几百块的零钱度日，总归是入不敷出。

2

有一天，高中同学举办参观母校的活动，约定全班人马都得到齐，可唯有余鱼不愿露面。同学们电话轰炸，她捱不过面子，总算答应。

答应是答应了，翻翻衣柜，连件正式的大衣都未曾买得起，接连试了好几件，不是居家服，就是劣质品。

无可奈何，余鱼寻了个借口，朝父亲多要了几千块钱。老父亲也算是为她熬干了骨血。

回到母校的那日，余鱼光鲜亮相，同学们颇为惊愕。其实并非为一件衣服咋舌，而是不明她为何日日闲散赛神仙，却仍能过得起旁人努力工作后的生活。

有旧友凑过来搭讪，顺势请教，余鱼笑笑不说话。

与高中班主任一齐吃顿饭，大家闲散谈起余鱼的事情，班主任便因此有所耳闻。餐毕，熙熙攘攘的人群渐渐散去，余鱼正想离开的时候，班主任朝她打了个招呼："余鱼，等会我们单独聊聊。"

分明已经毕业，但老师找余鱼谈话，她心里着实吃了一惊，攥紧了衣角，有几分紧张。

同学们都离开了，余鱼像个孩子似的随班主任走进办公室，班主任是个中年妇女，面貌慈祥和蔼，她拉住余鱼的手，与她促膝而谈："余鱼，老师知道你是个好孩子。"

余鱼听这句话陷入云里雾里。

班主任的眼睛涩涩地眨了眨:"毕业那年,填报志愿,你父母亲亲自赶过来,背了两袋小米送我,就为了我能替你选个好学校。我指定了一个,告诉他们,学费可能不算便宜……你知道你父亲怎么说吗?"

余鱼压根不知道这回事,脸色黯然地摇摇头。

班主任轻轻拍抚她的手背:"你父亲说,他们这一辈子都是农民,辛辛苦苦就想让你去城市里读书,去过一些不必劳筋伤骨的日子。有时候,亲情之切,大概就是这样。"

余鱼点头:"我知道,可是老师,我……"

"没什么解释,余鱼,要知道,你不愿意面对坎坷,那就得有人替你负重,让你踩在他们的肩膀上攀登。"

"我也没办法,我只是想要岁月静好的日子。"余鱼皱了皱眉。

"责任感和罪恶感是每个有良心的人的必备品,最高档奢华的衣料,也不能替你遮掩原本的模样。你如隔云端,他们就如陷泥沼,你轻盈,他们无法自拔。有时候,做人比生活更重要,一个人,不能太自私。你不是岁月静好,而是太懒。"

余鱼动了动唇,落泪不止。

当班主任说出"你不是岁月静好,而是太懒"的时候,余鱼再没办法欺骗自己了。

一直以来,她将自己封闭在个人意识中,不接受任何人的眼光和看法。因为,这样过日子,是最偷懒最轻松的方法。也正因为如此,她成了个糊涂透顶的人。

所有人都在体谅她,但她从未体谅过别人。

从始至终,余鱼跟随一个错误的信念一条道走到黑。而今,终于被犀利戳破,像汽水瓶里摇晃出的泡沫,渐渐消弥,像心脏被掏出来狠狠捏碎。那一刻，她突然懂得去感受每一份苦楚与心酸，虚幻的"岁月静好"被利刃隔开，流淌出的，只是黑漆漆的乌墨。

3

我接到过很多私信，来问：如何活得岁月静好？如何活得风雅、活得漂亮、活得令人艳羡？其实，这个问题没有答案。

每个人的心态就是一张与众不同的答卷。

真正的好生活，依靠我们步步惊心地走，之后步步生莲；而非闭塞造作，将自己温柔成花室，让为我们奉献的人去承受风霜雪雨。

谈及懒惰，人之大敌。

懈怠一日，荒废一日，久而久之，亡矣。

徐志摩在《想飞》里写："飞。人们原来都是会飞的。天使们有翅膀，会飞；我们初来时也有翅膀，会飞。我们最初来就是飞了来的……但大多数人是忘了飞的，有的翅膀上掉了毛不长再也飞不起来，有的翅膀叫胶水给胶住了再也拉不开，有的羽毛叫人给修短了像鸽子似的只会在地上跳，有的拿背上一对翅膀上当铺去典钱使过了期再也赎不回……"

懒惰，是折断翅膀的软刃；是无色无味的毒药，慢慢催化羽毛落尽；是耳边风墙头草，教人萎靡、幻想、沉迷于安逸。

懒惰是个坏东西。

它住在你心里，每天早晨比你先醒来，悄悄地说："再睡五分钟。"你动容了，后来就不知怎地，睡过头了。

加班时候，它紧紧贴在耳畔鼓风："老板不在，我们回家吃饭打游戏吧！"结果你被克扣工资，差点儿丢了工作。

橱柜中摆出新品，你决定要努力赚钱拿下，没忍耐两天时间，懒惰伸出枝蔓缠住心神，劝你放弃，劝你想其他法子得到心仪已久的东西。"让别人送你吧""问父母要点钱，只要这一次"。

你看，其实懒惰蛊惑人心的时候都比你勤快。

终于，你深恨它，而懒惰表示很无辜，因为它就是你亲手制造的产物。每次偷懒，等同于给懒惰喂食，解锁牢笼，放它肆意驰骋。可是每一次戏谑过后的烂摊子，你都得一一承担。

不知几时，岁月静好被懒惰偷过来，当作完美的挡箭牌。它替你帮自己蹉跎的生命立下姓名，它说："这段时光不算浪费，这是岁月静好，是舒适美丽的。人生，就应该是这样。"

但请你记住这句话：生于忧患，死于安乐。

4

岁月静好的日子，愿你我亲自争求。

你可以去做一份喜爱的工作，完成梦寐以求的事业，达到成熟心态，平静面对苦难与欣喜，拈花一笑，慈悲为怀，心寂如湖。寂寞，但不孤独。寂寞是一种状态，独立自主，能控制自己的情绪，孤独那种萎靡不振的气势根本近不了身。自此，终于岁月静好，辛劳过的自己，尝过这世间的百态滋味，才晓得原来人生不止是只有一种味道，还有各种酸甜。今后，你懂得冷暖自知，有三五好友，一深交知己，日子圆满。

岁月静好如山如河，须压得住山摇地动，抵得住江河崩塌，拿捏得起百年沧桑变化。岁月蹉跎而去，再回首，愿你眺望见真切的烟火阑珊，而非泡沫碎影。

终归，纵使千军万马兵临城下，我也亲挚长戟一夫当关，耐受戏谑风雪，心仍旧安然如久居山水江南。

有些梦想注定留在远方

在那个四季如春的城市啊,所有的花都会盛放,外婆的从前,也是一朵花,生在昆明,长在昆明,后来迁徙了家。

1

第七年,第一周,第二天,早晨八点,贝琅搭乘火车从昆明回甘肃,从四季如春,归到干旱缺雨、昼夜温差大的故乡来。

贝琅从来不说她喜欢昆明,但认识她的人都知道,昆明是她的梦,是她的掌中宝,是一块心头肉。

年少时,贝琅跟外婆住,矮矮的屋檐下,总弥漫着扫不干净的泥沙。那是一个不富裕的小城,一个不富裕的家,破旧的木板木,用石头作笔,在刷过白漆的墙上刻字,刻"贝琅",刻地名,刻小乌龟……

外婆穿老旧的蓝布褂,袖子很旧,洗得泛白,边角都破了,缝缝补补着穿。外婆熬粥的时候,先撒一把白糖,等到盛出锅,再丢两块冰糖进去。她喜欢吃甜,贝琅也喜欢。外婆说,老一辈的人,越老越爱吃甜食,口味变得奇怪,吃不出其他味儿,只分得清两种滋味——苦,甜。

外婆还说,人呐,这辈子吃多了一种味道,下辈子就过什么味道的日子,趁她还没见阎王,赶紧多吃点糖。贝琅觉得有理,于是,过年的压岁钱全拿去买糖,家里的铁皮罐子里塞满糖果,各色的,什么口味的都有,多到两个人根本吃不完。

有客人造访,外婆把罐子掀开,摸出一大把糖,塞到那个人的口袋里。那些糖保存得挺好,只是一到夏天,难免会融化。渐渐的,蚂蚁排成队进屋,贝琅赶走一批,又来一批。后来,她夏天就不吃糖了。

夏天的罐子，总是空着的。

贝琅的外婆读过书，不仅识字，还会画画，这在同龄人中间，几乎是不存在的。贝琅听外婆说，外婆小时候是富家千金，家里有钱，跟着西洋老师学过油画，还会弹钢琴，总有各家公子哥上门提亲，外婆闭门不见。

说起这些的时候，外婆掉了颗牙齿、漏风的嘴巴抿在一起，目光如炬，神情高不可攀："那时候，她们还在读什么《女则》呢，你猜我在看什么，我在看那个谁，谁写得来着？叫《巴黎圣母院》。"

贝琅补充一句："雨果。"

"对对，就是雨果，我记得是什么'果'来着。年轻的时候啊，记忆力真好，现在老了，该忘的、不该忘的都忘了。你看我这手——"她拉着贝琅的手，皱巴巴、覆满褐色斑的手，与年轻光洁的手并排摆着。

外婆叹了一口气。

原本富裕的大家族不知什么原因，败落之后一蹶不振，等贝琅出生之后，外婆就教贝琅画画：奔走相顾的兔儿，外国画特色的花草，抑或是飘漾着渔火点点的湖泊，再或，一钩清冷冷的、柳梢头的弦月。

除却这些，外婆提过最多的地方，是昆明。

贝琅用小石头在墙上乱刻的时候，外婆也凑过来，端了一个小小的木头板凳，坐在水泥地上，佝偻着腰。瘦削的脊柱拱起来，支着单薄的外套，肉眼可见，一条线似的凸出来，仿佛是绵延的山脉。

外婆也从地上捡一块石头，在墙上反反复复写"昆明"两字，字迹冷峻，时而轻飘飘地写，时而一笔一划顿挫。贝琅问她，她就从头到尾说一遍，记忆中的前半生，以及那个四季如春的地方。

2

除了贝琅，没人知道外婆口中的昆明是什么模样。

贝琅的母亲也不知道，她的母亲忙着谈恋爱，偷偷摸摸与外地人订婚，外婆听说之后为时已晚。后来，那个男人带着其他女人跑了，母亲生下贝琅，独自去外地打工，许多年也不回来。

再后来，昆明就成了贝琅心心念念想去的地方。

去昆明不难，从甘肃通往昆明的飞机有很多，往返不过四五个小时，但贝琅一直没去。原因嘛，可能是太希望去，反而不敢去，就像太爱一个人，反而不敢随意亲近。

如果昆明是个人的话，贝琅恐怕是恋爱了。

2005年，贝琅念大学，报了云南民族大学，坐落昆明。她收拾了行李，在十八岁这一年，奔往昆明。她的生日在八月底，为了提前赶飞机，故而没有在家中过生日，这一年，她没有喝到外婆煮的赤豆酒酿，也没有吃到蛋糕。

贝琅每年过生日，外婆都会在菜市场隔壁的小面包房里，给贝琅订购一个巴掌大的、三朵玫瑰花造型的奶油蛋糕。面包房很小，师傅的手艺一般，蛋糕算不得美味，甚至做工粗糙，鸡蛋不新鲜。但贝琅挺满足的，不是所有留守儿童，过生日的时候都吃得起蛋糕。

贝琅离开外婆的这一年，没有吃蛋糕，吃了平生第一顿飞机餐：高个子的空姐推着餐车，温柔地问她，要鸡肉饭还是猪肉饭，要喝哪一种饮料，冷的，还是热的，需不需要毛毯……

贝琅连餐盒里附赠的萝卜干都吃完了，她很饿，提前知道飞机上有东西吃，所以特意留着肚子。她也觉得很美味，喝了多年的白米粥，极少吃这种意式口味的饭菜。

对她而言，简直好吃极了。

贝琅趴在玻璃窗上往下看，飞机穿过云层，云朵像棉花糖似的，她很兴奋，看见地面上的江河田地的时候，简直激动得不能自已。这许多年来，昆明是她的梦啊！

一个四季如春的地方，一个仙境。

之后，贝琅开始了漫长的四年大学生活。

高昂的学费以及不可避免的生活费，通过一张扁扁的、四四方方的银行卡打过来。为了省钱，贝琅几乎不回家，节假日总是待在宿舍里。遇到食堂关门，就去超市进购一箱方便面，袋装的那种，三十包，可以吃一整个星期。

贝琅喜欢睡到中午起床，这样一天只需要吃两顿饭，早餐省掉，又能结余一笔钱，肚子也不会饿。

大学生活不比从前，社交活动越来越多。贝琅参加学生会，听说要交服装费：一整套西服，一百二十块。她掰着指头算了半天，想了想，还是放弃了。毕竟，为了校内社交花钱，实在不值。

这样寒酸的贝琅没有朋友，也属正常。

舍友不太亲近她，太穷和太富的人，总让人默默地退而远之。似乎，人们更喜欢恰到好处的人，温柔和火爆都不会过头，这样容易交流，也大幅度提升了信任感。

3

四年里，贝琅回家四趟，过年。

其余时间，全在学校里读书，抑或，跟校外的小公司联系，做一些力所能及的活计，赚些外快。贝琅喜欢打工，她不怕累，只怕没钱，穷了太久，渴望富裕的安全感。

舍友们琢磨着，帮这个脑袋生锈的女孩找个恋爱对象：贝琅长得挺好看，细皮嫩肉，长了一双桃花眼，骨架子小，脸也小，在这个流行巴掌脸的时代，白瘦美即是正义。

贝琅的回应是——彭于晏。

她迷上了彭于晏，开始收集他的书、影视作品等相关资料来看。虽然不买周边产品，也不会像其他粉丝那样疯狂追星，但她对彭于晏的了解程度，不亚于其他粉丝。

贝琅喜欢彭于晏的原因很简单——全民励志男神。

贝琅在某本杂志里看过彭于晏的介绍。

贝琅看完之后，从骨子里喜欢上这样的男人。铁铮铮的硬汉子，抗压能力极强，像风，像阔海之中的岛屿，让灵魂栖息其中，又拼命，又快乐。

贝琅也是个舍得拼命的人。

所以，看《翻滚吧！阿信》的时候，她记住了一句台词："如果你的一生还有一次翻身的机会，就要用尽全力。"

于是，她用了四年的大学时光，去成为更优秀的人。从细节开始，改头换面，不再缩手缩脚。她存钱买了西服，去各个大公司应聘，找专业的设计师制作简历，每一点，都那么完美无缺。

变化总在一瞬间。

4

贝琅没有时间谈恋爱。

毕业后，80%的公司接受贝琅的应聘，简历没有什么重点，只是近乎耿直地申明：本人品质优秀，再穷，没动过坏心思，再苦，没放弃咸鱼翻身。

等到真正工作起来，贝琅突然发觉，自己和这座名叫"昆明"的地方相处了四年多,竟然没有旅游。没在翠湖公园观过锦鲤,没在金马碧鸡坊看"金碧交辉"的奇景,没赏过圆通山的樱花海棠,没踏过螳螂川的"下流浅狭,如倒流"的甘泉,她竟连昆明几块钱一大捧的鲜花都没有买过。

贝琅想,这四年,她算是白来了。

她想把这些话告诉外婆,筹备下一次回家的时间,准备再回昆明的时候,把外婆也接过来住一阵子。贝琅在昆明租了房子,挺小的,但两个人可以睡一张床,互相照应也方便。

贝琅想,到时候外婆肯定不会拒绝,水土不服的问题,绝对不存在。

昆明不止是贝琅的梦,还是外婆的故梦。

2011年国庆,贝琅回了趟家,旧房子拆迁了,施工队把他们的小屋碾成碎石砖块,在黄黄的泥土地上,碎散成一大片。这件事,外婆没有通知贝琅,还是不远处的小超市老板娘跑过来,告诉她的。

老板娘传话:"你外婆让我通知你,这儿拆迁了,你家搬到八万路那边的新小区,可漂亮了,你赶紧去那儿瞧瞧,保准儿喜欢!"

贝琅"哎"了一声,欢天喜地往那边跑去。

新建的小区果然美丽,欧式风格的铁栅栏围拢一条街,将住家区和步行街分割成两部分。小区的绿化极好,栽了一排香樟树,心形花坛立在正中位置,眼前的花,紫彤彤的、蓝郁郁的、黄澄澄的,各色拼接,像贝琅住在昆明的时候,花那样多,那样茂盛。

打电话回去,拨通,接电话的是一个年轻女人的声音,明显不是外婆。

贝琅一惊。

电话那头,贝琅的母亲说:"琅琅吧,我是你妈,你现在在哪儿呢,我去接你啊?"

"不用了,几栋几号,我自己回去。"

对于这位陌生的母亲,贝琅并不喜欢。多少年了,她像是被抛弃的孤儿,只有过年时候,才能见到母亲一面。听说,母亲在外地打工,可她活得光鲜亮丽,哪里像是打工的劳碌模样?

有时候,贝琅会埋怨:外头那么好,还惦记这个家做什么。

很快她就明白了,母亲偶尔回家一趟的目的。

贝琅四下望了望,没看见老人,随口问了句:"外婆呢?"母亲的目光躲躲闪闪,笑容僵硬在脸上,心里思量好的开场白还没说出口,就被堵在嗓子里。

贝琅察觉到不对劲:"我外婆呢!"

她的声音大了些,这些年,在外地学会的斯文与乖巧,顷刻之间,统统消失。

母亲轻轻"啊"了一声,依然没有回答。

内室走出来一个陌生的男人,模样憨厚老实,胡子剃得很干净,穿着一身休闲装,裤脚与袖口翻卷起来,折了两圈。他看见贝琅,笑了一下:"我是你妈妈的男朋友。"

贝琅漠不关心:"哦。"

母亲坐在沙发上,偏过头去,没有看贝琅。男人走过去,神色有些奇怪,几分于心不忍,几分沉痛:"外婆的事情,你还不知道吗?"

贝琅摇了摇头,她几乎预料到下一句话。

"外婆去世了。"

看吧,和她心里预料的,一字不差。

话音未落,贝琅的鼻尖一酸,眼泪径直掉了下来。之前,她还在电话里和外婆说好,今年接她去昆明看花,去四季如春的城市住，用不着每天早晨打扫屋门口的灰尘……明明约定了，怎么人就没了呢？

5

这么多年，贝琅的梦想就是去昆明，去昆明上学、工作、买房子，然后接外婆过去住下，享受下半辈子。明明约定好了，万事俱备，只欠东风了，外婆消失了。

留下一套房子，给这两个陌生人。

男人抚了抚她的背："外婆走了，你还有你妈。你妈也不容易，这些年在外地打工，好不容易升了职，只惦记着你，婚都不结了，非要回这里住着，等你回来。"

贝琅不知道男人说的话是真是假，但这么多年，她做一个留守儿童做得太久，几乎忘了，自己也有爸爸妈妈，心中梗塞已久，说不恨，肯定是假的。

"为什么不喊我回来，见外婆一面？"

"你外婆的遗愿是不想打扰你，希望你在昆明好好努力。她说，以后你问起来，就让我们告诉你，'在那个四季如春的城市啊，所有的花都会盛放。外婆的从前，也是一朵花，生在昆明，长在昆明，后来迁徙了家。不过没关系，孙女出息，替外婆回去瞧了瞧，那里的山山水水还是原样的吧？要记得，花总有枯的一天，也总会再开。'"

贝琅泪如雨下。

心中有千言万语无法诉说，她想亲口告诉外婆：梦中的昆明没那么美，美的是外婆口述的、曾经的昆明，那么风光无限，犹遗世独立之花，盛放于沧海桑田之中。外婆的梦，比昆明更美，她的梦是无法实现了，抑或，实现一半，代替外婆回到昆明，扎根下去。

后来的后来，贝琅在昆明定居了。

她的男友长得像彭于晏，空闲时间修习钢琴和油画，像曾经的外婆，魅力迷人。

某一天，贝琅和长得像彭于晏的男友看《剪刀手爱德华》。末了，主人翁躺在小沙发里，背朝壁炉，对小小的孩子说："我已经老了，我希望他永远记得我年轻时的样子。"

贝琅垂泪。

她好似看见了外婆，年纪大了，走不动路，牙齿漏风，笑眯眯地撑着拐杖，做着一个无法实现的梦。

我们怀揣着过往，将心思深藏，这个年代的速度太快，时常追不上流光的步伐，故此，不如让梦飞向远方。

有些梦想注定留在远方，驻扎在遥远的银河，化作一道北极星的光辉，远远的，亮晶晶，当作我们这一生追求的梦想罗盘。

人生观决定人生，幸福观决定幸福

你要为自己加冕，你等得太久了。

1

"人总是在接近幸福时倍感幸福，在幸福进行时却患得患失。"张爱玲的这句话，像一把刀，刺在芊薇的脊梁骨上，她直不起腰了，其实，从始至终，她都是弱势的一方。

为什么弱势，因为母亲说：咱们家里穷，比人家差一大截，人家买房的时候，咱们租房子，人家买车的时候，咱们连油费的钱都掏不起腰包……

芊薇觉得，自个儿没那么穷啊。

三室一厅的房子，八十平米，她的房间被装修成梦幻公主屋，老爸的单位每个月都会发奖金，虽然只有五百块，但足够他们一家三口下馆子——吃三顿餐馆，一星期一次。

芊薇想，我那个有钱的同学，他的家里开着几十万的汽车，家中装潢似宫殿，金碧辉煌，一排物架摆着各种陶瓷器件，奔马卧兔，显得格调高极了。实际上，同学的妈妈最辛苦，每天天没亮，路上空无一人，唯有她早早起床，打理完家事，随之马不停蹄，披星戴月挤着公交，去小店铺开张，揭开一天的生活。

她的生活，即是围着六尺宽的小店铺待上一整天，不管淡季、旺季，不分昼夜寒暑，像是在这巴掌大的地方扎根，每晚回家睡一觉，第二天又待在这里。私营的苦楚在于，没有节假日，什么星期六星期天，轮不到她休息。

小小的店铺，打理起来琐事极多。那位母亲见过各种人，面对挑事的、不给钱的、故意砸场子的……一个女人，背负着这些事，其中辛酸，无以言表。

因为有人愿意承受这份长年累月的辛酸，芊薇的那位同学，才得以住在漂亮的家中，过着挑剔的生活。但付出努力的那位，却从头至尾没有受到一星半点的爱戴。甚至，因为婆婆重男轻女的思想观念深旧，导致这位顶梁柱一般的母亲，没有一席之地，言论权永远掌握在他人手中。

芊薇问母亲：与之相比，这样的富有，你愿意和她对换吗？

母亲惊恐地摇摇头，这样的生活，再富有也毫无意义。生命的每一刻，做着讨厌且枯燥的事情，只是设想一秒，母亲便觉得无法忍受。

要知道，芊薇的母亲是规规矩矩的家庭主妇，每日买菜做饭即可，有心疼人的丈夫宠爱，丈夫是个老实巴交的人，不抽烟喝酒，不爱和狐朋狗友聚会，连一丁点儿奖金，都要悉数塞给母亲，得到一句夸赞，便高兴很久。

芊薇的母亲生下芊薇之后，身材变形得厉害，肚子鼓得像气球，医生缝线的时候，竟还因腹部油脂过厚，脱线了……

同学的母亲，在怀孕期间，丈夫出轨，小三儿的电话打到家里来，气得她几乎流产。没有离婚，坚持着，终于生下一个儿子，在孕期结束之后，狂减肥，瘦成闪电，为了留住丈夫的心。

芊薇说："身在福中不知福。"

母亲不吱声，目光意味深长，似乎反应过来：钱不能提供一个幸福的生活，幸福不幸福，也不甚与钱相关。

2

生日聚会，芊薇去同学家做客，那位辛苦又沧桑的母亲很是热情，糖果、瓜子、糕点，一应俱全，屋顶飘扬着彩色气球，桌中摆着一个圆圆的巧克力色双层冰淇淋蛋糕。

芊薇客气地接过茶杯，透过绿色半透明的茶水，她看见递过来的那双手，因长期劳动而变形扭曲，指甲被磨得极厚，拇指粗糙得不像话，皱纹是苍白色，干燥的皮褪了一半，毛糙的边缘不齐整地蜷翘着，像狮子没梳通的毛。

芊薇心中如针刺似的一抽，想起来男友的话：我们结婚以后，定让你十指不沾阳春水，乖乖做被宠的祖宗就好。

忽然，她觉得"十指不沾阳春水"，是世间最心疼、最温柔的爱意了。爱你爱到，舍不得让你的手变得粗糙，想让你纤细的腕，配上镶银的翡翠镯子，抚摸起来光滑细腻。这温柔似水的触感，是爱的具象化。

私底下，芊薇和这位母亲聊天。

谈及未来，芊薇表示不喜欢孩子，更不打算养育一个孩子。母亲大惊失色，眼珠子快掉在地上，捂着嘴，小声说："你怎么会有这种想法呢？现在，国家都开放'二胎'，你一胎都不想要吗？一定是太年轻啦……"

芊薇摇摇头："我是单纯性不喜欢闹腾，所以不喜欢小孩子。"确实如此，哇哇大哭的婴儿让她感到无比烦恼，而逐渐长大的、不受约束的孩子，令人喜欢，也令人烦恼，她不敢保证自己会喜欢一个"初来乍到"的人。

"等到你遇到爱人，你就会变了，你会在乎他的意见，他父母的意见，以及外面的闲言碎语……等到你四十岁，丈夫看见身边朋友都牵着孩子，唯独他没有，他就会抛弃你，然后找一个愿意为他生孩子的女人，一起过日子。"

芊薇眩晕，心中盘算着：这位母亲是从大清朝穿越来的容嬷嬷吧！

她反问："我为什么要嫁给这种男人？"

"男人总想着传宗接代呀！"

"不生孩子的女人，就没人要了吗？那个男人不是爱我的吗？没了孩子，就不爱我了吗？"

"是。"

芊薇表示无法接受这种"三观"。

她有房、有车，凭她的学历以及本事，月收入过万不成问题。加之，社会女性地位日益提高，每个人都为了自己的幸福而努力。眼下还有挺着大肚子的女人，四处打听是男孩还是女孩，为得到一个"女孩"的回复而惆怅不已吗？

人生观决定人生，幸福观决定幸福。

她似乎知道了原因，这位母亲活得如此操劳、如此辛酸的原因：这样的女人无论嫁给谁，都不会给予自己幸福的权利，打心底里,她连自己的肚子都交给其他人,毫无怨言地承受"男孩还是女孩"的封建关切,活得像是刻意讨好。如同鲁迅笔下麻木的中国人,如同祥林嫂的悲剧,在妄自菲薄之中,如何站得起来?不怪别人欺负,从根本上,周瑜打黄盖——一个愿打,一个愿挨。

芊薇不要过这种人生。

谁告诉我们,不生娃的女人的人生是不完整的?

她觉得,没吃过全世界美味佳肴、没经历过沧海桑田的变化、没养过毛茸茸的小动物、没能说走就走的旅行、没有舒适的二人世界……统统,统统都是不完整的人生!

比起生娃,孕育一个生命固然可贵,但一个女人拥有独特的自尊,上得厅堂,下得厨房,一辈子对得起自己的辛酸与付出,才是最值得骄傲的事情。

3

不出所料,同学的父亲再次出轨,被母亲抓住的时候,简直稀松平常,抽着烟,被窝里遮掩着另一个女人。男人像护着小鸡仔似的护着插足的女人,而沧桑的老妻则像扑腾着翅膀嗷嗷叫的老母鸡,被嫌弃得一无是处。

她发疯似的闹,却不打算离婚。

男人看中这点,不温不火,慢吞吞地说了句话:"你像个女人吗?"

女人愣住了,她看见雪白的被子里遮盖着一个皮肤白皙的女人,年轻貌美,身材纤细,头发烫成金黄色的卷发,生机勃勃,一双手染着俗气的大红色,尽管很土,但比起女人粗糙脱皮的双手,绰绰有余。

女人回头,看着落地镜中的自己:蓬松杂乱的灰黄色头发,皱纹横生的脸,脸颊的肉松弛地耷拉着,穿着一件黑色、妥帖的紧身毛衣，保守且沉闷，穿着灰色的运动裤，下身的宽松和上衣的修身搭配，显得格外滑稽。她的脚上，趿拉着一双旧得掉色、水钻残缺不全的凉鞋。

她的眼中透出深深的悲哀，即使此刻，她竟仍处于深沉的自卑当中，无法自拔。这一切，仿佛都成了她的罪过，她想赎罪，想变得更好，但她的丈夫似乎不打算给她这个机会。

从一开始就错了。

连自己都不爱惜，谁会爱惜你。

离婚协议递到眼前的时候，那双干涩的眼中早就没有泪水。她木讷地签字，看着丈夫冷哼一声，将她踢出家门。儿子的抚养权，她没有争取到手，这辈子，她便拖着破败的皮囊，为自己的失算，付出代价。

为这个家赚了多少钱，她不清楚，估摸着，家庭大部分收入源于她起早贪黑的劳作，现在钱存够了，被一脚踹走，对方拍拍屁股走人。

简直白活了。

女人想哭，但哭的理由都没有，想来想去，一切都是她心甘情愿的选择啊！一开始她就知道，这个男人不适合过日子，但她总以为，"女人跟定一个男人，就得跟他一辈子，女人嘛，就该这样本本分分"，挂在口头上的这句话，终于打了她凶狠的一巴掌，让她趴在尘埃里，无法重生。

你本可以幸福，但你拒绝了幸福。

有一类人的想法很奇怪：他们总想通过不幸福的举动来换取幸福，好像拼命工作就能过上好日子似的，结果常是，拼命了大半辈子，也不过多了几个大件。生命的瑰丽，眼前的幸福，却是"危楼高百尺，手可摘星辰"那般遥远。

4

沈殿霞的女儿郑欣宜减肥失败，不仅体重未减，反而疾病缠身，折腾良久，重回原点，她说："原来自我嫌弃的路是如此崎岖又令人疲惫，相比之下，爱自己这条路，更值得好好走下去啊！"

没有标准幸福模式，每个人的人生都是独一无二的那一份，好不好吃，好不好看，由你决定。

郑欣宜依然肥胖，依然被人笑话，但这世界上总有胖乎乎的人，总有头脑不灵活、成绩差的学生。你不能因为不美好，就一瞬间恼羞成怒，和自己对峙，最后得不偿失，身与心两败俱伤。

想要什么样的人生，由人生观决定。

度娘对"人生观"做出了官方经典解析：人生观是指对人生的看法，也就是对于人类生存的目的、价值和意义的看法。人生观是由世界观决定的。其具体表现为苦乐观、荣辱观、生死观等。

读者莹和我联系，表示心情抑郁，莹说："我不知道下一刻，我会做出什么事来。"

莹的学校是省重点高中，能考上这等学府的学生，都有一颗顶呱呱的聪明脑袋，我常羡慕这一类人，因为他们聪明，做事想法总比其他人更灵活。

但是，莹羡慕着"坏小孩"的生活。

高兴了，约三五好友扎堆喝酒，难受找茬打一架，不在乎别人的目光，管他什么能力、学历、各色证书，活得开心，临死的时候回想起来，够本，不亏。

莹的人生观与"坏小孩"契合，却天生好成绩，门门考前几名,那样肆意又嚣张的青春期膨胀生活,她一天都没尝过。她坐在窗明几净的教室里,老实本分的姿态,托着腮,悄悄地幻想穿着夸张的皮衣,骑最狂野的摩托,一路飙上山路,在顶峰朝人挥手。

她抑郁,眼下安静的生活,似乎不是她想要的。

我回复她:"别着急,等两年,等你长大,再决定想不想要。"

两年后的莹,来安徽找我。

现在的她,是职场 HR,活得潇洒恣意,能泡吧喝酒,也能正装出席,能搂着小闺蜜的肩膀混烧烤摊,也能坐在车里,系好安全带,稳稳当当地开车。

年少的人生观总是充满幻想,犹如空中楼阁,一半梦幻,一半遥远,故而,显得遥不可及,距离产生美,抓不住的东西永远美丽。

莹见我时,泪眼婆娑,她的第一句话:"我差一点就错了。"她差一点就随心所欲地疯狂,脱离校园,脱离乖乖女的身份,差一点成为把头发染得花花绿绿,俗不可耐的小混混,差一点成为坐在石阶上,就着啤酒啃鸡爪的庸俗女人。这不美。

莹说:"我想要的人生,是炫酷完美的人生,如果没有坚持长大,可能,我不会去看时尚杂志,审美眼光依旧停留在年少时代,喜欢把耳朵戳得满是窟窿,然后发炎,疼得龇牙咧嘴去医院……"

现在,她已是踩得了高跟、穿得了球鞋的时尚 HR。

这一切的成功,归功于莹的人生观。

怎样的人生观,决定构成怎样的人生。打个简单的比方,人生观如同幼时爱玩的软泥,你想过什么样的生活,就把软泥捏成心中的形状,不管你喜不喜欢成品,它都已经造成,并且由你亲手创造。

你的人生，一直在你手中，我们是自己生命的设计师，不自我妥协，就不会不幸福。

你要为自己加冕，你等得太久了。

5

那些幸福的人，似乎不那么幸福。

你看，摆地摊卖白菜的小姑娘，烈日底下给菜喷水，你问她多少钱一斤，她笑眯眯地答你；中午，你在为策划书发愁，取外卖的时候路过，看见她从篮子底下摸出一个软烂的鸡蛋饼，嚼吧得一身劲儿，路过一只野猫，她勾着嘴角看。

你看，那家人的儿女没考上名牌大学，新出生的二胎喝着廉价奶粉，老公的工资数来数去没有三千块，婆婆又生病了，妻子炖了点鸡汤，趁热送医院里去，婆媳关系好得很，不吵不闹，儿子学了一门手艺，毕业留在家乡，每日都看得着他，父母心头挺乐呵。

你看，穷得旅不起游的同事，每天朝九晚五的上下班，在你眼中过着毫无意义的生活，新交的女朋友喜欢吃火锅，两人在美团、糯米的推荐里找了好久，挑了家实惠的火锅店，吃上一顿，心满意足。

不完满的人生，在别人那儿过得有滋有味，上天给你一副好牌，你却打得愁容满面。

你鄙视他们的不幸，他们看你，却如看束之高阁的宝物，见不得光，只能终生待在华而不实的宝盒里，起不了一丁点儿作用。

有一个好友的男友住在东北，祖辈都是农民，种地。

我印象的农民，大抵是面朝黄土背朝天，日子清苦，苦不堪言。结果朋友说，男友一家子种地，趁早晨四五点没太阳的时候去，耕完地沟沟，七八点钟回家，吃小米粥，歇着。一年忙两个月：一个月种，一个月收，其余时候歇着。

歇着的时候，母亲绣花，靠手工制品赚钱，算不上富裕，但手头宽裕得很。儿子读书回家，老父亲热两壶酒，好好絮叨絮叨，一夜，听着蛙声蝉鸣入眠，在竹林兰丛醒来。真是难以置信，风雅闲趣至此，人生何求？

听完，我的梦想由写书，变成种地。后来，逢人便说，我想去种地。

人生观决定人生，你决定人生观。

幸福观决定幸福，你决定幸福观。

怎样活着，都无伤大雅，哪怕颓圮得跟墙角下那块泥垢满身的青苔似的，别慌，下雨还能长出一颗蘑菇呢。炖汤，一瓣，一瓣，吃起来滑溜细软，不腻，口感和吃肉差不多。

哪有不幸福的人生，只有不懂品尝幸福的人。

千万别说 "莫欺少年穷"

少年，千万别说"莫欺少年穷"。

最好的证明，最有力的回击，莫过于无声胜有声的自己。那一步步、一步步踩在彩虹里的脚印，是我们生命里，最斑斓的痕迹。

现在，就缄默成河，背着一整颗心的梦想，漂流。

1

久别相聚，饭桌上，男同事说起失恋经历，把酒瓶子撞得哐哐直响，用手背抹了抹嘴，愤愤不平。

第一章　一人一骑，天涯不远

"没车没房不能恋爱吗？没钱就要被嫌弃啊，没钱就没有夏天啊！我其实很辛苦的，一天到晚都要想着怎么赚钱，怎么赚更多的钱，我没钱但我很体贴啊！那些有钱人都朝三暮四的，我能矢志不渝啊！我这么善良这么可怜，你们拜金女还鄙夷我，要是有一天，穷人都变成了大富翁，那世界上就没有那么容易证明真爱假爱的方法了呀！"他一口气说完，好像在讲单口相声。

一齐男同志全部拍桌："心声！"

两天后，看他挂上签名：莫欺少年穷！

毕业分手季，闺蜜拉着我找男友分手。

我第一次听人亲口说"莫欺少年穷"，即是闺蜜的早恋对象。原本，俩人约定一起考进上海高校，实现校园恋爱，完美收官。结果，男方失利：不能算他失利，压根就没努力，高三下学期彻底疯了，逃课、打游戏、打架，变得莫名其妙，当然，考试必挂。

闺蜜说完分手之后，男同学一脸错愕，满脸写着：什么？我考不上你就要跟我分手？你居然是这种女人！他的眼神充满恶毒与嫌弃，像是在看一个浪荡的风尘女子。

不出所料，男生果然开口就问："是不是因为我没考上？"

如果是我，我不会问这么愚蠢的问题。一来丢人现眼，二来愚蠢至极。本来已经矮了一截，问出口，等于给自己敲上一棒子，往土里栽得更深。

"是啊。"

"你和那些……有什么区别？"男生表情扭曲。

闺蜜怒了："连这点努力都做不到，你能为我做到什么，我还能指望你做到什么？你拿什么资格跟我说，我和其他人有什么区别。你呢，你和咸鱼有什么区别？"

闺蜜拉着我就走。

路上,她哭着问我,她是不是做错了?

我在她手心里比划了一个勾,完全正确。

时隔不久,三人又相聚,那位男同学在同学聚会里,不知是谈起了什么,刻意亮开嗓子,朝着闺蜜的方向,大声说:"莫欺少年穷!"

闺蜜一时尴尬,如坐针毡。

我笑,大步走过去,开了一罐啤酒,边喝边说:"咱们不欺少年穷,只怕胸无大志的人,懒洋洋地过日子,最后穷疯了,拖累了别人,还不许别人看不起,像孔乙己似的一身酸气,惯得什么臭毛病,还说莫欺少年穷!"

众人哄笑成团,那位男生的面色,憋得青紫。

"喊,拜金就是拜金,解释什么……"

"喜欢一个有本事、有未来、管得住自己、照顾得了女朋友的男人,有错吗?"

男生怂了,不再吭声,本来就不占理,再说下去,自己都嫌自己小心眼。

闺蜜一脸欣慰看着我。

女生们渴求的都是人穷志不穷的汉子,腰杆挺直,性格如松,绝不眼高手低,脚踏实地,说到做到。这样的男人,别说嫁给他,跟着他种地,我都心甘情愿!

堂堂正正的男子气概,就该如此。

我从不偏袒谁,新闻里的十四岁男孩女孩结婚,女孩怀孕,男孩对女孩说"我养你啊",评论里点赞最高的是——拿什么养,剩饭吗?

底下"哈哈"声一片。

不怕你养不起,就怕你养不起还夸夸其谈。

不怕穷到掉渣，怕的是你光说不练假把式。

此"穷"非彼"穷"，99%的人并非含着金汤匙出生，我们何曾谁比谁富裕了？但，总有好事者喜欢给别人欲加之罪，比如：你不接受我，你就是贪图钱财，宁愿坐宝马里哭，也不愿跟着我笑！

少年啊，你可能误会了，跟着你，才会哭。

鲜少有人记得，男人该有男人的硬骨头。硬骨头是用来跨越坎坷艰难的障碍，而不是对着女朋友挥拳头，来证明自己多么man，多么了不起。

我见过，男生带着女友打游戏，输了之后，把女友臭骂一顿，气得几乎分手。别不信，大有人在，十之三四，只多不少。

这样的男生，实在是太low了！

2

眼下的男人们，小部分被社会磨圆了脑袋，似乎都忘了什么是男子气概，他们只记得：抽烟喝酒必须会，人情世故要花钱，男人得穿一身名牌才倍有面儿，媳妇要漂亮体贴气质佳，才带得出去。

没人拿正经赚钱当荣耀，没人将顾家当责任。

他们乱七八糟地闹了一通，像小孩子在自己的世界里，撒娇打闹。最后，玩具玩坏了，该承担的责任承担不了。为了显得不那么衰和幼稚，着急忙慌地给自己贴上"莫欺少年穷"的标签，恨不能让人高看他：看啊，我虽然败落了，但是还有机会东山再起！

事实证明，不能。

就像闺蜜的男友，复读一年照样挂科，最后跑进专科院校，浑浑噩噩地混日子。

我见过有骨气的男人，从不说"莫欺少年穷"。

他们更不会张口就来"三十年河东，三十年河西"，像"骑驴看唱本——咱们走着瞧"这种只用来放狠话，没什么实际意义的文字。那些俗到爆的、吓唬人的句子，他们口中吐不出来。

这些话是说给人看的，读懂就行，不适合作为针尖对麦芒的较量之言。

爱说这些话的人，常常脾气暴躁，性格幼稚，容易自打巴掌：先拿话给自个儿撑足腰杆，撒完火气，安慰自己，随后惰性渐长，慢慢忘记了当初奋斗的目标，常不能一鼓作气，反而眼睁睁地看着衰竭。

要知道，许多事情，是说不出口的。

就得一门心思憋在肚儿里，狠劲儿憋着，不留情地憋着，养在不透风的玻璃罐里，让自己积蓄着一股力量，日见其大，于是某天，终于冲破当头磐石。

解恨，过瘾。

真正的实力人物，总是拿客观说话，静默之中都藏着威严，骨子里刻着一把名刀，又冷，又锋利，削铁如泥，骨骼坚毅，他们，是一把冷兵器。而越是没本事的人，越喜欢事先放狠话。

所谓"莫欺少年穷"的话，那是告诫世人，不要低眼看人，并不是我们拿来为自己贴金的标码。

如果你已年满十八，再用这些话拿来开脱，无论男生女生，都是对自己的不负责任。只有成为更好的自己，才有资格与其他人 PK。用放狠话来吓唬人，你与其他人的 level 就不在一个高度之上。

3

脱掉"穷"的帽子，首先得胸怀大志。

不一定是大志，但至少得有志向，有目标，有奋斗的方向。拥有对美的向往，紧盯人生的路标牌，才不会迷路。穷不是一辈子的事，只要你想，随时都可以摘掉"穷"字。

志不穷，人才不穷。

在播音室工作的妹子A跳槽了，理由是：不想干了，没前途没未来，晋升是不可能了，里头的职位稳定一万年，根本没有调动，虽然舒服得要死，工资发下来，却舍不得买两支口红。

我支持A，年纪轻轻，不怕改变。

A是个有独特想法的妹子，平时留着披肩长发，穿韩范的夹克和板鞋，离开播音室之后，她在网络开设了新平台，做起热门笑料的解说。网红时代，信息的流通飞速。短短两个月，粉丝暴涨，一时间，A的平台竟火爆起来，形成几个小型粉丝团。

意料之中，A妹子声甜貌美，多话，生性爱拼，这个职业适合她，光靠做解说员，足以赚原先工资的两倍，别提几支口红，就是上万的包，也有能力支付。

想起她，就会想起迎着太阳旋转的向日葵，金黄灿烂。

A说："累点没关系，终于买得起想要的东西。这种感觉很不一样，变得更独立，更有自信，很多事情不用烦恼，我会果断地决定下来，实在爽快！"

过了一阵子，我年底约她吃饭，她又换了职业。

我愕然，问她："这次换成什么了，靠不靠谱？"

A笑得水灵灵，吸了一口奶茶，嚼吧着软糯的珍珠："配音员，有个公司正好缺人，熟人推荐我过去试试看，我就去啦，工资啥的都 OK，主要是我个人挺喜欢的。"

我点头，又问："那比起解说员，配音买得起包吗？"

A 摇摇头："买不起。不过，这家公司可以靠实力晋升，以后我啊，配配音也好，教教新人也好，人总是在往高处走的。虽然这里起步不高，但今后会慢慢好起来的。"

我问："什么时候恋爱？"

A 含羞，红云飞上脸颊，指尖有节奏地敲击桌面："不着急啦，目前有一个中意的人，和我一家公司，对人挺好的，又上进。"

我放心下来，听起来两人般配，都是硬朗干净的性格，那些美好的未来，合该属于她这样可爱而生机勃勃的姑娘。好姑娘，该有好未来。

我们总想活得精神饱满、光彩照人，想避开趋之若鹜的潮流，想开辟一片自由、真善美的天地。想要完美，让人生不再艰难，就得具有强大的能力，我们变得游刃有余之时，一切都会变好。

人穷不是罪过，但志穷是。

4

因为没钱离开你，是拜金；因为志穷离开你，是理所应当。

若是舍不得，就该闭上嘴，埋头努力去，等到有本事挺直腰杆，才像个硬汉，证明自己的实力，报之以无形的回击。

若是张口闭口怪罪其他人对你的放弃，想一想，别人又不欠你的，凭什么跟你遭一辈子罪？凭什么放弃自己的追求与大好时光，和你待在一起，生锈腐败？

反之，无论男女，都一样适用。

一边羡慕别人好身材、好气质，一边吃着薯片喝着汽水，还幻想自己能成为《干物妹小埋》中的女神、女神经随意切换状态，告诉你，想都不要想，做梦。

常有女人安慰自己："我瘦下来可好看了，我瘦的时候呀，就一百斤不到呢！小瓜子脸，比你们的圆脸还好看！"

你扪心自问，瘦得下来吗？瘦得下来至于沦落至今吗？还不是不肯减肥，胖得像只不健康的气球，遭到别人嫌弃的目光，然后气鼓鼓地解释。抑或，节食两周，第三周铺张吃喝，全部重来。

不舍得对自己狠心，又想得到好东西，天下哪有这等好事情。

靠嘴皮上下触碰，吧啦吐出来的话，从来没有说服力。

没有人愿意和差劲的人做朋友，古书里也写"往来无白丁"，不夹杂偏见，单纯性喜欢、愿意亲近那些浑身散发着魅力的人。成为魅力四射的人，没有捷径，只能拼命。

与其为了解释言之又言，不如抿紧嘴巴，沉下心来，勒紧裤腰带，管好自己的胃，扼杀懒惰，认定一个目标，痴狂进去，发疯似的努力，面包、爱情、九十斤的体重……都会有。

努力即是铠甲，坚毅与圆润皆由历练而生，我们拼一些，再拼一些，让空虚出现不了，让日子被填塞得丰满无比，更用力的摆尾，跃过龙门，别再转发锦鲤求过关。

最好的证明，最有力的回击，莫过于无声胜有声的自己。

少年啊，千万别说"莫欺少年穷"。那一步步脚踏实地，一步步踩在彩虹里的脚印，才是我们生命里最斑斓的痕迹。

现在，就缄默成河，背着一整颗心的梦想，漂流。

没有靠山，那么自己就是最大的靠山

当窗理云鬓，对镜贴花黄。做女子当做花木兰，有"我自横刀向天笑"的气势，也有香气如木兰清凉古朴，种下花田自赏的淡定，不奢望幸运降临，一切听凭心意驱使。

执着，坚韧，温柔，像冷兵器。

也唯有成为如此模样，才能将自己酝酿成山涧清风润物细雨，活得恰到好处，如竹生长，温柔绵长。

1

江南雨季，四月扬州，适合约友喝茶。

茶舍里，朋友说，他家小妹厉害得出奇。豆蔻年华，长得像古典美人，芭蕾舞学者，登过省级舞蹈厅出演。学霸身份从未丢下，从小至大的尖子生，奥赛奖状多得捆成一扎，压箱底。次次家长会必被提名表扬，院校活动也少不了她的身影。

我唏嘘不已，握着茶杯感叹：看样子，做她同学很辛苦吧？毕竟这是"别人家的孩子"，典范中的典范。

朋友笑起来："厉害的不是小家伙，是她的爸妈。"

我疑窦丛生，看他细说："小家伙的爸妈是'海龟'，独立性很强，从小教育小家伙独立自主，想要什么东西，就得亲自做到，在他们家从未发生过不劳而获这种事。'衣来伸手，饭来张口'更是不可能。"

在中式教育体制下，不溺爱孩子的父母，实属罕见。

朋友接着说："小家伙从小做事就得靠自己，想买个芭比娃娃，得按照父母的要求洗完一百个盘子，否则没有商量的余地。怎么说呢？她活得像个大人，很成熟。"

我心疼道："年纪轻轻就失去童真，不太好吧？"

"我问过她的爸妈,他们说,要让她从小明白一个道理:没有靠山,那么自己就是最大的靠山。"

那时候,我觉得这句话过分矫情了。何必小小年纪步入辛苦,何必丧失天真烂漫的童年?每个人与每个人之间互存依赖感与幸福感,宛若松间莹露、碧中花朱,才是寻常且美好的生活状态吧。

但当我遇见那个小家伙,才知何谓大错特错。

2

小家伙叫月月,初中年纪,模样娇矮,瞧起来像小学生似的。过两天,我领她去看新海诚的《你的名字》,正在等候大厅里排队领票,一眨眼的工夫,月月便不见了。

我与朋友皆吓了一跳,左顾右盼两分钟,才瞧见月月从食饮店里急匆匆地走出来。她抱着两袋爆米花、拎着三大杯朱古力奶茶跑过来,蹦蹦跳跳,可爱得不像话。

"喏,"月月将零食分拿,塞进我手里,"姐姐你爱喝朱古力吗?我买了朱古力味的,不知道你喜不喜欢。"

我摸摸她的脑袋,只觉得她很聪慧,饮料零食于心底的分量极重。这些零食的价格与电影票价相当,虽说是我请她看电影,她却将价格尽数还回,也不知是有意还是无意。

进播放室后,荧光屏亮起的那一刻,月月便不再说话,安安静静地盯着屏幕,滋滋嚼着爆米花。

我对月月的印象极好,她比想象中的孩子懂事得多,不阿谀奉承,也不羞涩内敛,倒是落落大方,笑眯眯的模样看起来令人愉悦。我有些好奇,便悄悄问她:"月月,你好端端地为什么去买东西吃?"

月月脑袋一歪:"总是要吃的,我先去买快一些嘛。"

我想起我小时候，只懂得牵着爸妈衣袖，瑟瑟缩缩站在他们后面。若是想要什么，窃窃伸手指指点点，爸妈示意，便帮我取得。我好像从未亲自去拿取什么，也未见过同龄的孩童做出如月月般的举动，仿佛躲在父母身后，是理所应当。

　　月月不同，她像一个小大人，与我相处如朋友一般，并无何代沟可言。即便我阅历胜过她，但她却懂得相处，懂得分担做事，在人际交往方面，她甚至胜过我。

　　我有些羞涩，拿起奶茶喝了一小口，不料挤出一股褐色汁水溅在衣服上，瞬时印出一大片咖啡色斑块，难看得要命。是时，脑袋里开始循环播放《别找我麻烦》："是注定的吗，我穿上了白衬衫，拿一杯咖啡偏在我身上倒翻……"

　　"啊，姐姐。"

　　等我反应过来，月月已经捏着我的衣角，用随身带的餐巾纸使劲擦蹭，弄了好半天，颜色稍稍浅缓，但相较我的白衬衣仍旧是一抹亮眼的瑕疵。

　　月月停下来，掏出手机百度片刻，盯着我说："姐姐，奶茶渍得用冷水洗，现在去洗手间还来得及！"

　　我一句话未来得及说，就被小小的手紧紧牵住，去洗手间将衣服一角洗干净，再贴上纸巾，待干后污渍隐约看不出来。

　　在月月面前，我反而窘迫得像个孩子。

　　朋友笑说："月月是不是特别懂事？"

　　我摇摇头："不止是懂事，更是骨子里透露出来的独立，独立到不需要依附任何人，还可以帮助别人。年纪轻轻，以至于此，我不敢想象，长大后的月月会成为怎样厉害的一个人，但我非常清楚，她有松柏一样的精神，还有山海的善良胸怀。感谢她的父母教会她那些道理。"

3

念及月月，又想起我的小姑。小姑的母亲对小姑的容貌引以为豪。自此，让她十指不沾阳春水，日日闲着，只为找个金龟婿将小姑风风光光地嫁出去，便算完结了一桩美事。

后来，小姑遇到了一个男人，男人很欣赏这样的容貌。

花了半年时间谈恋爱，他们结婚了，似乎郎才女貌天作之合，但悲剧来得比龙卷风更快。

小姑没有工作、不会做饭，男人每月都会出差，隔着两个市的距离，偶尔通通电话，时间长了便觉得无所谓了。一回家，男人看见小姑躺在床上玩电脑、吃泡面，乱七八糟的内衣裤全堆在椅子上，小姑则是蓬头垢面，看起来没洗脸刷牙，家中一团糟。

男人生气："能不能有点女人样？"

两人逐渐吵起来，你一句我一句，相互不让。最后，男人离家出走，隔了一日，离婚协议书送到家中。小姑慌了，打电话过去，起初没人接，后来男人终于接电话。

小姑觍着脸求饶，男人冷冷地说："我喜欢其他人了，离婚吧。"

这婚是离定了。但离了婚，小姑该何去何从？没有积蓄，又拖着身无长物的躯体，靠什么生活？

小姑的母亲将小姑带回娘家，自此以后，总嫌小姑是个绣花枕头，有脾气便朝她撒气。失去母亲与丈夫两座靠山的小姑，也成了被人奚落的对象，常常以泪洗面，也无人问津。

背靠大树好乘凉，靠山确实足以令人腰杆挺直。可很多时候，我们忽略了靠山存在的意义，也忽略了自身内力的强大之处。山，养育我们，但我们总习惯依附于靠山带来的裨益，最后坐吃山空,某种错误伊始于心底,终了发觉了,后悔了,才知道靠人不如靠己,却真切地回不了头了。

倘若小姑像月月一般,懂得独立自主、处理棘手之事,兴许完全不会落得如此悲惨境地。至少,也能过上寻常的烟火日子,看炊烟袅袅,听膝下儿啼,与丈夫相濡以沫,共度余生。两人恪守一句"执子之手,与子偕老"。

苦难教人成长。

逢年过节,再见小姑时,见她会下厨做菜,也会忍着冬季寒凉,用冰冷冷的自来水清洗碗筷。她学会洗衣做饭,知道什么衣料只能手洗,什么布料会掉色。小姑找了份工作,原先当客服,后来开网店,卖些手工制品,倒也自给自足了。

我问候她,小姑会眯眼笑,温和善良,没有以前的幼稚犀利。

月月的爸妈说得没错:没有靠山,那么自己就是最大的靠山。幸福掌握在自己股掌间,才是真幸福。

4

每个人有每个人的远征,也有不同的归途。

时过境迁,沧海桑田,靠山山会倒,靠水水会流。若依赖旁人,也只倚靠得了一时,倚靠不住一世。当我们失去靠山,离开纵容我们驰骋任性的草原,那么唯有强大自身,将心坚固成铁甲骑兵,将能力巩固成城墙厚土,在心尖上栽下苦橙花,泠泠然地绽放成诗,面对艰难险阻时才能不动声色,管他如何喧嚣,我自屋中静梳头。

从此,山河永寂,拂去旧尘,万般不乱心。

当窗理云鬓,对镜贴花黄。做女子当做花木兰,有"我自横刀向天笑"的气势,也有香气如木兰清凉古朴,种下花田自赏的淡定，不奢望幸运降临，一切听凭心意驱使。

执着，坚韧，温柔，像冷兵器。

也唯有成为如此模样，才能将自己酝酿成山涧清风润物细雨，活得恰到好处，如竹生长，温柔绵长。

步步回头的人怎么走得了远方

叮当的风铃在屋檐下吟唱，目送远方的人。归途的柳树仅用来怀念罢了，那间熟悉的屋舍裹着浓厚的希翼，希翼你变得更好，千万别停留于此，你的归宿在远方。

1

在徽州小镇，多数人的生活是相同且相通的。

二十年读书，十年上班，五年婚姻幸福，剩下的日子，即是枯燥的工作日和鸡毛蒜皮的吵闹声。

邻里关系亲近，偶尔互赠绿豆糕和栀子花，但亲近的多了，免不了磕磕碰碰。之后，彻底吵闹起来，摔盆砸锅、指桑骂槐，请居委会大妈前来评理。抑或，面上是一套，背后一套，关起门来说闲话，第二日，总结总结，去菜市场，与扎堆的老妇女攀谈家事。

小樱土生土长在徽州。

江南人的脾气算是温婉，不会大动干戈，鲜少有人打架，功夫都练在嘴皮子上。故而，骂起人来，让我不由联想起周星驰的电影，夸张炫酷，引一围人站旁指指点点，也不收敛。

妇女们最经典的，还属买菜的通病。

先捡一捆脆生生的绿芹，翻来覆去地瞅，瞅完了，往案板上一丢，直愣愣地开口："多少钱？"老板开完价，女人摇摇头：

"贵了贵了。"然后转身就要大步离开。

这个"大步离开",其实是假把式。

老板眼睁睁看着生意打水漂了,自然会喊:"哎,回来回来,给你便宜点儿。"女人满意了,踱着孔雀似高傲的小碎步,扭过去,还附赠一句:"别忘了送两根葱啊!"

小樱惯会这一套,并且熟能生巧,善用各处。

在十八岁之前,时常进行班长竞选投票,小樱会举手问:"你当上班长,可以负责班级卫生区和'图书小三角'的管理吗?能的话,我就投给你一票。"

每个人都知道,卫生区的脏乱差从来不改,这就需要负责打扫卫生的同学去整理,小樱早就不想面对臭烘烘的垃圾堆,而"小三角"的图书,丢的丢,破的破,每天下课都需执勤同学检查一遍,导致休息时间锐减。小樱脑子灵光,心想,为何不趁机把这个难题,丢给其他人呢?

于是问出,当然,所有的回答都是"能"。

竞选者被迫应对难题,如果给予一个差强人意的答案,之后的票数必然会有所下降。没人蠢到亲自站上台,又亲手将自己推下去,所以,不能也得能。

小樱凭借着这点小聪明,混得风生水起。

早恋对象爱给她送奶茶,每日一杯,风雨兼程。

小樱喝腻,也不拒绝,转手送给朋友,拍拍胸口:"我请你喝。"借花献佛,凭白占了人情,好一套顺其自然的流水线,得了便宜还卖乖。最后,即便被男生知道,小樱故作呆萌地眨巴眼睛,哄得人心一喜,什么都不计较了。

典型的"绿茶婊",大家心知肚明。但在她的十八岁之前,无人揭穿这件事,小小的便宜就任由她占着,不成熟的男友也不介怀。

小樱很开心有人夸张她"聪明",她总骄傲地想:男孩子总是比女生晚一步成熟啊,要不然,怎么这么笨,被人耍得团团转。

她竟为这种举动感到高兴。

2

幼稚的人常以为自己成熟。

二十岁的年纪,大家都很忙,你爱我我就爱你,真心实意;你不爱我就算了,玩玩闹闹尽数演戏。没谁一直对你好,更没谁抽了疯愿意无怨无悔陪着你,结局却是个不入眼的备胎。欲擒故纵那一套,不吃香了。

小樱还活在被宠成小公主的美梦里。

再深的套路也玩不过人心,只一丁点儿暴露,就让好感荡然无存。现今,比起姣好的皮囊、学富五车的才干,人们更愿意选择真实。于是,当小樱说:"你连一支口红都舍不得买,谈什么恋爱?我们分手吧!"男友无动于衷。

如往常一般,小樱转身而去,大步流星,裙角飞扬,精致妆容的小脸气鼓鼓的。看吧,即便生气,她依然漂亮得一塌糊涂,所以恃宠而骄。

走着走着,脚步减缓。小樱竖起耳朵听,身后没有传来预料之中的追随声,唯有落叶堆堆,风起沙沙。她隐忍着惊慌失措的情绪,偏是不肯回头,往前走了数米,终于把持不住,抛却矜持,回首一瞥:身后空荡一片,远远处,一点小小的、熟悉的黑影,健步如飞,走得比她还利索。

小樱吃了一惊,她从来没想过,欲擒故纵这招失效。

这可是她的看家本领啊,居然没用了!

眼下来不及管这个方法有无效果,那抹黑影在瞳孔之中迅速缩小。小樱提起裙角，踩着"哒哒"作响的高跟鞋，往回跑去。

她想：只是一支口红，得不到便算了，把男朋友丢了可真是得不偿失，赔了夫人又折兵。

这位男朋友，曾认认真真给她买早餐，赶最早一班的公交车，去中央街门庭若市的包子铺，买两袋最正宗的鲜肉包子，再赶回校，趁热送她。

小樱二十岁生日之时，男友送她的礼物，是一件镶钻白色连衣裙和一双珍珠高跟鞋。为了买得起，男友悄悄打了两个半月的工，一放学便冲出人群，跑去食堂兼职，紧接着派发传单，最后在复印店帮忙做杂活……

他带她逛街看电影，总是选小樱喜欢的题材，事先买好票，捧着巨大爆米花桶，陪她走遍大街小巷。男友该做的事情，他本本分分，一样不落。

眼下，这个好男友正在消失。小樱后悔不已，立马追了回去。可是，那抹影子正在更快地消失，犹如泡沫在阳光下，被一点点蒸发。一个转角之后，他折入男生宿舍，她仅能就此止步。

小樱嚎啕大哭，蹲在树荫下，像被丢弃的洋娃娃。

她很委屈：她压根就没想离开他啊！只是想任性一回，要一支口红。只是想用老旧的套路，让他追着她的石榴裙，表示出做一切皆心甘情愿的态度。从一开始，她就没想过要离开他，她走了，还是会回头的，被哄也好，道歉也好，她离不开他。

但，爱情这件事是相互的。

没有人愿意用真心，换一个仅仅是为了口红，才和自己在一起的女孩子。真心这种东西，本来就看不见，唯有举动能证明一切，男孩没看见女孩的举动，哪怕报之以十分之一，都没有。

小樱失败了,她亲手弄丢了全天下对她第一好的人。

3

约上几个好友去酒吧,失恋总逼人喝酒。

小樱说完,听的人都无言以对。有一个男同学笑了,仰起头,忍不住对小樱说:"男生的防线啊,一般是止于'无理取闹'。他这样巴心巴肝对你好的人,都能被你突围他的底线,讲真的,这件事不怪他,是你太厉害啊!"

小樱急得眼泪快掉下来。"已经赔礼道歉了,但他就是不肯接电话,也不回短信,我能怎么办啊,我也很绝望啊!"

男同学收起笑意,无奈摊手,将酒一口饮尽:"吃一堑,长一智,别以为男生都是傻子,九年义务教育没有白读,你们女生的花花心思,什么小伎俩啊,男生都看得出来!现在,是没办法回头了,他能走得这样坚决,这种事,恐怕不止一次吧?"

反问恰好命中小樱的心,堵得她说不出来话。

"我早猜到了,你好好想想吧。"

小樱垂着脑袋,一缕发丝顺着耳际滑落,贴着腮帮,又寂寥,又落寞:"不用想了,我知错了,每次总想着疏远,再回头,疏远,回头,最后,疏远没了。他对我是真心的,更禁不起折腾,整天悬着一颗心,他比我辛苦一百倍,恐怕他很难过吧。我真是……太过分了。"

说完,她把脑袋埋进胳膊肘里,眼泪蹭在胳膊上,湿漉漉的,又闷又凉,呼吸急促,哽咽着憋住声音,悄无声息地落泪。

一切都是咎由自取。

一朝爆发的火线,是她日日埋线,随后亲手点燃。

同学拍拍她的肩,以示安慰。临走的时候,她的手机振动了两下，迷茫中抬起头，那位天下第一好的男友，终于回复短信："步步为营，怎么换得来真心，步步回头的人，又怎么走得了远方？愿你以后幸福，只是我不能陪你幸福。"

她看着这一页短信，整晚泪流满面。

《如果云知道》有段热评，小樱曾抄在笔记本上：有人问我思念到极致是什么感觉，我曾经发了句晚安给他，一晚上醒来四次看手机，就是那种可怕的、朦朦胧胧的意识。梦里都梦到他好像回了我的信息，然后意识带我从我梦境里挣扎出来立马去翻看手机。你看，这大概就是思念深入骨髓，竟连梦境都不愿放过了吧。

小樱梦见了她的"天下第一好"。

梦里，她还是那么任性妄为，无所顾忌，优雅从容——不优雅的，全丢给他去做，而自己等着吃现成的就好。

"天下第一好"从拥挤的人潮里走出来，额头浮着细密的汗珠，怀里护着的爆米花桶完好无损。小樱自然接过，边走边吃，她发觉"天下第一好"走得越来越慢，最后，像一阵风似的，轻飘飘地，站不稳了。

他揉揉她的脑袋，目光还是那么温柔缱绻，像一潭碧波："要好好的。"说完，变得透明，散成一团萤火之后，彻底消失了。

听过小樱这个梦的人，都说她中了《萤火之森》的毒，只有她知道，失去确实是失去，无法挽救即是无法挽救，离开是离开，留下是留下，这个世界，好像不存在什么回头。

是了，不存在回头。

就像游戏里的自选人物进入恶魔难度，只有"失败"的结局跳出来，才能退出游戏重新开始。你不能说：我点错了，我要回界面重新选择，我要开挂。当你强行离开这一局的时候，就输了。

游戏有挂,人生无挂。

4

我去深圳出差,同行的朋友是编辑部的一位年轻女孩,简称她梅子吧。

梅子长得小,圆眼瓜子脸,柔柔弱弱,看起来二十五岁不满。无一例外,所有初见面的人,绝对惊愕不已,捂着嘴说:"这么小哇!已经工作了吗,还在读书吧?"

"是,今年虚岁二十二。"

梅子常笑着回答第一个问题,之后的问题,她习惯用实力说话。编辑部的编辑少说也有十来个,办事效率最高的,却是年纪最小的梅子。无论校对、改稿、选稿、制作文案……惊人的速度。

常常是,别人起步时,梅子已完成第一任务,别人忙到半半拉拉的瓶颈期,她率先完成保存并且成功交稿。

我与梅子熟悉后,问她原因。

梅子说:"我经手的稿子,只校对一遍。"

我惊愕:"标准不是校对三遍吗?"

"对,但我不,我一句句看下来,速度最慢,但是最仔细,错误率最低,每一句话都在我脑中印刷过,我不放过任何无聊的句子和细微问题,所以,一遍比三遍更准。"

我似懂非懂地"哦"了一声。

"大部分编辑喜欢重头再看,其实,你想一想,不爱看的情节依旧不爱看,不爱读的字眼和内容,其实会不由自主地跳过。除非'三审'中的'二审'由其他人接手,要不然,没发现的错误,依旧在原地,逃过眼睛。"梅子认真地说。

我意味深长地看着她,系好安全带,正准备去目的地:"效率高,就因为这个原因,就这么简单?"

"并不简单啊,想要不回头,真是太难了!"

我终于听见了我想听到的话。

将一件事情做得妥帖,不可能那么容易。

"譬如,给你提供一盘菜,规定你必须吃完。你不能先挑好吃的吃,因为难吃的会吃不下;你也不能从难吃的起口,因为越难吃,吃得越慢,越是耗费时间,而且影响心情。等到这盘菜吃完了,你会发现,吃得最快、最干净的,是那个囫囵吞枣的人,因为他不思考太多,所以,一门心思吃完,完胜。"

"但想要一门心思做事,太不容易了。心无旁骛,需要强大的心和集中的精神。一旦分神,就等于止步了,别人都在往前走,你的止步就等于回头。人们常说,不进则退。"

不回头的人生,方能一鼓作气。

凡心所向,素履所往,生如逆旅,一苇以航。

5

赵龙的老爸给他起名,想的是"赵子龙",为了不重名,提笔写下"赵龙"二字。可惜,赵龙不如赵子龙叱咤风云,性格绵软恋旧,文不能写作文,武不能杀只鸡,实际上,他弱得不像话。

毕业的时候,老妈舍不得儿子远走高飞,劝他留在本地工作。赵龙想了想,觉得老妈的想法比较重要,毕竟,离家近并非坏事,于是放弃了几十万年薪的工作,留在本地的小公司,过朝九晚五的日子。

等到要结婚的年纪,赵龙谈了个挺好的对象,姑娘温柔大方,不斤斤计较,思想通明,比其他妹子讲道理。但是不巧,

第一章 一人一骑，天涯不远

初恋转身回来，约赵龙喝酒，喝醉了，旧情复燃，他终究依依不舍初恋，甩了现任，和初恋结婚。

婚后，赵龙才知道媳妇打过胎，还想生娃，就不那么容易了。赵龙心软，想，现代社会，结婚不是为了传宗接代，不能生就不能生。

可是，每个月领工资的时候，赵龙总是被媳妇骂："堂堂大男人，一个月拿这么点工资，怎么过日子啊！"

赵龙打掉了牙也得往肚子里咽：路是他选的，是他决定留下来，也是他抛弃了现任女友，娶回这个从天而降的初恋。现在，三天吵一架，媳妇骂他"活该"。

地球真小，半年不到，赵龙又遇见当初的"现任"。

姑娘落落大方地跟他打招呼，风度优雅，眉宇间留着静静一片月光，遗世独立。谈及丈夫，低调又幸福，委婉地说：丈夫开的公司，恰好有适合赵龙的工作岗位，如果他愿意，可以去试试看。

赵龙的媳妇冷哼一声，拽着赵龙就走。

回家，媳妇把菜篮子往地上狠狠一摔，西红柿、黄瓜、茄子滚落，一地五彩斑斓。她指着赵龙的鼻子，一只手叉腰，骂："还不是你没用，让情敌蹬鼻子上脸！现在她都往你脸上踩了，你还以为她是为了你好呢？"

过年回老家看亲戚，买不起飞机票，赵龙和媳妇站了九个小时的火车。那一刻，他在媳妇不停地唠叨声中，想死的心都有了。

明明是为了遂他们的愿，结果错都怪在他的身上。

如果再给赵龙一次重来的机会，他绝不留在这巴掌大、没未来的小城镇，也绝不娶这个不讲道理的自私女人。他的未来与希望，连同幸福人生，都在这一次又一次诱惑的召唤中回头，步入漆黑深渊。

现如今，再也回不去了。

6

老人们迷信：送葬的时候，阴阳两界的大门打开，亡灵进入冥界，若至亲回头会引发死者对阳世的留恋，一旦此门关闭，死者就不能重入轮回，成为游魂。

我常以为，人生在世，本就不可轻易回头。

踏上远方的路，我的梦是易碎品，翅膀容易受伤，脚下的每一步都要扎针般踏实。已经失去的珍贵东西，并非为了让我们重新拾起来而驻足不前。那些美好与绚丽的留恋，以及珍惜的心意，不曾如初了，拿不起了，想要抵达海岸线，就该使阻碍我们大步向前的力量消退、代替、改变成动力。那些瞻前顾后的人，总是活得最累最迷茫。

步步回头的人，怎么走得了远方？

叮当的风铃在屋檐下吟唱，目送远方的人。归途的柳树仅用来怀念罢了，那间熟悉的屋舍裹着浓厚的希冀，希冀你变得更好，千万别停留于此，你的归宿在远方。

一生张扬明媚，无须被宠

从卑微之中，开出新生的绯红蔷薇。浓浓夜里挑着竹灯笼，修炼眉眼的凛冽，风骨的超脱飒然。岁月峥嵘，最后越过山水千万重，镌刻下一生张扬明媚，无须被宠。

1

安妮与安妮宝贝撞了一个重名，名字念起来仿佛是热融的焦糖布丁，有一股冰糖粒子的沁心甜味。可惜她的性子却不似安妮宝贝缱绻温柔、声色冷静。

她只是个将卑微酿到骨子里的女孩儿。偶尔被人夸奖，也常常不知所措，绞缠着十根纤细手指，低着脑袋烧红耳根，刘海轻轻扫过低顺的眉眼，泛着青涩而细微的痒。直至被人一句带过，脸热消退，自己便被旁人转瞬遗忘。

其实，我曾见过安妮获得满抽屉的学业奖状，阳台上摆着几盆翠绿吊兰与精致的手工制品，一架牡丹花雕木头琵琶靠在墙角，琴弦安稳，仿佛有些归定的清新明媚在熠熠生姿。

可是，安妮生性胆小，素来犹如温室中的花朵，虽生长繁茂，却孱弱得经不起风雨。哪怕是问个路的小事儿，安妮都缩着脖子："对不起，打扰一下，我……"后半句已经如蚊哼似的听不清。

如此往复，安静之下即便藏着细腻温柔的缱绻风姿，空荡山谷生长幽兰，也无人留心。故而，无论安妮多么睿智勤勉，她总不被人记住。毕竟，没有人会在意与周围融为一体的、没有光芒也不耀眼的人物。看待路旁一株细溜绿草的随意目光，或许就是看待安妮的眼神。

这个社交能力几乎等于零的女孩，就是我的闺密。

我做她的闺密已有七八年光阴。

曾经，安妮闷头搅着咖啡，芳香馥郁之中，缓缓地说过："很久很久了，我希望躺在绿草如茵的土地上，晒晒太阳，做个干净美丽的女孩儿，扬起额头，酒窝里就能灌满阳光。希望他人亦是如此。"

只有我知道，她多么期待，多么无奈。

一个心怀暗恋的女孩儿，永远都是畏畏缩缩的模样，安妮更不会例外。初生的蔷薇花借着攀缘的姿态去热爱篱笆，真心

047

实意，篱笆却无法明了。

安妮宝贝曾认真写过一段话：很爱你，却不知道该如何靠近你，所以觉得离开是可以的。并没有什么不同。结果反正都是这样，是好是坏都不重要。重要的是我曾经迷恋你。

安妮喜欢这段话，我却不喜欢。安妮宝贝说得是勇敢割舍，安妮只是害怕，像害怕所有陌生人一样害怕喜欢的人。

2

鸵鸟心理。

毕业后，安妮仍旧抱着能躲便躲、多一事不如少一事的心理过活。而她喜欢的W先生，在临近的传媒大厦上班。左边是A座，右边是B座，中间一个圆形小喷泉，不过十几步的距离，对安妮而言始终如隔天堑。

久而久之，安妮发简讯给我，大多是些细枝末节的小事，不温不火，甚至稍显冷清。如：今天中午W先生路过我楼下了，我正巧看见他，和我领同一家餐厅的外卖呢；昨天的文案策划和W先生的风格好像；新出的电影有情侣座折扣价；明天公司发奖金，我想请W先生吃饭……

起始时，我兴冲冲地瞧着这些缜密而细腻的女孩儿心思，风风火火地替安妮筹划，担当起媒婆重任。从晚宴的服装打扮直至举止言谈的每个细节，无一处不完善过后，安妮却摇了摇头，喃喃细语："我想还是算了吧。"

我不甘心浪费精力，颇为惊愕地反问："你不是想请W先生吃饭吗？"

"哎呀，太尴尬啦！"安妮用双手捂着脸，又怯生生地缩了缩脖颈，重复道，"还是算了吧。"

如此翻来覆去折腾两三回，蔷薇花的花期都要过去，W先生尚且不知有个名叫安妮的姑娘多年暗恋他,而我也终于放弃出谋划策,仅当作几场白费功夫的题外话。劳心伤神不算什么,最可怜的,莫过于安妮,整日整日惦记着W先生,却思而不见,惦念着青青子衿,过分懦弱地体会煎熬的情愫。

除却我,无人听安妮倾诉衷肠,无人知晓她千回百转的情怀,更无人问津这位路人乙。孤苦伶仃深处,她像李清照的那句"只恐双溪舴艋舟,载不动许多愁",日渐消瘦。

有时候,懦弱并非保护自己,而是纵容自己去伤害自己。

后来某天,我因工作原因调离南京,与安妮一别就是两年。两年时光说长不长、说短不短。

勉强稳定工作后,步入初接手的新工作,我忙得晕头转向,更是无暇顾及安妮的喜忧。闺密之间的联系越来越少,眼见着逐步陌生,却无力挽回,堆成山的文档等着处理,每日早出晚归,三餐变成两餐,实在忙不过来的时候,只记得吃一顿饭。

日子过得辛苦,似乎总有盼头,又似乎毫无意义。

租了个简陋的地下室安顿下来,却只能吃泡面、打电脑。一床一桌一电脑,就是全部家当。早期体会着空空如也与家徒四壁的滋味,真真正正的两袖清风。失眠的时候,睁着眼睛盯住摇摇晃晃的吊灯,刺眼、眩晕、疲惫……如海浪一波波席卷而来,心智逐渐压抑不住,巨大压力下无人安慰,濒临崩溃。

是时,某个阳光明媚的下午,安妮一个电话甩过来:"你公司三百米内的星巴克,我在,你快点飞过来。"这口气熟识,熟门熟路的样子,心就不知不觉地犹如将萎的花瓣舒展。

安妮,鸵鸟们,兴许可以互相依偎。

3

时过境迁。

事实证明安妮并未打算当我的避风港,更不想听我稀里哗啦的哭诉。她居然带着男朋友来赴约,顺便改头换面,差点儿令我认不出来。

那个人海茫茫之中,低着头捧着手机、缩着肩膀刘海过眉的女孩子,应该就是安妮了。可是,当我气喘吁吁地跑过去,目光游荡了十余分钟,真没找到这样一个女孩儿。

看见我就挥一挥手,站了好久,没瞧见你。——我这样发简讯。

没过五秒钟,正前方的深咖色木质方桌有人举起双手,落落大方地朝我摇了摇雪白的手臂,腕上精致的银制铃铛手链碎碎地响,摇碎一屋醇香宁静。

不得不说,那银铃铛的声音格外悦耳。霎时间引得众目睽睽,而留住流转目光的,却是穿着一身正红修身连衣裙的安妮,墨镜架在额头上的栗色卷发里,活像一只西方小精灵。

我失神地盯着安妮。这还是我认识的她吗?我从不曾料及那抹耀眼的红,竟源自畏首畏尾的安妮!一时间难以接受,可不待我涣散的神情恢复,安妮款款走过来,热情地招呼我过去落座。倒是眼面前出现的 W 先生,反而让我感觉熟悉。

我吃惊地张着嘴,无辜地眨巴着眼睛,瞧着安妮,再望向 W 先生,不知所措。

我瞥见安妮嘴角轻挽,一刹那心中便有几分洞明。眼前双人如玉璧配衬,谈笑风生,满屋咖啡香味之中,只有潮流前线的女孩和一个熟悉又陌生的 W 先生。我不知"鸵鸟"安妮何处去了,倒是几番言谈下来,安妮憨态亲切,举动干练迅疾,不失女子的雅丽气质，又独得众目欣赏。倒是我显得羞涩忸怩，不够风趣自然。

我正襟危坐，惊叹："安妮，你终于变了！"

安妮支着高扬细腻的下巴，咯咯笑着解释："如果不是 W 先生的妹妹特意往公司送便当，又恰巧被我撞见，或许我至今没有胆量告白！想来想去，总觉得自己以前太小家子气，惦记着别人来爱我、宠我、照顾我，最好一生宅在家里，派人伺候不离身。"她笑了两声，婉转道，"现在的我和以往不同，自打撞着胆子告白之后，才晓得这世上许多事情，并不是可以安然等来的。有太多东西需要去争取，这不，今年工作得心应手，刚好挣得一个意大利歌诗达邮轮的体验名额。"适时，W 先生悉心加糖加奶，将焦糖玛奇朵递至安妮手腕边，满满当当的咖啡，一滴未洒。

我不自觉发出"哇"的惊讶声。闲聊半晌，直至安妮临走时，我才拉着怨妇脸与她依依不舍地告别："安妮，你越过越好，我衷心祝福你。可惜我活得越来越差劲，每天累成狗，文案做不完呐！要是也能遇到一个这样宠溺我的男友，多好！"恨不能仰天长叹。

眼看着她与 W 先生飞奔出去赶下趟飞机。最后一瞬间，安妮冲我指了指手机。

此时此刻，我的手机突然"叮咚"响了一声，看见安妮的头像跳出来，露出两行粉红色的句子：

我想给我的灵魂找一条出路，也许路太远，没有归宿，但我只能前往。

——安妮宝贝《告别薇安》

4

兴许，人都是在一瞬间清醒过来的。

望着荧光屏闪闪发亮的粉红字迹，我脑海之中油然而生出八个大字：抛弃卑微，张扬明媚。

头顶上灰粗粗的旧帽子该丢掉了。

女孩穿镶满水晶的裙子跳舞，男孩站在城堡里挺胸高歌，世界歌舞升平，海晏河清。

得宠的人最懂得升华自身价值，从细微之事着手，摒弃"雨露均沾"的侥幸念头，从没有人天生得宠。高傲的人无须被宠，提炼出骨气，我们踮起脚尖转圈，也能华丽丽地转身，迈开明媚张扬的舞步，跳一曲全世界最美丽动人的芭蕾，与青山相见妩媚，得到真正的自由。

曾几何时，我们沉陷于繁杂叨扰的生活之中，逐渐忘记最初的赤子丹心。安妮敢于破茧而出，从毛毛虫幻化成靓丽的阔翅蝴蝶，追求自己的终生幸福，我又怎能任由自己陷入卑微怯懦的僵局？每个人都是枝头一朵绚丽蔷薇，于花期将尽之时，盛开出最满意的模样，即是人生。

记得像爱丽丝一样纯真，森林中偶尔遭遇泥潭沼泽、獠牙异兽，小心翼翼攀缘跃过即可，倘若邂逅一株爱慕已久的花木，便倾心去追寻守护。与孤鸟齐鸣、游鱼潜水，好过妄自菲薄千百倍。

细细思量，人生之中，为何常因一点挫折苦恼而轻言放弃？其实，生而为人，难免有痛与苦要亲身经历。让我们一蹶不振的是名唤怯懦的恶魔，吹着施施然的耳旁风，麻痹一颗本该鲜活的灵魂。

我想，持着历久弥新的灵魂，才是我们最终幸福的模样。

从卑微之中,开出新生的绯红蔷薇。浓浓夜里挑着竹灯笼,修炼眉眼的凛冽,风骨的超脱飒然。岁月峥嵘,最后越过山水千万重,镌刻下一生张扬明媚,无须被宠。

第二章　也许有一个我你没见过

小时候，我羡慕皮肤白皙的女孩子，厌恨这块胎记带来的丑陋，有人嘲笑我，我便自卑到尘埃中。后来，有人在书中写：那月牙形的疤，便是我的花青。

我忽地释然——这蝴蝶形的疤，便是我的花青。

每一片海都不一样

青苔安静地睡在掌心里，一捏就碎的模样，又脆弱，又坚强，飒飒弥弥，从不撒娇甜腻，在没水没阳的日子里，它顽强地存活在这简陋的纸包中，脱离养分，照样苍绿。恰是这不美丽的姿态，看不透，像婴儿，像疤，有独一无二的魅力，令人迷恋。

1

温峰喜欢别人叫他"峰哥"，很大佬的感觉。

2014年，温峰背着60L的登山包去近西藏的地方安营扎寨，那地方具体叫什么名字，我始终没记住，记住的，是后来，他被风层层刮过的、轻微高原红的脸。

温峰到地方的时候，赶上雨季。

那边不算多雨，但不知什么原因，一连下足一星期，青年旅行社的外墙爬了厚厚一层青苔，古怪的绿，苍绿，很深，几近乎如墨了。温峰说："把这里的青苔抠下来，带回去，做一个生态瓶，每天都能闻到西藏的味道。"

我嗤之以鼻，但温峰真的动起手来。

他用户外铲铲下巴掌大小的一块青苔，摸起来湿漉漉的，像摸到淋雨后的树皮，夹杂着一股水生植物的青涩味道。然后，温峰把石阶上垫屁股的广告单撕下半张，灵活且小心翼翼地扎住青苔，折成小方块，塞进口袋里。

晚上，围着锅炉烤火，旅店老板说可以拼饭。

十块钱的上小桌，二十块钱的上大桌。我胃口小，留在小桌。温峰准备上大桌的，但看我一个人，也留下来陪我，只是多点了两瓶啤酒。

几道家常小菜，五六个人分吃。

等到天黑下来，青旅外挂着的布帘招牌随着黑风翻舞，一摆一摆，最后卷在杆上了。风大，尘大，很多时候扑面而来，猝不及防，被灌一脸的沙子。屏住口鼻，也挡不住发丝里一层薄沙。

我有些后悔，早知道不与温峰结伴，他这人啊，总是往不美好的地方钻。

温峰在喝酒，就着几道全然不下酒的小菜：萝卜干、海带丝、酸菜、黄豆粒……夹一筷子起来，看不见什么东西，往嘴里一塞，嚼两口，好像特别香，接着"咕噜咕噜"喝酒。

我嚼着花生米看地图。

路痴是看不懂地图的，但我仍然在看。

温峰笑着看我，看了一会儿，笑出声来，一把抢过我的地图："看啥子看，你能看出一朵花来？"他拿衬衫口袋夹着的圆珠笔，按得开关"砰砰"响。随后，埋头在地图里画出一条流畅的线，用三角形做起始点，用五角星做重点标记。他很擅长这些，像是跑路子的"野江湖"。

"看吧。"

地图被丢入我眼帘，已经是明朗的路线图了。

"明天，要去哪里？"

"不都画好了吗？"

"那后天呢？大后天呢？下个月呢？"

我仰起头，看他把对着嘴巴的啤酒瓶子放下，目光染上夜的黑，瞳孔被涂深了两层："管那么多，说走就走，说留就留，如果喜欢上哪里，住两个礼拜也可以。反正，路是不会停的，至少今年不会。"桌面不平，啤酒瓶子微微要倒，快倒下的那一刻，被温峰接住。

"你觉得这样很好？"

温峰挑眉，耸了耸肩，眼睛盯着半透明的啤酒瓶："说得好听叫流浪，难听点的，叫流浪汉。"

我没想再说什么。

路边的夜灯点亮，有卖针织布的小摊和弹两根弦乐器的老人，耳中咿咿呀呀，外乡人听不懂，只知道风味十足。我光看着那些人满面红光的笑容，便知道是好听的，不赖的。

2

我跟温峰出行，是因为他是唯一一个旅行时间大于认真过日子时间的人。他的旅行经验，可能比我工作还多，所以他知道用青苔制作生态瓶，呼吸西藏的空气，而我只会嫌弃任何奇怪的东西，满脸风沙。

待了没几天，温峰说，想去看扎什伦布寺，他还说每个来西藏的人，都要看看那座城。

他说扎什伦布寺是"城",我不明白。

很快就明白了,站在扎什伦布寺的脚下,一个矮矮、小小的陡坡上,遥望着金顶红墙、殿宇毗连的扎什伦布寺,我突然知道了"城"的概念。不说一座庙宇,是数不清的、大大小小、鳞次栉比的建筑物,在四四方方的围墙里庄严、肃穆、恒久。

扎什伦布寺没有"旧"的影子,颜色鲜艳,一派辉煌,我喜欢斑斓鲜艳的颜色,让看久山脉与黄土的渐渐老朽的眼睛,变得急迫兴奋。

有旅客同行,年纪不大的模样,手里握着一本书,我好奇,悄悄地凑近,似有若无地看——那是仓央嘉措的《那一世》:"那一天,我闭目在经殿的香雾中,蓦然听见,你诵经的真言;那一月,我摇动所有的经筒,不为超度,只为触摸你的指尖;那一年,我磕长头在山路,不为觐见,只为贴着你的温暖;那一世,我转山转水转佛塔,不为轮回,只为途中与你相见。"

温峰也看见,但不知他读过没有。

逛遍扎什伦布寺之后,温峰非要给我拍照:"站墙上去,靠着,别、别、别,虚靠,你懂吗?腿别挨着墙,脚放后,对了,这样拍出来效果好。"

他拍了几张,好像不甚满意,于是四顾徘徊,在临近处的一架木头撑起的小摊上,拣了块带流苏的红头巾买下,给我搭肩上,紫色和绿色交错的刺绣图案回应着一方红墙,那一刻的红,似乎迷倒了我。

相机一闪白光,定格岁月。

我也要给温峰拍,他不拒绝,把相机挂我脖子上,然后主动靠墙摆好 pose,三秒后就拍完,我风风火火拿去洗。路边摊总有洗照片的小地方,一块钱一张,这种照片刚洗出来的时候鲜艳好看,时间久了,必然褪色泛黄,抑或变成污秽的绿。

温峰在我身后慢吞吞地跟着，拿到照片的时候，我高兴地回头，看他目光呆滞，正在眺望云层。

他手插口袋，没往前走："妞儿之前也来这拍过照片，洗照片的铺子，也是这一家。"

老板不懂画外音，说："你们是老顾客啊，打折给你们，五块钱洗六张！"

我拉着温峰跑开了。

3

妞儿是温峰的女友，北方人，不喜欢旅游。但她喜欢温峰，是真心喜欢上了，才心甘情愿跟着他跑遍大江南北。本来一切都好好的，快结婚了，结果一场意外旅行，最后死了。

听说，温峰和妞儿在某个峡谷里撞见了当地匪鬼，抢了钱包不说，还想劫色。温峰的脾气刚强，受不了这种气，跟那帮匪鬼打起来，有人想背后耍阴刀，被妞儿戳穿，气急败坏，便搡了她一把。妞儿真轻啊，一个踉跄栽下陡坡，头磕在石头上，就再也没醒过来。

温峰红了眼，那几个匪鬼赶紧跑了，再后来，他被人敲了闷棍，滚到山沟沟里。醒来的时候，满身是伤，能走出峡谷，已经是极不容易，简直是活生生的历险记。

后来报警了，没用。温峰几进几出，没再看见那帮人。

多无辜，妞儿就这样没了。

温峰说："妞儿以前喊我峰哥，我就想啊，这妹子软得跟水似的，不泡到手都对不起自个儿。后来，妞儿主动跟了我，我那个开心啊，尾巴都能翘上天啰，心想结婚也挺好的，没谁能比这个姑娘好了……谁想得到，出这种事。"

因为旅行，因为温峰鲁莽，非要独自闯进人迹罕至的峡谷，如果不是那里地偏，救护不及时，如果不是为了他，妞儿怎么会没了？

他有多爱妞儿，就有多恨自己。

有些事情埋在心里，从来不会生根发芽，更不会开出一朵花来。只像一潭死水，静荒荒的，波澜不惊，望不穿底。心底的那一块，犹如坏死，变得灰黑枯燥，再无法复原。

现在，我拿着照片，别无他法，只能逃离。手心里薄薄一层汗，涔涔地沾上刚出炉的照片，我想，它大概会旧得更快。像春生秋谢的叶，一次次翻篇，连同人的命和情，皆一晃而过，不留余地。

这都是过去好几年的事了，眼下，温峰情绪稳定，站定了问我："要不要回城市？"

"不，扎什伦布寺才像城，我的城只是人堆。"

我爽利地拒绝。

第二天，温峰起得很早，来敲我的房门。

"走了，想去看海了。"

他总是想一出是一出，今天看荒漠玫瑰，明天看沧海烂石，我想，如果妞儿还活着，一定是个坚强的姑娘，能奔波千万里，真的不简单。

温峰沿着地图开车，路途颠簸，我打瞌睡。困了，拿拍照时买的红头巾当毯子，盖着肚子小憩。我只眯了一会儿，被颠得头昏脑涨，又浑浑噩噩地清醒，再过五分钟，又睡死了。

等我睡醒的时候，已经闻到腥咸的海风。

我出生在江南小城，自幼没见过海，没闻过海风，没捡过贝壳，没在沙滩上留下足迹。幻想中的海硕大飘逸，不容易亲近，犹如古老的维纳斯女神，缪远而神秘。

此时此刻，我渴望海，又不渴望。

扑鼻而来的海风是这样难闻的味道，颠覆了我的幻想，我担心，海并不如想象中美丽。

黄昏在沙滩铺撒着金光闪闪的光芒，放眼望去，一簇簇的人群散落各处，星星点点，沙滩被海水打湿，分割成金黄和土褐两种颜色。一浪，又一浪，泛着白沫的浪花把新堆砌的"长城"打回原样。

铺平，展开，融合，似照妖镜，不允许沙滩上留下人迹。

我赤脚走进海水，足底被硌得生疼。那石头的缝隙间全是碎掉的贝壳，像生蚝的壳，惨白和乌黑相间的、姿态扭曲的壳，一点儿也不华丽，没有丝毫的光彩。

我以为的贝壳，扁平光滑，五彩斑斓，抑或是小小的海螺，放在耳边能听见海声的可爱。

眼下这是什么？

碎掉的贝壳像垃圾似的堆在石子缝里，我怀疑走不了多远，便会把足底割破。我迷茫地张望，才发现，当地人多数穿着胶鞋下海。我低头看着流动的水纹，发现长相似蜘蛛的寄居蟹和小螃蟹不停地窜动。

这一瞬间，我对海的所有期待，全部破碎。

4

温峰够义气，背我出海。

我的腿贴着他的腰，一甩一甩，好玩极了。

我说："我再也不会来这里了，海居然是这样！谁能想到，电视里放的大海，都是骗人的？那些小情侣到海边谈恋爱，笑话，硌得脚丫子疼死，走不回去。"

他说："不一定，这是这里的海，还有别处的海，可能你会喜欢。"

我翻了个白眼："海不都是一样的。"

"每一片海都不一样，有的海风轻，但是海水更浑浊，更腥咸；有的地方有漂亮的贝壳，沙滩很软和，赤脚也没关系；有的海就像咱们今天看见的，硌脚，容易受伤，也没啥好看的……"

温峰喘着粗气说话，我神游太虚。

海不一样，人是否也不尽相同？所以，有的生命一帆风顺，遭遇坎坷总能化险为夷；有的人安贫乐道，过朝九晚五的小日子知足常乐；有的人，就像温峰，像泰坦尼克号撞上冰山，一倒霉就记一辈子。

还有一种人生，就像我一样，懵懂无知，悉数模仿，为别人的快乐而快乐，为别人的悲伤而悲伤。从很久很久以前，就忘了自己，该怎样高兴流泪。我的生命似乎只有别人的参与，才变得有意义。

一张纸，需要颜色的呈现，才显得不那么苍白无力。

可是执笔填色的那个人，却不是我自己。

回到车上，找了几家小旅店，全部满客。没办法，我和温峰只能蜷缩在狭窄的车椅内，就这样凑合着入眠，沉沉睡了一觉。早上醒来的时候，浑身的每一块肌肉都酸痛无比，腿脚都是僵硬的。我下地，像机器人似的摇摇晃晃地走路，过了好一会，才渐渐恢复。

"想去看人文吗？"温峰坐在车里。

我愣了愣："什么？"

"听说云南那边有许多大山和苗寨，竹筒饭，银首饰，想过去看看吗？很多姑娘都喜欢那里，我觉得你应该也喜欢……"

是的，曾经喜欢，不过现在好像不了。

"不去了，我想回我的城市。"

温峰低首,神情低落:"是该回去了。"

是啊,回到生我养我的那片熟悉的地域,我想看看乡土的山清水秀,我不想看海了,也不想看那些幻想中的美好。钱包里侧口袋插着小小的相片,我淡淡地看了几秒钟,然后抽出来,扔进不远处的海水里。

小小的相片,随着风,随着浪,一眨眼没了。

温峰看着蹲在海水旁边的我:"走出失恋了?"

"是啊,走出来了。"

失恋的激烈情绪,连同相片里男孩与女孩的笑容,一齐被大海吞没。

我眼前所看见的好,不一定是好,看见的坏,不一定是坏。我曾以为,海是尊贵完美的水界女王,结果却看见了华服之下,垢虫漫生;我以为海是如此腥咸与讨厌,温峰又告诉我,每一片海都不相同,或许下一片海,会足够美丽。

忽然,我想回去了。

只是失恋罢了,一个曾经爱我的人,一个现在不爱我的人,这世间变化无常,做出的承诺可以轻易收回,每时每刻的改变,让人措手不及。

这一刻,我突然明白了什么。

我想去看看我最熟悉的地方,从来没有认真地、仔细地看过那个江南小镇。它究竟是什么模样?我不明了,可我知道,无论好坏,故乡总以微笑的拥抱姿态,迎接着归来的我。

5

温峰说,连我都明白的道理,他早就该明白。

可他仍旧惦念了好久,拿不起,也放不下,用最无力的思念,让自己的生命一点点凋零,这种行为,等于自杀。他还说,

第二章　也许有一个我你没见过

妞儿要是看见他这副模样，肯定会打他的脑袋，揪着他的耳朵，用黄莺似的声音教训他，又气又可爱地骂他——"全世界最笨的笨蛋"。

温峰想起妞儿就笑，笑完了，说："我迟早要抓住那帮人。"

他眼中有光，与平常不同，耷拉着的眼角翘了起来，看起来不那么丧气。他把 60L 的背包找出来，在里面翻了半天，像是在找什么。

最后，温峰送我去机场的时候，把那条红头巾塞给我，我随意地系在腰间，打了个好看的蝴蝶结，看着流苏临风飘摇，姿态万千。我去排队取票的时候，温峰有些感伤，毕竟，陪伴他旅行的只有两个人，一个是妞儿，一个是我。接下来的日子，他将是孤身一人。

分别之时，温峰想起了什么似的，又往我手心里塞了一个方块型纸包，捏起来薄薄的，四周硬，中间软。纸皮写着旅行广告，花花绿绿，俗气得很。

飞机上，我打开纸包。

看见一块小小的青苔。

青苔安静地睡在掌心里，一捏就碎的模样，又脆弱，又坚强，飒飒弥弥，从不撒娇甜腻。在没水没阳的日子里，它顽强地存活在这简陋的纸包中，脱离养分，照样苍绿。恰是这不美丽的姿态，看不透，像婴儿，像疤，有独一无二的魅力，令人迷恋。

我重新包好青苔，闭着眼睛想温峰说的话："做一个生态瓶，每天都能闻到西藏的味道。"还记得那句："每一片海都不一样。"

重新睁眼，目光如鱼，游出窗外。

忽然间，我看见云层似海，浮涌天地，尊贵无瑕。

063

你不用活在别人的标准里

我们受他人目光累及多年，像瑞典诗人哈里·埃德蒙·马丁逊笔下的《露珠里的世界》，似乎从未想过，也不敢去想，随心所欲地做一件事、爱一个人，究竟是怎样的体味。

1

一位姑娘私信我。

大抵是因为恋爱琐事烦恼，哭哭啼啼着絮叨，说："我已按他说的去做、按他喜欢的一切照办，为何他仍然对我不温不火？"

每每听闻类似的话，我总唏嘘不已。

姑娘性子挺软，了解那位男生颇爱蓝色，故而，无论是衣裙、摆饰，还是牙刷杯、钥匙扣，一概深蓝，连美瞳都选择蓝碧色，忧伤得像片海。她听说男生夸其他女孩子一句"香水好闻"，特意去打听来品牌，管他什么爱马仕，什么尼罗河花园，直接领着工资奔去专柜，花去数百元却只为一瓶被其他人喜欢的味道。像疯子一样爱，像卑微的尘埃。

你这样懂得讨好，我想，他真的很喜欢你，但他绝对不会爱上你。

傻姑娘，你在失去自我的同时，就变成了他的影子——形影不离，挡他风尘。

你会喜欢自己的影子吗？

不，压根没人会在意影子存在的意义。

电视剧中，每出现一个男二号，时常是心心念念惦记着女一号却有缘无分。《花千骨》里，东方彧卿牺牲性命也要护小骨周全，结局落个惨淡，他的爱浅吗？他爱的方式错了吗？

东方彧卿完全正确,天下没有比他更好的爱人了。

不得不残忍地告诉你们,不爱这种事,就是不爱。

感动到记挂着你一生一世,愧疚到宁愿给你做牛做马,也不会爱你。

若是你一心一意扮好自己,兴许也会有某个人爱你爱到痴狂。有必要去为了讨旁人欢欣,以失去自己的原则为代价吗?完全没必要,即使葬送了,也不会成功。

礼拜六,专程去听潘军的影视与小说主题研讨会。演讲台上,他沉顿地说:"曾经有人问我,幸福是什么?我说,人生幸福有两个方面:做自己喜欢做的事,爱自己所爱的人。"

他的嗓子微微发哑,接着说:"人生最大的幸福就是可以说'不',我不愿意的事情不会去做,哪怕得罪了你,都没关系。"

闻之惊然。

人与人之间的爱好求同存异,巴结不成知己,像《灰姑娘》里的大姐与二姐,为了配得上王子手中的水晶鞋,不惜砍掉大拇指与脚后跟。最终,穿得进去了,可王子的心,却从未停留在这份迎合中半分钟。

我们受他人目光累及多年,像瑞典诗人哈里·埃德蒙·马丁逊笔下的《露珠里的世界》,似乎从未想过,也不敢去想,随心所欲地做一件事、爱一个人,究竟是怎样的体味。

2

橘子和夏至冬分手一个月了。

夜风很凉,城市的夜照旧灯火辉煌,天台上去看,街道口去看,高桥上去看,如豆灯火迷离扑朔,由远及近,烂漫虚幻。

分手的原因老套:夏至冬出轨,橘子不原谅。

可惜老天不长眼,刚被爱情背叛的橘子,连工作也丢了。

Boss 让她做文案，一个简简单单的模式，被橘子做得花样新奇，但似乎危及了 Boss 的威信。所以，她被调离了原有职位，翻来覆去，只为逼她主动辞职。

橘子恨恨地想：我偏不辞职，气死你！

这倔强脾气没捱过一个星期，橘子就撒手撤了。

新进人事部，为人处世、待客之道，哪里是她小小年纪可以吃透的东西。两个客户，由她接待，晚餐时候色眯眯地盯着橘子，甚有几分想要逾越的态势。她尴尬逃离一两次后，知道自己再也不能面对这样的环境。

姜还是老的辣呀。

临走的那天，Boss 对她说：“你不是不够优秀，只是不适合这个岗位，我们只需要循规蹈矩、安分守己的小职员，你可能更适合其他工作。”

橘子翻了个白眼，心说：一切还不是拜你所赐！

抱着杂物箱离开公司的时候，下起梅雨。绵绵絮絮地扑打在脸颊上，橘子的妆花了，眼线糊成黑眼圈，她低着头，落汤鸡似的行走在熟悉的街道中。

那时候，她有些怀疑自己，是不是自己做错了？从始至终，若是适应且听从 Boss 的规矩，是不是就不会落得今日这番下场？

或者，听朋友的话，与夏至冬复合，说不定他会悔改……

——不。

市中心的大钟相当浑厚端重地"咚咚"响起，像木鱼声声敲响在耳畔，橘子打了个冷颤，甩了甩头发，雨水似乎让脑袋愈发清醒了。

她深刻知晓，这个世界不应该是这副模样。

3

为什么要迎合？

那些努力迎合其他人的人，总爱挂着老好人的嘴脸，毫无特色，像鲁迅笔下麻木的中国人，连孔乙己都不如，他们甚至没有感知是非对错的能力。

这类人素爱与人相处，因为迎合，已经成为他们生活的一部分。一旦脱离了迎合，他们的社交便活生生地被垄断，永堕谷底。

橘子还年轻，她还相信世上有英雄。

英雄，就是不管世人穿蓝穿黑，兀自踩着五彩祥云拯救世界的大侠。他不会迎合任何人，他是孙悟空，是齐天大圣，是不朝命运低头的男子汉。

橘子执拗地说，生活再酸，她也要甜。

既然旧公司不看重新人创造能力，那咱就换个庙。

橘子早就想换个行业工作，从高中时代，她就对服装设计非常感兴趣，眼下丢了工作，不如由着自己的兴趣赌一把，人生之路漫长，总得试试看吧！

她是初学者，悉心花费半月时光研究构图，不曾想服装设计并没有想象中的困难，加之从小修习美术，绘画方面也拥有过人天赋，如此一来，便是万事俱备只欠东风。

过了梅雨季节，橘子去乡下古镇采风。

江南白墙黑瓦不是吹嘘，竟泠泠然伫立成风雅姿态，引诱古今词人留恋于此。橘子挂着相机，拍了无数照片，路过苹果园子的时候，仰头被一苹果砸了脸。

那一瞬间，她瞥见了黑影。

再睁眼时，树上枝繁叶茂，红彤彤的苹果挂满枝头，其余什么也没瞧见。

"嗨!"

肩膀被人轻巧一拍,惊得橘子大跳。

树下站着笑眯眯的男生,模样清秀,衣着干净。两人闲谈三两句,年龄相仿,一见如故,橘子竟萌生出"若有知音见采,不辞遍唱阳春"的心思来。有时候,踏遍铁鞋无觅处,得来全不费工夫。

回家路上,橘子高兴地哼唱:"爱情来得太快,就像龙卷风,离不开暴风圈,来不及逃……"

橘子画了一幅图,瘦削的女孩穿着水色波浪纹刺绣旗袍,参杂着套袄的样式,半寸高的立领和盘扣让脖颈显得秀长,裙摆暗藏着几分现代鱼尾裙的特色,愈发显得女孩明媚清冽,身材姣好。

她将设计稿投递给服装设计公司,等待回复需两个月。

橘子说,上天定不会亏待每一个认真生活的人,更何况她这么积极。

4

橘子恋爱了,和苹果园里的男孩子。

男孩子是农大毕业生,恰在乡下做调查时候,遇见了她,因缘际会,冥冥注定。

橘子说,她有一个前男友,劈腿了,她虽和他分手了,但仍是丢人得不得了。朋友一而再再而三地劝她:"男人嘛,偷腥年代都是这样,说不定知错就改,还是复合得好。"

男生摇摇头,认真说:"橘子,俗话说'江山易改,本性难移',凭什么要为了这种人渣而牺牲自己的大好日子呢?原就是丁点儿都不值得的事情,千万不要敷衍自己。"

"可是……"

"没有可是，你不用活在别人的标准里。"

是啊，千万不要活在别人的标准里，化身为尺度中一抹灰粗粗的刻度线，再无独特的闪光耀眼。我们总是犹豫不定，常常担心旁人的眼光，可是，千万千万不要忘记，要善待自己，要记住自己的梦与追求。

两个月后，橘子被上市服装设计公司录用，挂着"设计师"的工作牌，享用午餐的蛋糕甜点巧克力咖啡，游走在时尚的前缘，与高素质的人打交道，再也不用见曾经那些下九流的客户。

人生逆转，从脱离标准的那一刻开始！

仅过半年，橘子和苹果园的男孩子结婚了，婚纱与礼服都是橘子亲手设计，天上地下，独此一件，就像好的爱情，多么独一无二。

我们周遭的阴霾与灰暗，似形影不离跟随身旁，当猛然跳出迷雾回首再看，却原来，随心所欲地做一件事、爱一个人，竟如此妙哉，宛若"无端隔水抛莲子"，抛中你，便是你。

少年，敢不敢赌上一注，任心呼唤，追梦与爱？

不要拼命修图，你本来就很好看

小时候，我羡慕皮肤白皙的女孩子，厌恨这块胎记带来的丑陋，有人嘲笑我，我便自卑到尘埃中。后来，有人在书中写：那月牙形的疤，便是我的花青。

我忽地释然——这蝴蝶形的疤，便是我的花青。

1

"不要拼命修图，你本来就很好看啊。"

这句话是朋友 Z 发在微博里的置顶帖子，与男朋友的聊天记录，小小的黑色边框勾勒出重点，鲜明大字突显出来，我就看见了这样一句话。

置顶的原因：Z 觉得，她的男朋友简直是行走的玛丽苏。

不仅是玛丽苏，还充盈着浓郁的爱意，以及三观极正的"不管我长成啥样，我都不在意"的自信。乍一看，我竟有些惊愕，究竟是什么样的人，居然会说出这样的话呢？

当然，面对成天拍照、选角度、选表情、挑网红脸还是萝莉脸的搭配……Z 的男朋友说出这种话，似乎恰在情理之中。

Z 和时尚界沾个边儿。所谓沾边儿，即是潮流不低档，无论鞋帽、衣裤，大抵都是今年最流行的款式，但她也不至于标新立异，没有穿过巴黎时装秀里，那些平常人看不太懂的服装。总之，Z 打扮起来好看极了，美得恰到好处，几乎无瑕。

但 Z 无论是自拍还是他拍，都要修图修很久。

久到什么地步呢？

如果出去吃顿便饭，碰上赏心悦目的菜品，Z 会立马掏出手机，在众人重重目光之中，用相机拍原图，各个角度都来一张，然后，再试试看闪光灯好不好用。咦？带闪光灯效果更好？那好，加上闪光灯，每个角度再来一张……原图、对焦、自带美颜……

"这个盘子横着摆不好看，竖过来，竖过来，对，朝着我，你往旁边去点儿，别动，一下就好。"她的口头禅。

大部分人拍好了，往朋友圈一通发送，完事。

Z 不是如此，按她的标准程序，还要过一遍美图秀秀：食物的色泽足够鲜艳吗？看起来会不会太苍白、没有食欲？几十个滤镜择其中之一，对了，背景露出半只桌椅，赶紧抠图虚化，最后，加一点星光镜，显得亮闪闪。

做完一张图的时候,男朋友大多吃完饭。

他看着 Z 一边捧着手机,一边慢吞吞地吃饭,几乎成了习惯。别人吃饭玩手机,或无聊,或没有话题,唯有 Z 可以修一个小时的图,丁点儿不嫌累,也顾不得同桌的人有何反应。反正,天大地大,修图为大。

Z 的男朋友真是好脾气,换作是谁,也受不了这种沉迷于浪费时间的女朋友。

时代在进步,脚步在加速。

有空陪女朋友逛逛街就不错了,能静下心来看着女朋友沉迷修图无法自拔的男人,多么难得啊。不过,Z 没空珍惜,从始至终,她都盯着手机,修图 APP 数不胜数,谁都不知道,她怎么那么爱修图。

如果说,修图可以使图片焕然一新,光彩夺目,那么,不会有人反对。

可是,每当 Z 拿着两张图片,询问男朋友"其中哪张更好看"的时候,他大多时间一脸茫然:有区别吗?最多一个亮一点儿,一个暗一点儿,亮有亮的精致,暗有暗的朦胧,你问我哪个好看,我不知道啊!

男朋友摇摇头,Z 收回手,继续修图。

2

Z 的男朋友一直觉得,Z 不应该当 Model,她实在太适合摄影,或者做美图编辑,再或者,可以制作一些影视的后期。总之啊,相比之下,Z 的精力都用来修图了,故此,不如直接跻身设计行业算了。

Z 拒绝了这个想法:"我只是修着玩儿。"

男朋友反问:"你花在'修着玩儿'上的时间,至少有大半天的工夫，这么爱修图，不如以修图为职业好了。"

Z放下手机，认真地看着他，愠道："我只是为了让我的朋友圈更好看，让我看起来更漂亮，哪个女孩子不希望自己更漂亮呢？你们男生不喜欢吗？如果是你，你愿意在朋友圈看见一个丑八怪的照片吗？"

男朋友急了："可是你本来就很好看啊！"

Z"噗嗤"一笑，心里美滋滋，被他哄得挺开心。但这件事仍旧过不去，她爱修图，总担心瑕疵暴露，害怕一张掉漆的椅子拉低身份；惆怅今天的云朵太大，留白甚少，显得不够小清新；纠结粗糙的拍摄角度会引起第一视觉的反感……

可是，那些经她手拍摄出来的图片，已经足够好看了，再怎么修，也没有多大变化，把时间都花在这里，是准备参加世界摄影师大赛吗？

Z男朋友最恐惧的，是Z自拍。

她出一张片，大概要用掉一整天的时间。一间咖啡屋，拍摄三百张，海选一百张，各种姿势选择三张，剩下十几张。然后，Z把每一张都修出来，即使以最快的速度，一张图片至少十五分钟，十张照片花费两个多小时。再然后，从中精选出满意度最高的，继续精修，等到天都黑了，就可以在Z的朋友圈看见她美美的自拍——美虽美，但因修得过狠，反而不自然。

讲得简白一些，这份对修图的执念，源自于深切入骨的不自信。

Z做了三年的平面Model，从淘宝小铺子的局部拍摄：鞋子，帽子，袜子……再到某些品牌的御用模特，仅靠着这份职业名称，就能知悉，Z的底子，绝对是美女，上了妆，她若是凡人，那普通妹子何以立足？

偏偏生得姣好，偏偏执迷修图。

男朋友三番五次对 Z 解释，这些图片修与不修，真的没有多大区别。Z 从来听不进去，她反驳男朋友的话耳熟能详："你们男生懂什么呀？"之后，丢男朋友在一边，自个儿埋头苦干。

Z 的男朋友无可奈何，时常以为自己不是一个男友，而是她的专用摄影师。他不懂，本来美美的姑娘，为什么要捯饬自己这么久，不但没有锦上添花，甚至适得其反。

同样的，一些长得好看的姑娘，出门前化妆两小时，等她们出门，天都黑了。时不时的，路过一面玻璃墙，还得照照镜子，看看妆容是否妥帖完美。如果经过洗手间，必定要背着自己的小包包，折进去十分钟，描描眼线、涂涂口红，出来之后，自信许多，然而在他人眼中，似乎一成不变。

3

缺乏自信，简直是头号大敌。

以前的我也爱 P 图，把大脸修成小脸，眼睛加上美瞳，拉长身体比例……可是，我看过的最美照片，还是朋友圈里，那个从来不 P 图的姑娘，沈。

沈读艺术院校，回族人，单挑五官来看，算不得如何精致，但鼻子、眼睛糅合在一起，就变得格外水润温柔。她的皮肤很白，称得上优点，但并没有冰肌玉骨，只是自然的白。

很多时候，她穿着休闲大方，普通的格子 T 恤和卷角九分裤，一双女孩子不爱买的老气板鞋，偏偏是不那么好看，却显得极有味道，像木制的、清新的松香。

旅游时候，沈不挑地方，或是城墙边缘，或是乱石缝隙，随意往墙上一靠，抑或蹲着，仰头做个鬼脸，不知有多好看。

沈不修图，一眼就看得出来。

管他婴儿肥的脸，还是一点点雀斑，都显得真实又可爱，让人打心底地喜欢上这位敢于面对真实的女孩，她的照片，像是会说话：看啊，我不修图，也比你们好看！

这种骨子里的自信，才是我们真正该去修行的东西。

后来，我发现那些爱P图的女生，反而没有沈的人缘好。她的时间用来社交，朋友多，质量也高，时常看见几个好友一起出行，更多的是火车票的照片：何时何人，通往某地。

沈参加钢琴演奏赛，得了第一，朋友圈的奖状照片拍得很丑，字小到看不见，但是我会点开来看，接着感叹，"真好啊！"

沈报名击剑社团，毕业的时候，留下一张穿击剑服的照片：笨重且似盔甲的衣服套在身上，露出小脑袋来，露齿一笑，可爱至极。

沈去颐和园的时候，是同我一起的，她从不主动要求留影，倒是我，总想和金碧辉煌的大殿合影，也想与朱梁白墙间，存下回忆。

她替我拍，拍出来的照片也是美丽的，分外好看、生动有趣，有修图者拍不出的韵味，纯真，天然，多一丝俏皮，少了对角度的纠葛。

就那么简单，咔嚓一下，那份自然不造作的笑意，安静地留存在照片里，每次瞧见，总被逗得乐呵一笑。这才是相片该具有的魅力，真正的魔力，是将我们带回过往，犹如置身当初，被那些情绪缓缓拨动，或哭，或笑，或温柔以对。

而自卑，总是喜欢为人遮上一块害羞布，我看不见真实的面孔。

我们拿P图软件，狠狠地修改脸色、发色的时候，有没有想过，你平时微微发黄、掺和点棕的发色，看起来很漂亮？你有没有想过，磨皮会导致图片不清晰，以至于别人看它，像近视眼瞧人似的。有没有想过，你的照片被朋友点赞却不夸赞，是因为他们不知如何开口，说什么呢，是夸你P图技术好，还是夸长得好看？

可是，这图片里的人，一点儿不像你了啊。

4

为了让别人承认我们的美好，我们费了多大力气啊。

拥有这些力气，不如让自己变得更好，真正意义上的成长起来，多读两本书，腹有诗书气自华，哪里用得着修图？又哪里用得着，他人给予自己肯定呢？

更何况，自信的姿态更有利于生活。

我们妥帖且彬彬有礼，魅力与能力由时光来见证，拥有自信，我们便有了质地，像瓷，又冷，又温，又敦重，看起来险峻易碎，实则多了层透明的保护膜，加强韧劲儿，使生活中的一切事物都变得绵软细腻，爱自己，也爱生活。

你喜欢热烈明亮，还是平淡干净，都比造作成一朵塑料花强上百倍。每一朵花都有自己独特的美，不需要刻意雕琢，只是信手拈来，恣意地开放，沉下心来做自己。不可以断言牡丹即是最美，牵牛有牵牛的娇嫩，映山红也明艳艳，莲有莲的清洁，玫瑰自有热烈……

姑娘，你哪里不美丽？

在爱你的人看来，你是全世界最完美的花朵，是小王子的玫瑰花，而那些不爱你的人，你当然没必要在意他们的想法。每个人都是毁誉参半地活着，有好，必有坏，正应有了黑，才让白变得贞洁。

那么，一丁点儿的瑕疵，抑或恰到好处地长在了该生长的地方。让你看起来，不是碧玉无瑕、毫无生机，它为你塑造生命的痕迹，让你看得见刀削斧凿的力气，令美丽萌发，于是，好的、美的，可以开口说话：要做独一无二啊。

不穿均码的衣服，不做相同的人。

不要把脸蛋儿修得和网红一样尖、把腿长拉到比模特还长，你男朋友没有告诉你，圆脸也很可爱吗？你不觉得平胸穿衣服更好看吗？你难道还没发现，你就是你，无法改变，即使修得美若天仙，一朝露脸时，依旧毁之旦夕吗？

在你努力变白的时候，欧美人在努力晒成小麦色，你永远有着别人渴求的优点，你亦会羡慕别人，但我希望，你的姿态刚刚好，低得了头，也有自己的傲骨。

想起以往，我的脸上有块蝴蝶形的胎记，淡淡的。

小时候，我羡慕皮肤白皙的女孩子，厌恨这块胎记带来的丑陋，有人嘲笑我，我便自卑到尘埃中。后来，有人在书中写：那月牙形的疤，便是我的花青。

我忽地释然——这蝴蝶形的疤，便是我的花青。

再看旁人，羡慕只归羡慕，而我已然消却了那份幼稚的厌恨，渐渐的，我竟为这胎记的存在感到欣喜了。它说明我与众不同，它像一只蝴蝶，扑棱扑棱翅膀，携着芳香馥郁的花粉，就落在我心尖儿上，为我带来一缕珍贵的花香。

最后，又一次记起那句话："不要拼命修图，你本来就很好看。"

是啊，我本来就很好看。

如果你觉得不好看，那是你的问题。既然是你的问题，我才懒得在意。我就是要美、要艳，要活得热气腾腾，叫人人见我人人驻足。

要轰轰烈烈，要无法泯灭。

活得漂亮，从来不是为了讨谁欢喜

人之一生一世极短，活着时，"我敬你是条汉子"；活着时，咱们要相互爱戴；活着时，情根深重也要懂得取舍，不做感情的乞儿，是我的底线。

择一辈子，就是为了择一个珍重你的人。

1

四月，菟丝和大冬分手的那天，下了整整一夜的雨，草坪淹烂了，树根都泡出来，像所有韩剧中努力刻画的滥情镜头：淋雨，发烧，满面泪流。

菟丝顶着体内作祟的热原质，依旧在纸上写写画画，翻来覆去还是一团团乱七八糟的黑色线条，纠结成毛线球的模样。

一张素白的纸画得花花绿绿不堪入目，到头来还是构想不出一幅设计稿。

"咻"，手中的纸团飞入纸篓，却撞掉了旁边满满当当的其他纸团。

她想，分手就分手吧，画不出设计稿，明天被 boss 骂得狗血淋头才是关键！

天知道她这样想着，泪还是眼巴巴地往下流。泪珠路过脸颊，耗尽恋爱中最后一抹余温。一滴，两滴，"啪嗒"一声落在纸片上，氲开黑色线条，像是姑娘们哭花的眼线。

恋爱的情啊爱啊，换算成卡路里，也常常随着泪消耗掉，所以泪多了，爱情就没了。

清晨的时候，早就雨过天晴，窗台照得雪亮，明晃晃地刺眼，一小瓶永生花抖擞精神，旁边栖息两只麻雀，空气中尽是清新气味。

可是菟丝还是乌云盖顶，总是忍不住地难受，身和心都在煎熬，也难怪她会舍不得。

大冬帅气逼人，穿衣打扮很讲究，脑袋瓜子很灵活，高情商，非常会撩妹。在宋仲基成为全民老公之前，他就已经是一副韩范模样，仿佛潮流人物。

菟丝喜欢他，死乞白赖地喜欢他，她对他有执念。

是的，执念。

菟丝将能做的事情都做了，夏天送伞冬天送温暖，嘘寒问暖少不了，早安、午安、晚安简直像是古代宫廷规矩似的省略不得，甚至为他煲粥熬汤送达怀中。大冬学吉他，菟丝就专门去学贝斯，夹杂在一大堆男生之中研究"哆来咪"，谁叫她一心只想做大冬的伴奏。

这次分手，竟然是菟丝提出来的。她跟我说时，我原以为是开玩笑，呵呵笑了两声，丝毫没有在意。谁知她的眼泪扑簌簌地滚落，真像六月的天，阴晴不定。

我问她分手原因。

菟丝说："你知道吗？大冬对我就像是对陌生人，客客气气的，礼貌疏远，一点都不像在谈恋爱！"

感觉这理由强度不够，我怀疑还有其他原因。

她终于叹出一口气，继续说："大冬不爱我，单单我爱他，就像在演独角戏，实在没意思。"

果然沉默之后，我摇头："客气已经是好的，你可知像你这样喜欢一个人，早已是在乞求施舍？他想予你几分好就予你几分好，对你客气，已经是足够客气了。"

菟丝眨巴眨巴湿漉漉的眼，手中握着六角玻璃杯，指节泛白，用力抿抿嘴，半天没说话。

过了很久很久，才开口："我知道，我作。"

2

人生没有重来，贪心有何不可？

可是，你的贪心没人替你买单，咱总不能自虐一辈子吧。

有时候，我们错在一不小心遇到错的人，一不小心让自己的情绪泛滥成灾。你再把握不住自己，恨不得掏心掏肺，感觉就算临死也无法割舍了。

可回头望，却原来，他们压根儿就没当回事。你将他当作全世界，不见得他也将全世界当作你。

《东邪西毒》中慕容燕曾说："如果有一天我忍不住问你，你最喜欢的人是谁，请你一定要骗我，无论你心里有多的不情愿，也请你一定要说，你最喜欢的人是我。"

悲恋之情常见，伤感的是电影，悲成惊心动魄的美感，但是人生却由不得我们不现实。

电影中，我们可以奢侈地浪费岁月，醉生梦死，仗剑走天涯。可梦醒后，别说是剑，给根扁担都挑不动的小身板，不敢蚍蜉撼树，无力挑战滚滚红尘。

我那相处一年半的邻居，就是个典型的小女生。

邻家有女初长成，一家有女百家求。

这姑娘是中文系系花，笔名"维娜"，文艺情怀满满当当，看部韩剧能痛哭流涕，结束后要写篇洋洋洒洒的千字手稿纪念悲情女主角，活得像童话里的小公主。

然而，这种不养身也不养心的韩剧看多了，除了偶尔养眼，实在不利于高质量的生活。

维娜交到男朋友，冥冥之中不自觉地按照肥皂剧过活，比如三角恋什么的，一定要苦苦哀求；再比如遭受婆家欺负，更要低眉顺眼、只卑不亢，以示自己是手无缚鸡之力、孑然孤苦伶仃的现代林黛玉。

男朋友下通碟:"分手吧,我跟小谁在一块儿了!"

维娜简直一愣二哭三啼啼,终于有机会出演偶像剧,不演得淋漓尽致不痛快。要说难过,真没多少悲情,但是情感匮乏的心总得找些空心洋葱来刺激刺激。

她不爱,却喜欢挽留,结果被男朋友甩一张冷脸,成天顾影自怜,忧伤得就差天空的蓝是她的惆怅,大地的绿是她吐露的悲伤。

要是换作我,早让他跟那小谁滚远点,越远越好,眼不见心不烦,这种渣男留着干吗?能吃能喝还是能帮忙爬梯子?

三毛也说:"如果你给我的,和你给别人的是一样的,那我就不要了。"这种自信,恰恰是当代年轻女性最为缺乏的精神。何况是出轨?

精神来往都断绝了,还指望得到什么尊重?

渣男再回头,不过是怜悯你;渣男不回头,糟蹋是自找的。咱们姑娘是欠他的还是差在哪儿了?凭什么咱们要自甘堕落,麻木卑贱?

别跟我提"温柔似水""文弱书生"。姑娘们,温柔个屁啊!你要活得腰杆笔直,能扛把枪给那些个渣茬子"突突"几个枪子儿,畅快解恨。

《孔雀东南飞》的女主角,你这辈子也别演。咱们安安稳稳就成,不指望重现六月窦娥冤来名垂千古,更别想哭倒长城撼天动地。

你撑死,只能演出哭天喊地的懦弱无能形象,终究是个小女人,并不惹人怜爱,也没啥可感动的。说白了,就是蠢。

不折不扣的蠢,双十一都不打折的那种。

3

我见过白头偕老，也见过恩断义绝；见过磕磕绊绊的在一起，也见过不含笑泪的好聚好散。

各种爱情，皆是寻常。

为了给广大姑娘寻找到底什么才是真爱的证例，本宝宝特意去造访过十几对白头偕老的夫妻，其中有如西天取经，不服不行。

柴米油盐酱醋茶，一日日的油烟扑面，头发油腻腻地粘黏，偶尔争吵打闹，啥奇葩都有。摔电视机的、离家出走的、差点儿就得离婚的、生育问题……总之仍旧不离不弃。谈及相爱之久时，每对夫妻都笑嘻嘻的，还有人脸红。

他们有个共同特点——待人温柔如己，互相尊重与爱戴，心灵沟通顺畅，不梗阻，灵魂与灵魂之中有一座虹桥。

这样的生活，乃是"赌书消得泼茶香，当时只道是寻常"。

灵魂的契合度非常重要。每个螺丝有配对的螺母，每个齿轮有各自的齿缝，越契合的灵魂越不会发生矛盾，就如青山长河的坚韧与柔和，而虎狼兔羊绝不能共生。

爱情是一场马拉松，要坚持不懈地走下去，真不容易。

像菟丝，像维娜，那些施舍来的感情，是烟火，爆炸后一瞬绚烂，芒硝味刺鼻，没实现夜如白昼，连结婚都支撑不到。男人们只要找到更好的下家，你就成了破碎的劣质瓷盘，随手一丢，看都懒得看一眼。

等到那时候，你就完了。

爱不是施舍，是尊重与往来。大多时候，无论我们如何藏着掖着，都躲不开情侣们秀恩爱，仿佛光芒万丈，闪瞎人们的眼。

羡慕嫉妒恨吧，然后日复一日地愁嫁。没错，二十岁就开始担心遇不到好男人，这种姑娘其实很多。愁嫁！

姑娘，你真不用愁，再丑都嫁得出去，除非你邋遢懒惰不检点，再加上丑。

要不然，是个雌性，总有拿捏你七寸的雄性。

最后，提醒每位可爱的姑娘，咱们用不着热脸贴冷屁股。非要将自己摆在卑微境地，你不卑贱谁卑贱？女人需要高贵与优雅的气度，倘若有，就显露出来；倘若没有，装也得给我装出来。别管那些叫你"绿茶婊"的小婊砸们，她们的"酸葡萄"心理早就暴露无遗，长了眼睛的人都看得清清楚楚。你优秀不优秀，自己说了算！

人之一生一世极短，活着时，"我敬你是条汉子"；活着时，咱们要相互爱戴；活着时，情根深重也要懂得取舍，不做感情的乞儿，是我的底线。

择一辈子，就是为了择一个珍重你的人。

文章看到这里，如果你还在死乞白赖地求前男友复合，建议你去看看韩剧以毒攻毒，被蠢哭的女主角气急，说不定榆木脑袋就开窍了。

姑娘们记住，你要活得漂亮，不为讨谁欢喜。爱情如是，命中的每每事宜皆应如是。

感情总是善良，残忍的是人会成长

经历兜兜转转之后，那本泛黄的书再次被我翻开，《简·爱》二字鲜明显露，书角蜷曲着流光痕迹。我想，爱上简的人很多，但是除了罗切斯特，再没有人能令简爱上，就像感情总是善良，残忍的是人会成长。

第二章 也许有一个我你没见过

我曾经看见过一个问句，令我印象深刻。它是这样写的："除了罗切斯特，谁来爱简？"即使依照一些人条件性反驳的习惯，一时间也难以做出回答。

我想到好几年前被称作"青春"的日子，只是可惜往年的事情，再拿出来当作谈资，就不知不觉已经凝固了时间点，连同旧情一起封存心底，留下永不磨灭的痕迹。

那时候，还不是白衬衫非常流行的时代。没有智能手机，人与人之间最有效率的交流方式就是说话。直白，简单，没有纠葛，而那时最美好的感情是独自一人躺在硬邦邦的木板床上，望着纱窗之外水蓝天空，将自己的思念一点一滴刻在洁白的云朵上，任由它变幻形状，然后被往来的风带走。

在一个晴朗的日子里，我发现我好像喜欢上某一个男生了。大学校园不大，兜转几圈总能瞧见的，他长相清秀美好，并且他的穿着总是一如既往的干净，深蓝色的球鞋没有干结的泥垢，笑起来有阳光的味道，我觉得这样就很好。

上天总是让我感到幸运，因为我总喜欢待在学校那小小的图书馆里，也时常可以遇见他。在背景里若有若无地瞧见他，金灿灿的阳光铺满木桌面，连着他乌黑如漆的头发也一同金光四射，他就伏在固定的窗边桌案上静悄悄地看书，像一尊雕塑般养眼。

我猜他一定是在读某些世界名著，心中暗自期望着是《阿达拉》，或《伊豆的舞女》，又或是《荆棘鸟》。再不济，总该是有关学业之书。

可惜，我并不敢上前与他搭话，只远远的与他面对面坐着，顶着厚厚的玻璃片看他，也实在看不清他手中的书籍。

每一次，我都窃喜不已，像极了一个忘记带红鼻子的小丑，真切喜欢某个人时，那感觉就像他是冰种里的一滴朱砂，似乎多余，仿佛累赘坏了好颜色，偏偏你觉得他完美得恰到好处。时间就在这春风洋溢、花木葱茏之中缓缓流淌，安静美好。

直到某一天，他与我在图书馆再遇见，我看见依旧眉清目秀的他，身旁站着一位个子矮矮的粉红裙子女孩儿，那女孩儿抱着几本书，五官小巧精致。远远的，不知他说了什么，那女孩突然笑得像朵春风拂开的花，旋而绽放，带着青春靓丽的活力。

我推了推眼镜，杂乱无章的刘海遮住眼神，背着沉重的旅行书包，抱着满怀的书，低头，从他身边轻轻擦肩而过，我一直记得，他连余光都不曾停留在我身上一秒。我刻意轻轻地刮蹭到他的手臂，因为不想连失败都失败的悄无声息。

那一刻，毫不夸张地听见玻璃瓶掉在地上的声音，我仿佛事不关己般地路过，但有什么哗啦啦的在心底碎了。

"喂！"身后有人说话。

我闻若未闻，因为已经输了，就不要再丢人现眼，我只想尽快离开这里。

有人拍拍我的肩，说："同学，你杯子掉了。"

我猛地一回头，是他，指着一地的玻璃渣和水迹跟我说话，而他身旁的女孩一脸惊愕地望着我。

没错，真是玻璃杯摔碎了。

不止地上满是玻璃瓶的碎片和水迹，连同我的眼睛也是湿漉漉的。活在自己的暗恋时光中，然后矫情到让自己快要难过地死掉。

我望着他，等待他可以安慰我一句，借此给自己一些减轻难过的机会，可俗话说得好，不见棺材不落泪。于是，就在我满心期待之中，只看见他皱了皱眉，语气中夹杂着不耐烦："我的书都湿了，这些你得负责！"

我顺着他伸过来的书看去，他的书上确实落了些水渍，然后，我发现那本封面花花绿绿、连名字都非常恶俗的书，大概是我见过的最没品味的书，以至于我都开始奇怪图书馆怎么会有这种烂大街的劣质书籍？

他身旁穿粉红裙子的女孩扯了扯他的衣角，眼神中有三分焦灼，示意他别再为难我，真是个可爱的女孩子。但是，他还是一本正经地盯住我，似乎要逼我将他捧上云霄才肯罢休，丝毫没有打算放过我的意思。

我愣了一下，忽然咧嘴笑了。

他们的神情更显得错愕，而且愈发扭曲起来，或许是我笑得有些狰狞，管他呢，反正我自己看不见。

我一把接过他的书，翻过来瞧了瞧背面的价格，然后再把足够的钱塞给他。他看见人民币后，怒火中烧的眼睛终于亮了一亮，像老鼠见到奶酪，之后心满意足地揣着钱票子离开，那女孩儿跟上去，几番回头看我。

我转身，拿了扫把和簸箕，把满地玻璃渣打扫干净，然后连同那本杂书和玻璃渣都丢进垃圾桶——不可回收。

有风从窗外吹进来，阳光细碎地洒在我身上，我的双手雪白透亮，足尖有氲散的光圈泛着琥珀般的光泽，玻璃片上倒映着我的脸，吹散的刘海扬在耳后，眼睛晶莹如星辰。那阵风轻轻的，在我额上印下一吻。

我昂起头，突然懂得，原来感情需要对的人才能体会，不是不想爱，也不是为了宁缺毋滥，只是自己过得挺好，哪怕时光清浅，始终一个人，也没有遗憾。

臆想之中的美好，是我在光阴中酿着微微发酵的酒，然后微醺，微醺。某人沾了酒香，我以为我喜欢上那个人，可我才发现，我喜欢的一直是酒香，不是那个擦肩而过的路人甲。

很多时候，窗外下着名唤"光阴"的冬雨，而感情像是一杯温热牛奶，你捧着它既暖手又暖胃，但细密的凉意照旧会透过窗台的缝隙毫不留情地溢进来，在你面前嚣张跋扈的将热气腾腾的牛奶吹冷，于是，你再不能喝下一口。

经历成长，没有人会永远幼稚可笑。我就这样捧着一杯冷透的感情，度过我南辕北辙的青春时代。

张国荣说："我只是希望做好自己本份，使喜欢我的人继续喜欢我，使最初不喜欢我的人，至少不要恨我。我已经感到满足，因为我不是圣人，不能够全世界都要和我共鸣。"很多人的一生都花费了太多多余的感情，然后任由自己歇斯底里，将自己折磨疲惫，这很不划算，也同样幼稚可笑。

亦或许正是因为感情总是善良，我们才得以重新认识自己，褪下灰粗粗的旧布衣，换上一件流光溢彩的白裙，破茧成蝶，接下来柔者配柔，刚者配刚，寻找和合之妙。

后来，不知道他有没有变得待人温和，我听说那可爱的粉裙子女孩儿成了学生会主席的女朋友，他似乎暴躁过一段时间，然后我再也没有听到过他的消息。

操场、柏树林、绿锈斑斑的铁栏杆……无论路过哪里，我总会习惯性的望上一眼，虽然空荡荡的，但我心中却是满满当当。

感情总是极度善良，残忍的只是人会成长。

之后，我开始过着独自一人也很温暖的日子，再爱上的人就像笔下的过境飞鸟，掠过天际的一瞬，美不胜收就足够好。

大多时候，人本身善变，何故借"不忘始终"的拙词，当作自己苦苦坚持的借口？若爱一人心，管他沧海桑田变化，爱终归是爱的。

愿你明白，爱是愉悦，不是痛苦，亦不是自残式内伤。

经历兜兜转转之后，那本泛黄的书再次被我翻开，"简·爱"二字鲜明显露，书角蜷曲着流光痕迹。我想，爱上简的人很多，但是除了罗切斯特，再没有人能令简爱上，就像感情总是善良，残忍的是人会成长。

生命中最难的，是你不了解自己

江湖是你，撑篙人也是你。

顺流而下、逆流而上随你心意，今后的风雨天晴、雷鸣霜冻、惊涛骇浪都由你独自面对，无人共你患难，无人守你一生。愿你平安喜乐，不为日子低头，只随自己心意去浪迹天涯。

1

在杭州旅游，遇见一小伙儿，是萍水相逢的撑船老翁家小儿子，年纪二十出头，长相嘛，只想用"圆滚滚"三个字形容。眼睛、脸蛋、嘴唇，都是肉嘟嘟、圆滚滚的模样，像充饱的气球。

小伙子待在船里，随游客观光，顺便卖着杂货。他嗑瓜子的时候，同行友人问他买了片泡过糖水的哈密瓜，其他人也趁机拥过来，半晌工夫，一帮人便熟络地攀谈上话。

内地人似乎爱与外地人说话，因为熟悉擅长，所以常被人津津有味地听，显得自身颇具价值。

我坐在最靠外的位置上，一边闲视岸上风光，一边听他们谈及撑船职业，说是清闲无聊，赚不到几个钱，只能暂且解决温饱。

有人好奇地问小伙子:"年纪轻轻,咋没去读书?"

"读啦,今年上半年刚毕业,不是正规大学。读完了也找不到正经工作,工资被老板扣得死死的,不想干。"说罢,他啐了口瓜子壳。

船尾两个身材精瘦的游客闻声,眼睛微微一亮,意味深长道:"那小伙子可以考虑创业呀!趁年轻,找市场,做调查,稳步投资,爱拼才会赢。"看他们打扮得干练,举动风风火火,似乎是创业成功的年轻人,热心肠地分享人生经验给小伙子。

小伙子眼珠子都懒得转动,直愣愣地讲:"说笑话呢,创业多难啊。要钱没钱,要生意没生意,干啥的都有,又没背景,没'干爹',怎么争得过人家?再说了,就算有本钱,一下子给赔进去呦,不划算。"

"那撑船划算?"乘客反问一句。

小伙子摇摇头,往船壁上懒散靠倚着,肥嘟嘟的手指插进塑料袋里抓出一把瓜子继续嗑着:"但是挺舒服。"

没人再说话,大家都将目光落在船外。

老翁一下接着一下用力地撑着篙竿,满是皱纹的五官拧在一起,像是听见了刚才的话,又像是没听见。总之,脸上看不出丁点儿笑意。

小伙子的人生,似乎就在老父亲那双沧桑渐深的眼睛里,呈现出毫无希冀的未来。

下了船,上岸后。三五成群的游客絮絮地说:"那小伙子不是没条件没资本,他呀,压根就不是能成功的人。连自个儿什么模样都搞不清楚,还嫌东嫌西。倒是可怜了老父亲,这把年纪出来卖命呦!"

我无言,回首眺望渐行渐远的小船,仿佛看见了他们渐行渐远的未来。

2

历史上许多真实活例，当属三国最是鲜明。

项羽常常刚愎自用，独裁孤断，不听劝阻，生性粗莽简单。终于，身陷四面楚歌之境，无颜面对江东父老，只好乌江自刎，成了千古大憾。

刘邦曾说："运筹帷幄之中，决胜于千里之外，我不如张良。抚慰百姓供应粮草，我又不如萧何。领兵百万，决战沙场，百战百胜，我不如韩信。我能做到知人善用，发挥他们的才干，这才是我们取胜的真正原因。至于项羽，他只有范增一个人可用，但又对他猜疑，这是他最后失败的原因。"

人贵自知。

《芈月传》中的楚臣张仪，从楚至秦，周游列国，拥五车学富，有诸葛之才。他知人善用，更知如何辅佐皇帝，深知自己学问厚薄，始终将自己摆放在恰当的位置上。如此，各位皇帝对他礼遇至极，不敢肆意贬罚。

但不自知者，则背负着叩问自己与世间的大难题。

一者，不自量力。举动狂妄自大，不能估量事态轻重缓急程度，自然不能拿捏得当。万事只讲力气，不讲道理，便会逞匹夫之勇，如程咬金的斧头——头三下子狠，其后，必然败落。

二者，妄自菲薄。曾经刘禅害己误国，遭人笑柄，流传千古被笑为"扶不起的阿斗"。不知自身实力的人，如何发挥优势、弥补劣势呢？

就像杭州撑船老翁之子，总觉得外物皆难，难无解，便躲避开来，不面对，以为自己是天生有颊囊的仓鼠，安慰自己温饱之余尚有储存。其实呢，心心念念着，混一天是一天吧，这样舒服。

不努力的人生确实舒服极了。置身于瘴气当中，责任与生活都与你无关。只需活在他人的羽翼之下，不管尊严，不管世界。只可惜，生命的最后，你定又歇斯底里地质问生命为何如此不公！

不公吗？

是你不配走公平竞争的路。

连了解自己都懒得去做，连简单的分析都不愿活动大脑。不优秀、面貌丑陋、无拥天赋、怠惰努力，还将灵魂饕餮食之。你的生命从始至终也就这副模样吧，你继续苟延残喘。

3

最近，夏天岛公司爆出丑闻。

《狐妖小红娘》作者写了一篇长文发在微博，质问夏天岛公司的老板姚非拉。明明是国内火热漫画的人气漫画作家，却被公司以及老板"虐成狗"。紧接着，人们回忆起很久以前，第一个走出中国的美女漫画家夏达，她的微博里，同样有一篇对签约公司无力吐槽的长文《就到这里吧，我受够了》。

接踵而来的，是无数作者对夏天岛公司以及姚非拉的质问。著名插画师白茶也表示："他不但将牛奶卖了好价钱，还顺道宰了牛。"绘本《有猫在》的作者也说："基本上我算是个挺冷漠的人，大多数事情没啥兴趣；道德界限基本只在'不随地吐痰'上下，要是连我都说有人是垃圾，最好信我的。"

此时此刻，夏天岛的老板姚非拉，该以何种面目面对众多作者呢？

我们了解自己、了解生活的意义，远比赚钱更重要。

有太多太多比钱更重要的东西了，譬如良心，譬如责任，譬如梦想。开创艺术设计之类的公司，靠贩卖他人的艺术作品以及梦想来替自己赚钱，我只想说：太过分了。

　　过分的，绝不仅仅是夏天岛一家公司，也绝不仅仅是姚非拉一人。有太多不了解自己的人，活成了可怕的模样。他们甚至认为：我很好啊，有地位、有钱有势，吃穿住行皆上等，我的人生很完美啊，我并没有做错什么。

　　你明知合同乃是霸王条款，依旧会劝别人签约；明知签约年限过久，依旧会说"所有公司都是同样"；你知道自己逐渐演化成吸血鬼的模样，却拉拢人来无休止地饲养。

　　令人毛骨悚然之处在于，最终所有人都知道你做错了什么，唯独你不自知，依旧妄自独行，不回首地往幽绿沼泽深处走去。

　　你，已成恶魔。

4

　　难难难，难于上青天。

　　最难的是你不了解自己。

　　从项羽、刘邦的烽火时代，抵达今日工作中良心的选择与对峙，我们应该攫取欲望的产物，还是恪守内心的本真？这并不是难题，外物皆是客观事实，既是事实，就必有答案。撰写答案的人，其实是自己。

　　你冷静下来，问问自己的内心：

　　需要钱，还是需要快乐的生活？愿意放弃美好未来而去纵容懒惰吗？你究竟想得到什么？这样的路当真是你愿意行走的？行走的后果既然看得见就要好好分析风险，切不可以脑热一时，来揣度半生选择。

　　兴许，你知道自己喜欢吃西瓜还是橘子，知道夏天和冬天哪个更让你热爱，知道香菇香菜哪种令你讨厌，知道什么样的恋人是你需要的……但是转念一想，在面临抉择之时，犹豫过吗？

那个男生并不适合你，他性格暴躁，你脾气也坏，但对你的态度极好，又追你很久。于是你被感动了，明知没结果却又想要尝试突破一下，结果，还是溃不成军。

你热爱的工作被别人抱怨过于苦累，看着别人云淡风轻地给你推荐了新公司工作，你心猿意马地跳槽，结果发现压根做不来，想再回到以前，却惊觉无法回头。

本着"多交朋友准没错"的原则，你滥交了大堆熟人，逐渐疏远了真正讲得来的好友，结果知心朋友没有一个，关键时刻无人援助，日子好像热闹，其实孤独成狗。

你真的了解自己吗？

了解之后，你坚持选择了最适合自己的选项吗？

明知是错，却偏偏犯错。那你真惨，不仅不懂人生，还不懂自己。

江湖是你，撑篙人也是你。

顺流而下、逆流而上随你心意，今后的风雨天晴、雷鸣霜冻、惊涛骇浪都由你独自面对，无人共你患难，无人守你一生。愿你平安喜乐，不为日子低头，只随自己心意去浪迹天涯。

我们为什么要修养自己的心

兴许，就像那朵红袖玫瑰，修养即是修剪旁枝杂叶，撕掉腐败的心思，将心修养得如花田般滋润唯美。而后，读罗曼·罗兰的话，便觉得无比完美与贴切——

幸福，是一种灵魂的香味。

1

我童年印象中颇为深刻的，是隔壁家邻居爱与丈夫吵架。一旦吵起来，天崩地裂，泉枯山萎，谁也劝不得，谁也拦不住。

平日里笑眯眯的中年妇女，前一秒还提着两捆鲜翠滴水的西芹回家，转眼便狂躁得像一头发疯的狮子，只因丈夫回家没及时换鞋而张开血盆大口。接着，从往事说起，一点一滴不漏，旧帐翻得啪啪作响，眼睛血红，姿态可怕。

她患有高血压病，每回生气，心跳加速，哭得喘不过气来，似要就地晕厥。

门外看客不多，门内听客不少。

老旧小区楼距相当小，窗户紧贴，喊一嗓子满楼都听得见。女人骂男人骂了半个小时，两栋楼都安安静静，空气里传荡着浓密火药味儿。

那时候，我趴在桌上写作业，实则竖着耳朵听家长里短的琐事。女人絮絮叨叨地骂着，言语难听至极，我甚至有点惊愕，为什么一个人能对挚爱吐露如此不堪听闻的话语？为什么爱与修养荡然无存？怪不得说"婚姻是爱情的坟墓"。

我对婚姻绝望，乃因看见过这样的坏婚姻。

后来，我毕业工作，参加社交礼仪活动。某次搭设舞台时，好巧不巧下起倾盆大雨。舞台离礼仪大厅有三四百米距离，赶过去恐怕也早成落汤鸡。是时，只好徘徊四顾，恰见不远处有公用伞架。

同我一行奔跑的人不少，飞速将伞拿光，几个拿到伞的熟人看见我，便朝我点头一笑，随即兀自走了。前一秒，称兄道弟搭设舞台，后一秒，他在伞下我在雨中。

我发懵了，倒是带我挤一挤？虽说是件微不足道的小事，转念一想还是算了。你不情愿，我又何必惹嫌。都说六月天是孩儿面，也许更善变冷漠的是人。

我对社交绝望，乃因看见过这样的坏社交。

可当我拒绝婚姻、拒绝社交之久，猛然意识到惊喜与幸福许久不曾宠幸我的生命。

是哪里出了错，让幸福颠倒不复？

2

我遇见这世界的不美好时，没有选择接受，因为接受是懦弱的表现；没有选择反抗，因为心有余而力不足。除此以外，似乎别无他法了。

有人说：面对无休止的争吵，我们生来就得花费青春年少埋头上学，紧接着风风火火、朝九晚五地上班，如此世世代代，循环往复。这就是人的命，至少是90%的人的命。什么，你想改变？你能改变命运？还是改变社会？别做梦了。

但日子过得久了，渐渐发现命运齿轮的缝隙。

似乎，似乎还有一条出路。

柴静在《看见》里说这样一段话："强大的人不是征服什么，而是能承受什么。"她的胆魄是凌然的，生性是清简的。参加非典时期的采访活动，作为一线记者，这已不是对话与宣告那么简单。她赌上生命说话，没错，赌上生命。

而后的纪录片《柴静雾霾调查：穹顶之下》更是一夜之间震惊中国。不管是政治、国际、社会评价，哪一种不如巨石砸背之重？她再次赌上生命，赌上一切，不顾自身安危去"冒死觐见"。这已不止是寥寥话语，更是以一己之力对黑暗势力与残酷现实的反讽。

非典一线与众口铄金的各种境地，她竟直挺挺地站起来了。

敬佩她是值得的，那些舍得用生命来说话的人，从古至今，都值得人们纪念。

她的背影，愈来愈高。

是什么力量，促使她化解这积毁销骨的包围圈？我翻遍所有书籍和报导，查阅她的生平资料，而柴静似乎只表达了两个字：信念。

我相信自己，你们说你们的，我仍旧做我的事。

如此果毅，光明磊落，眉宇潇洒。

也兴许是血泪交替的历史，一点儿也不从容潇洒吧，但是柴静是足够幸福的，在揭开一层层社会面纱的同时，用生命叩问了大是大非，牺牲光阴来诠释某种真谛。

全凭信仰，信仰源何？

心。

3

前三年偶尔结识一位广安的年轻人，做花店产业链，从昆明购进，再分批卖去县城中三四十家大小花店，小日子清闲自在。

有回，我想去昆明旅游，但纠结于不熟悉昆明地理环境，便有意搭坐他的顺风车，从广安一路赶到昆明。年轻人热情好客，倒是不拒绝，反而喜欢路上有人作伴唠嗑。待我玩够一阵子回去，见四季如春，亦见满车大大小小花枝子，路途颠簸，花枝子便跟着颠簸，果真印证了"花枝乱颤"的妙丽场景。

令我咋舌的是，途中两天，花朵瞧起来弱不禁风，却偏偏顺着风摇摆。待往返广安时候，挑挑拣拣完毕，竟然一株未死！

记得我养花的时候，无论是玻璃瓶里插着的百合，还是大捧的玫瑰花，或是听说好养的富贵竹，皆从未活久过。原以为，花期本就极短的花,熬过长途跋涉必会大量凋零,却不曾想,它们依旧明艳艳,似不染风尘般出众。

看着他将花枝卸货,抱进屋内打理,用水浸泡根部,拆开保护膜,修剪枝叶,满屋子都是浓郁花香,心神竟有些恍惚了。

我喃喃道:"没想到,小小花朵居然这么耐活。"

他仰起头,指尖停留在花瓣上,留下好看的弧度:"花没有人们想象中那么脆弱,它们甚至称得上坚强。从昆明运到广安不算什么,就算运到祖国最偏远的地方也是不会死的,只要有水、有光,就死不了。"

他垂下脑袋,盯着花苞熟稔拨弄,一边缓缓低沉地说:"最多腐烂些外面的花瓣,撕了去掉,照样是好看的。"

我微微失神。

"你看。"

他笑着挑起一朵红袖玫瑰,剥掉外头两瓣稍有残缺的花瓣,再淋上水滴,瞬间鲜活起来。递到我手中,仿佛握着一整个春夏颜色。

那一瞬间,让我突然望见光芒万丈的人生。

4

有个朋友读过很多哲思类书籍,某次巧合之下,他搅着翻沫的咖啡,顺口笑问:"书中老生常谈,都说要修养身心。可我想了很久也不明白,我们为什么要修养自己的心?"

他的声音轻轻的,有两分不知所措的意味。

这个问题,被我发到微博里,有人评论,说是"为了让自己活得更漂亮";有人抱着"因为唯有修养才能避开世俗的打击"之类的归隐心态;有人感慨"修养自己是生命没有理由的本质吧"……

我熬夜刷新微博评论，质问自己：

心是什么？

自问自答：是扑通扑通跳着维持生命的器官。

但是仔细想想，修养身心，绝不单单为了自己。

倘若是为了自己，大可在家中安顿，一日三餐，邋遢生活，玩什么毛笔钓鱼，折腾什么花草茶叶，也不必看什么书，成天扫描热点新闻、笑笑娱乐圈小事、玩玩游戏，岂不是更加欢乐？

随心所欲很容易，若是为了快乐，似乎没有舍近求远的必要。

终有一日，直到我遇见那朵红袖玫瑰，见证它的重生，它的淋漓绽放，它的美丽生存。我忽然明白，其实，我们修养身心，有时是为了其他人。

这个道理，与"赠人玫瑰，手有余香"异曲同工。

修养，乃为在恼火时，不因脾气暴躁而破口大骂，不将话语做利刃出鞘，把把刺在对方心尖上；乃为看见旁人遭罪，能善意帮助更多人，传承这份举手之劳的美德；乃为使社会真情满溢，使人们不再颠沛流离，不再心隔沟壑。

修养可以让我们活在好的婚姻里，可以让我们遇见更善良的人，看见更值得敬佩的人生。

如果，再有一些私心。那么，我愿自己能够风雅过活，一瓢江水渡尽风尘仆仆，一杆翠篙撑起江湖人生。愿我可凭修养赢得尊重，以举止言谈感动他人，以赤子丹心敌对万千苦难。

我愿自己如城墙，一夫当关，万夫莫开。

兴许，就像那朵红袖玫瑰，修养即是修剪旁枝杂叶，撕掉腐败的心思，将心修养得如花田般滋润唯美。而后，读罗曼·罗兰的话，便觉得无比完美与贴切——

幸福，是一种灵魂的香味。

让风雪少一点,让夜归途不寒凉,让恶寒的心逐渐缓和起来。恰是红袖开得正好,我摘下来,小心翼翼地种在心里,开花结果,然后与你的心田嫁接。

第三章　愿年轻的你，爱得热泪盈眶

爱情是件私密的事，不适合铺开来给他人远观近探。好的爱情，是藏在心底的，宛若酒醋发酵一般慢慢滋长醇厚，不该融制人心惶惶的模样。若是心底装的东西太多，坛子中难免变了味儿。

很多时候，温柔是有底线的。

梦中有颗叫伊范洁琳的星

伊范洁琳没有翻云覆雨的本事，不曾热烈似火，不曾千般许诺，但她的存在，能让萤火虫含笑而逝，能让萤火虫的灵魂，化为一道星辉，与伊范洁琳并肩，永远在一起。这样的幸福，哪怕只有一瞬，亦是伊始之时，最初最纯真的祈愿。

这样可爱的伊范洁琳，就在我们心底。

1

看迪士尼动画电影《公主和青蛙》，哭得不能自已，不因剧终的纳温王子与蒂安娜得偿所愿，长相厮守，而是直接抛却了主线剧情，单纯性，为一只萤火虫感动，落泪。

那是一只长相丑陋的萤火虫：雷蒙德，大腹细腿，说话时总露出不整齐的牙齿，两只触角颓圮地耷拉着，下巴长出稀少、扭曲的胡须，眼泡水肿、屁股扁圆，它一点儿也不优雅，典型的不美好。

仰望着巨大的星空，它指着一颗星星，情不自禁吟唱。

"哦，你们当然不能错过，她是全世界最最美丽的萤火虫！终有一天她会明白，我那深深的爱意。"

所有人心照不宣，没谁戳穿这层迷雾。

当蒂安娜感情失意，她说："我不过是许下一个无法实现的愿望罢了。"

萤火虫劝她，她脱口而出："其实伊范洁琳就是颗星星！雷，只是一颗距离我们几百万光年以外的星星罢了！在心伤透之前，还是赶紧清醒过来。"

夜晚寂静的街道被星轨照亮，一地冷辉。

萤火虫含泪，认认真真地仰起头，挥动着薄弱的翅膀："她只是太伤心了，就是这样……没关系，伊范洁琳，我们会让蒂安娜知道真相！"

故事的结尾，黑影子把雷打伤致死。

雷闭眼前，看见纳温王子和蒂安娜终成眷属，它透过众人，眺望着远方的伊范洁琳，目光温柔似水，星辉洁白如雪。一份从始到终的笑意溢留嘴角，它望定星星，遗言："我很开心，伊范洁琳也很开心。"

就此泪崩。

有些爱情就是飞蛾扑火，明知道真相，明知是不可能的人，不可能的梦想，偏偏要恪守不渝，固执地坚持心底一份微妙的爱意与忠贞，跳一曲无人鼓掌的独舞，仿若坠入爱河。

罗兰说："当你真爱一个人的时候，你是会忘记自己的苦乐得失，而只是关心对方的苦乐得失的。"即使你不爱我，即使无法触碰，我依然爱你。

第三章　愿年轻的你，爱得热泪盈眶

约莫世间大部分的爱，都是烈火焚身、雷峰塔压，都是兵临城下、万箭穿心，即便如此，我也愿意为了心中的伊范洁琳，拼尽全力，做一回飞蛾。

于是，将影片安利给好友 L，催他告白。

L 当真不负我望，捯饬成最满意的姿态，潇洒地出现在暗恋之人的眼前，那位心上人真美，像蒂安娜似的，一朵深夜开放的玉兰花。

L 捧了一束花，用老旧的表白套路。

"我喜欢你。"

女生愣住，慢慢地开口："为什么会喜欢我？"

"喜欢一个人是没有理由的。"

女生没有回答，依然埋着头，默默盯住一捧花。

心一横，声音从牙缝里挤出来："我就是喜欢你，喜欢到快要发疯，你瘪瘪嘴我会难过一整天，你乐呵一下，我能高兴到手舞足蹈……你问我什么理由？太多了，多到三天三夜也说不完！自从喜欢上你，我再也看不见其他人了！我连我们俩的未来，都预先想好了！"

女生终于注意到他。

黑 T 恤，牛仔裤，蓝色球鞋，梳整齐的头发。表情急迫且真挚，话音发抖的喉结，紧张地上下滚动。

女生从他怀里抱过那一捧花，在明艳艳的花束背后，轻声细语："我喜欢认真的人，所以，也挺喜欢你。"

L 从暗恋路人甲，成功晋升为男朋友。

所有的恋爱指南都不教人坦白，那上面只说要不卑不亢，表情要努力真诚可信，面对女孩儿要留心细节、关注反应。但这孤注一掷的心声，才是他想说的实话，忍不住，即使被拒绝，也要说出来。

最后，L私下说："没办法，演不了戏，她可是我的伊范洁琳，我怎么能对她花言巧语、装模作样呢？"

2

爱玲的名句——喜欢一个人，可以卑微到尘埃里，然后开出花来。

现代社会发展迅猛，人们开始追求与众不同的思想观。越来越多的人，开始抵制卑微的爱情观，但真正的爱情，从不让一个人称霸另一个人。我们想要自尊自爱，可爱情本就不是天平，它只是让爱变得更深刻，让你更舍得付出，让你忘却自己，心心念念惦记着另一个人。

西瓜中央的瓤，你大方地让出；一个月的伙食费全交给另一个人；对方生气了，你立马服软去哄；赶上情人节，绞尽脑汁营造一个惊喜……

你想站起来？不可能，除非你不爱。

爱情就是相互卑微下来的结晶，像两棵坠满红果实的树，压弯了枝丫，于是，我能尝到你，你能尝到我，舌尖上，心头肉，都是沁甜的味道。

其实，居高临下的不是爱情，是自负，是不爱。

洛哥喜欢青梅竹马的时候，是真爱。

这位青梅喜欢喝鸡蛋羹。

每天，洛哥早起两个小时，去市场买最新鲜的鸡蛋，回家，裹上围裙，一份鸡蛋羹快给他做出花来。要知道，洛哥这种糙汉，居然也能做贴心的家庭煮夫！

野史里说，秦桧的厨娘做肉包子，里面用的小葱，都要雕成带花纹的镂空葱花，最后揉进肉丸里去。我看过洛哥的蒸蛋，只一次，是我见过最漂亮的蒸蛋。

我觉得,名厨也不过如此。

满屋充溢着浓郁的奶香味,小锅咕嘟嘟冒着白腾腾的蒸汽,洛哥刀功很好,把葱和香菜切得整齐,打蛋的手法抵得上干活十年的老厨子,揭盖,放腌制好烧制熟的肉沫,加蒜蓉,加两粒辣椒丁,一份葱花蒸蛋,出炉。

连着小锅,亲自送给青梅。

青梅说:"我是应了什么福气,能遇见你?"

洛哥笑笑,之前练习蒸蛋被烫出水泡的手,已经痊愈,在市场弥漫着野禽臭味的篮子里挑挑拣拣。一个男人,被同事笑话"耙耳朵",也不予争辩,默默做着一件小小的,精致的,甚至在别人眼中微不足道的事情。

恋爱的迷人之处,伊范洁琳的魔力,展现了。

洛哥不止做一个蒸蛋。

青梅家长明言:不会把女儿嫁给一个没房没车,只会做蒸鸡蛋的无用男人。

洛哥很理解,毕竟女儿就一个,生养几十年,亲生骨肉一朝送走,还送给一个不咋滴的男人,任谁来做这个决定,都不会同意。

"我宝贝的人,应该由我最宝贝。"

他比任何人都疼爱青梅,青梅家长看在眼里,记在心里,时间久了,关于房啊车啊,也都不计较了。倒是洛哥一门心思坚持,在市里来回跳槽,终于安稳。

一年后买车,两年后买房,第三年娶媳妇。

青梅家长担心,洛哥这样的好男人,事业有成之后,是否会变心他人。然而,从洛哥身上看不见任何见异思迁的影子,他稳重得像个沉重敦厚的钟摆,嘀嗒嘀嗒,一步步走得很稳。

我几乎不敢相信这是当初沉迷打牌、抽烟、玩游戏的洛哥。

伊范洁琳真的有魔力，浪子回头，千金难换。

3

总有人言：爱情中需要进退维谷，需要旗鼓相当，才可以势均力敌，然后，恋爱方才稳定且长久。

我从不赞成这样的想法。

乍一听觉得十分有理，转念，恍然大悟。

真正的爱情，哪里来什么势均力敌？哪有人功高盖世？谁给你安排了千军万马，让你和对方一决高下？那些看起来仿佛气势磅礴的，剥开来看，不过是一人一骑走荒山，两颗孤独的心，擦出火花，或者，擦肩而过。

爱与不爱的距离罢了。

相爱的人不需要较量，与不爱的人较量，血亏。

本来是结局鲜明的棋局，你一子我一子，安安稳稳规矩四方，摆成圈圈圆圆的形状，只为赏心悦目。我爱你，你就是我的伊范洁琳，谁要当真跟你对弈？我本来，就不想赢。

回忆翻涌，小小的萤火虫，用大大的精神力量穿透屏幕，引诱出我的眼泪。

记得闺蜜的男友对她说过："这一生并不是很长，短短几十年，我很珍惜爱你的时光。说起来可能幼稚，但是，我死掉之后，就不能喜欢你了，所以每一天，我都要更爱你。"

男友教训闺蜜乱闯红灯，假装凶狠："你的命有最喜欢它的人，不能随随便便折腾，万一折腾没了，我找谁赔去？谁赔得了啊？"

闺蜜任性，时而闹得凶，惹出事情，男友真的生气了。可是，最后的最后，他总是温和下来，像无条件庇护菟丝花的参天大树，无可奈何："是你教会了我爱情，爱你，从来不会后悔。"

大多数的爱，不会后悔。

眼下鲜少有谁，笨到上当受骗，大家都很忙碌，也非常聪明，时刻旋转脑筋去打量对方的可信程度，一旦确定，爱，即是爱了。

爱是伊范洁琳，算不得惊天动地，甚至安静过头，静默在一寸不容侵犯的区域。

伊范洁琳没有翻云覆雨的本事，不曾热烈似火，不曾千般许诺，但她的存在，能让萤火虫含笑而逝，能让萤火虫的灵魂，化为一道星辉，与伊范洁琳并肩，永远在一起。这样的幸福，哪怕只有一瞬，亦是伊始之时，最初最纯真的祈愿。

这样可爱的伊范洁琳，就在我们心底。

你不珍惜，如何配上拥有

你很爱她吗？那你知道她的喜好厌恶吗？

翟如之默默质问自己，果然全然不知。

"你不珍惜，你也不配拥有。"

1

橘黄色街灯笼罩于夜色中，天桥，霓虹，皆如影随形。八点钟后，翟如之最喜欢去翠湖路中央十字路口的天桥上吹风，飒朗星空，穿梭人流。

他偏爱这样灰蒙蒙的天空，点了根烟，一口口一缕缕一丝丝，任如云烟圈消散在晚风里，了无痕迹。

在已经"失业"的半年里，多少个夜晚，他如枕利刃，细细思量毕业后的光景。想当初，三好学生的荣誉是何等风光，而今却沦落街头。租着地下室，买不起速冻水饺，为菜市的两毛钱利润而怄气……烟一根根拔完，工作仍旧没有着落。

寂寥啊，人生何其寂寥。

说起来，翟如之也并非找不着工作，只是遇不到梦寐以求的工作。毕业首月，幻想着外企的同时，也错过小企业揽收应届生的热季。

现在是十月，入秋了。天桥有些凉意，卷进衣袖衣领里，凉飕飕的。翟如之站得累了，掏出张宣传单，坐在黑漆漆的桥面上，倚着背后七彩灯柱，拿出手机打游戏。

开局，胜利，再开局，又胜利……

于他而言，这兴许是唯一的欣慰了吧。

不知过了多久，翟如之低头盯着亮晃晃的手机屏，身畔忽地传来清脆的嗓音："打游戏啊。"

是谁在说话？

翟如之一抬头，光线由明转暗，瞬时模糊不清。须臾定了定神，他瞧见穿着红色运动外套的双马尾女孩弓腰伫在他眼前，披肩发衬着瓜子脸精巧莹白，甜甜一笑。

翟如之愣了愣，慢吞吞"嗯"了一声。

"是学长吧？这里就一Ａ大学，一定是吧？"

"是啊。"

姑娘自来熟，攥着毛茸茸的熊猫单肩包，姿态可爱，尤其是嗓音绵软，爱笑。不得不承认，翟如之对她的第一印象很好。

"学长，我好像在哪儿见过你。"

"啊？"

翟如之觉得，这开场白，《红楼梦》里用过，薛之谦的歌里用过，新海诚的电影里用过。

学妹自顾自地介绍："吕婵，双口吕，婵娟的婵。"

"翟如之，我名字挺难写的。"

"学长这么晚在这儿待着干吗？等人？"

翟如之觉得她有些多话，但却一点都不恼。

"晚上喜欢来这儿看风景。"

吕婵长长"哦"了一声，接着杵了一会儿，终于说："学长知道回学校的路往哪边走吗？手机导航好像出错了，绕了两小时还没回去。"

翟如之看了看手机：9：01。

"这个点公交没了，打的回去吧，我送你。"他心知天上不会掉女神，搭讪绝对另有原因。

原来是迷路了。

2

吕婵留下翟如之的手机号。

每天晚上，翟如之不再去天桥看夜景，他待在地下室，陪着网络那端的吕婵打游戏。

吕婵说，她是白银排位，跪求大神带她练排位。

翟如之想，反正闲着也是闲着，打就打吧。

那时候，他还不知道，有本小说叫做《微微一笑很倾城》。他更不知道，打游戏有时候是恋爱伊始。

不单单是打游戏，打游戏的时候总要聊上两句，互相添加微信，再聊得深些，难免投入情感。其实，翟如之知道这段情感不会拥有结果，因为两人悬殊太大。

他心里清楚，却忍不住抱着美好幻想。

翟如之的地下室离 A 大学挺近，他们一起吃过三顿饭。第一次，吕婵请客，翟如之付钱；第二次，吕婵先斩后奏把钱付；第三次，吕婵说："不吃贵的，咱们去撸烤串吧！"

两个月后，翟如之开启自由职业——游戏代练。

他靠游戏代练竟赚得不少，至少买菜不用再砍价，也吃得起速冻水饺了。做游戏代练的想法，还是吕婵提出来的，那时候，翟如之带着吕婵打到铂金排位。

日子渐渐变得旖旎幸福，佳人与工作双得，虽说翟如之没有勇气告白，但吕婵对他亲昵，似乎早已倾心。

慢慢度日，翟如之觉得，只有与吕婵在一起的时候才倍感舒适和幸福，这种感觉是其他人从未给予他的。她看他的眼里，没有对残疾人的同情，更无丝毫嫌弃之意，仅有喜欢的炯炯目光。这点，让翟如之很高兴。

第四个月末，翟如之向吕婵告白，吕婵欣然接受。

他几乎不敢相信，这段日子以来的幸福究竟是真是假，总之，天知道他为什么幸运得不像话。

时间过得飞快，翟如之找到一家国企的工作，惶惶不可终日的心终于安定。吕婵很懂事，不再像以前那样随时随地联系他，也不会打搅他的工作。

吕婵没课的时候，会做便当送去他的公司，打开饭盒，全是他爱吃的菜食，还悉心附加两枚煎蛋。同事笑翟如之："傻人有傻福。"

他也明白，自己配不上吕婵。不过，运气这种事说不准，恋爱都谈了，还有什么不能成真呢？反正如今这样挺好。

3

翟如之所在的公司逐渐繁忙起来，工资水涨船高，心里的满足感和荣耀感不言而喻。

他和吕婵一起吃饭的日子调整到礼拜天，偶尔加班，也会错过时辰，翟如之会小心翼翼地赔礼道歉，吕婵会大大方方地原谅他。

可有一回,翟如之在替老板订餐厅的时候,意外撞见吕婵和陌生男子坐在一起进餐,翟如之怔住,在窗外站着,他看见吕婵和那个男子说了些什么,然后离开。翟如之咬了咬唇,默默回到公司。

当晚,他打电话给吕婵,听她着急忙慌地解释,那个餐厅男子,只是曾苦苦追求过她的人,今日见面,只为将话说明,再不相见罢了。

翟如之冷冷挂了电话,他一点都不信。

因为他看见餐桌上放着一束花,临走时,她向那男子点点头,并将花束抱走了。

意味着什么?他再不济,也不接受绿帽子。更何况,他活得光明磊落,再不能忍受旁人触碰自己的尊严和底线,他极渴求尊重,而不是以往同情的眼神。

翟如之和吕婵开始冷战。吕婵生性活泼,熬不住冰冷冷的日子,百般道歉解释,而翟如之又抓不住确切把柄,久而久之,此事便不了了之了。

他还是喜欢吕婵的,毕竟半年的情感真实不虚。

第二年春天,公司进行大整改,一批批裁员举措吓得所有员工如坐针毡,翟如之也不例外。

情人节前两天,吕婵请翟如之撸串儿,她有些害羞,脸蛋红扑扑的,一字一字地缓慢说:"那个,要不情人节你送我口红吧,我送你……"

话未说完,翟如之皱了皱眉头,眼未抬:"这两个月公司忙得不歇,存的工资全交给我妈存着了,我手头的钱不够太大开销。"

吕婵脸颊更红了:"那个其实不、不贵的,两百块吧。"

翟如之的脸色沉得愈发厉害："别要那些没用的东西好不好？钱要花在刀刃上，你那些化妆品都是浪费。"

吕婵没说话，朝着他闷闷地点点头，将脑袋偷偷低下去，趁着撸串儿的时候，将眼角渗出的泪珠轻悄悄地拭去了。

情人节当天，翟如之送了一小束花店现包的玫瑰花送给吕婵，吕婵有些犹豫地接过。那一瞬的犹豫，让翟如之大为恼火。压抑在心头的工作烦恼本就堆积成山，而吕婵并不高兴的表情让他忍无可忍。

翟如之爆发了。

他劈头盖脸将她数落一顿，把餐厅男子的旧帐翻出来说叨，顺手打翻了玫瑰花束，留下句"实在不行就分手吧"，转身离开。走的时候，翟如之听见吕婵的哭声，但是男人的骄傲让他没有回头。

之后，吕婵没有主动联系翟如之。翟如之有些许心慌，但忍住了。命里有时终须有，命里无时莫强求，是自己的东西总会回来。他这样想。

吕婵再也没有回去。

翟如之终于忍不住了，他做足思想斗争，狠下心去打电话，却迎来冰冷冷的客服音，再急急忙忙地翻看微信和游戏好友，全不见了。那一刻，翟如之的脑袋"嗡"的一声陷入死境——她真的不在了。

翟如之一屁股坐在沙发上，两眼直愣愣地看着天花板，瞬间心就空了。

4

翟如之再去那家餐厅蹲点，没找到吕婵，偶然遇见上回看见的陌生男子。

他疯了似的冲过去,揪住男子衣领,拳头几欲贴在对方脸上,却发现对方轻松抵挡住他的进攻。这时候,翟如之突然发现,原来自己连打架都会输。

"吕婵呢?你把吕婵藏哪儿了!"

"她不是跟你分手了吗?你问我我哪儿知道。"男子掸掸衣襟,横眉冷对。

"你说什么!"翟如之瞪大眼睛看着男子。

男子听完怒了,反将他摁在墙上:"你不应该先摸摸自己的良心再问吗?吕婵对你不够好吗?你以前当代练,练的全是吕婵的游戏小号,天下代练多了去了,凭什么就你生意好!想过没有?"

"要不是吕婵托自己父亲打通关节,哪有你进大企业工作的份。你不知道吧,她对玫瑰过敏,可是每一回,你送的玫瑰她全都收下了!她在朋友圈说过,想要最爱的人送她一支口红,恐怕你压根没看见过吧。你要跟她分手,你还是人吗?"

翟如之双目睑睁,一时间难以置信,断断续续地问:"可是,上回你送的花……"

男子苦笑:"那是羊肉卷,网上流行过的花束形式。她爱吃羊肉,你不喜欢羊肉膻味,她就耐着性子不吃,我送她礼物,只为以朋友身份让她好好饱食一顿。"

翟如之目瞪口呆,瘫软在地。

"你根本从不懂她。她了解你的喜好厌恶,能为你和家人争执,也能为了你忍受苦楚,又为你铺开荣华富贵的路。可你为她做过什么,你反思过吗?你知道她爱喝什么口味的饮料,她喜欢什么牌子的衣服吗?"

你很爱她吗?那你知道她的喜好厌恶吗?

翟如之默默质问自己,果然全然不知。

"你不珍惜，你也不配拥有。"

5

天桥的风格外冷，明明是深春时节，还是飕飕得凉。

翟如之站在熟悉的地方，掏出广告单垫屁股，在口袋里哆哆嗦嗦地摸出手机，打开游戏，痴痴地玩。队友骂他坑货，他没回嘴，很努力很努力地玩，却仍是 0 杀。

开局，输了，再开局，又输了。

他丢下手机，一眼扫至桥下化妆品专柜的霓虹灯，瞬间将脑袋埋在膝盖上，痛哭流涕。真的很后悔，心如刀绞啊，好痛好痛。

真希望一切都可以重来。

就算买下整个口红专柜，他也甘愿。

他狠狠捶了两下自己的脑袋，却敌不过心痛的程度。

忽然之间，翟如之的手被一个温暖的手掌摁住："如之，别哭了。"他抬起头，泪眼婆娑之中，似乎看见吕婵眉目阑珊，浅浅俯下身子看他，温柔如初。

祝亲爱的自己生日快乐

第 804 天：祝亲爱的自己生日快乐。

1

第 328 天——我想把"纪念碑谷"做成蛋糕。

第 329 天——爷爷养的小茉莉，前一阵子它还高冷傲娇，开一朵花都别别扭扭，今天一次开了三四朵呢，贼可爱。

第 330 天——"520"和我有什么关系，我都过"六一"的。

第 331 天——想起来小时候自己傻了吧唧地蹲在马路牙子上,等我爸回家陪我,等到天黑他也不回来。所以,我很小的时候就明白,等人这种事情,回不回来取决于人家,并不是你等了,人家就会来。

第 332 天——求靠谱的猫薄荷链接。

……

这是陆离的工作日记。

陆离叫作"陆离"的原因是《离骚》:斑陆离其上下。陆离,指光辉灿烂的样子,而我们所知的"光怪陆离",意指色彩繁杂,变化多端。她不喜欢这个名字,听起来丧气得很,或是中了倒霉的"离"的毒,她的人生真的挺丧气。

7 月 7 号,我挑了家不熟悉的蛋糕店选蛋糕,在一排排精致美味的蛋糕中,看见了正在交接班的陆离。之所以能注意到她,是因为——事故。

两个同事架着一位年轻女孩的胳膊,她系着蛋糕围裙,一只手虚遮着脸,另一只手下垂着,张着嘴,似乎在说什么,但始终没出声,猩红的眼眶中有泪,摇摇欲坠,也没落下。

顷刻间,蛋糕店的员工们急忙凑过去,原先围着我的销售姑娘也跑过去,我的目光,顺着他们跑去的方向,一齐投射过去。我扫了一眼工作牌:陆离。

蜩螗沸羹之中,陆离将手放下,众人倒吸一口凉气,心照不宣地屏气,没人再随意发声。

陆离的脸被开水烫伤,左眼皮到眉毛留下一块红斑,像奶油蛋糕上贴着的玫瑰花瓣,右眼皮到眉毛上留下一块翅膀形状的红,鼓了水泡,有几颗破了,很瘆人的模样。

我起了一身鸡皮疙瘩,看着疼。

她看见我，带着迷茫和慌张的神情，杵在那里，一时间不知如何急救处理。这等烫伤，总不能叫救护车吧，但从蛋糕店赶去医院，不如先行处理。

在场人面面相觑，有人提议，先用酱油涂伤口。

"瞎胡闹！"我急了，挤进人群，牵着陆离边走边问，"洗手池在哪儿？"

前台服务员指了方向，引我过去。烫伤的急救措施，于我而言，简直烂熟于心。

陆离乖乖地牵着我的手，洗手池边，拧开龙头，清凉的自来水在她的脸颊流过，始终不停，直冲洗了好几分钟，脸上的余热已经散去，仅留下表皮损伤的红肿与疼痛。我检查她的水泡，破溃面积不大，现在去医院做普通的烫伤护理即可。

一套流程，行云流水。

"烫伤不能用酱油，掩盖病情，我学医的。"我观察着陆离的脸色，一边说："我陪她去医院吧，开车来的，蛋糕回来再挑吧。"

大家松懈下来，拢着我，不停地道谢。

陆离没有表情，她的眼睛睁不开，眨眼会牵动伤口，引起疼痛。等到医院的时候，她用力握了握我的手，说："谢谢啊。"我摇摇头，示意不必客气，她看不见。

药水涂在脸上，厚厚的绿色药膏让陆离看起来非常滑稽，她坐在医院长椅上休息，看着我，指了指自己的脸："这个伤，会留疤吗？"

我忽地注意到她，细长的脖颈上，顶着不算精致的五官，眯着狭长的眼睛，像小狐狸似的。陆离的皮肤白皙，许是鲜少见太阳的缘故，浑身散发着与医院消毒水味格格不入的奶油香，我挺喜欢闻。

"现在的医疗技术，这点伤口，不会留疤。"

陆离咧嘴笑了："这两天累蒙了，正在做8层支架蛋糕，脸就被开水烫了……左眼还好，右眼的伤如果消不掉，我就在上面纹个图案。"

我心想，她还挺乐观。

回蛋糕店的时候，陆离问我想要什么样的蛋糕，我琢磨了半天，也不知如何回答，最后只说："好看就行。"她郑重其事地点头，仿佛有卷起袖子大干一场的汹汹架势。

"包在我身上了，我送你！"

2

陆离真的送了我一个蛋糕，三层，抹茶口味，巧克力涂层，榛子夹心蛋糕，最令我惊叹的是：她竟然在蛋糕上裱了层层叠叠的莲花，锦鲤纵游荷叶间，连鱼尾的花纹都裱得淋漓尽致，莲花更不必说。我一外行人，从未买过、也未见过如此好看的蛋糕。

怎么说呢，我总以为，百分之八十的人没见过这样的蛋糕。

我们常见的，是卡通的哆啦A梦，抑或简单的四方、圆形、心形蛋糕，一种底色，摆些水果，插些巧克力棒，在用红色果酱写上"生日快乐"，就此完事。

陆离说，这样的莲花蛋糕，在外头是买不到的。各色蛋糕店也不提供这样的蛋糕模板，唯独她能做出这样的蛋糕，全凭想法，就像绘画一样，即兴发挥。她骄傲得很，拍了拍胸口，说自个儿是专业的裱花师，靠这个蛋糕参加过西点比赛，拿下第一名。

我很喜欢，我不知这蛋糕究竟价值多少，但我觉得无比珍贵，这是人生之中，唯一一次，吃到如此心意满满、为我而生的蛋糕。

因了这个机缘,我和陆离愈发熟识,再后来,稀里糊涂成了挚友,成了无话不谈、相互吐槽的闺蜜。故此,我悉知了一个本不会接触,却又极其有趣的行业:裱花师。

比此更值得一提的,是陆离的人生。

5月14号,有人说陆离冷漠无情,母亲节不在朋友圈发祝福,一米六的陆离,垫着脚尖揪住那个人的耳朵,朝他吼:"我没妈!"

陆离不是真的没妈,只是妈妈生下她之后,跟其他男人跑了,怀上二宝,一个胖乎乎的男孩儿,农村的旧丫头自然而然地被她漠视,不吃香的陆离和爷爷奶奶住了一辈子。眼下,她二十三岁,仍这样凑合着住。

近二十年,陆离的孤独与孤单并存,她说:"我只是从她的肚皮过一趟,如果有机会穿越,我非得回去,告诉她肚子里是个妖孽,赶紧打了。以她的性子,别以为不可能,没准儿不经我爸同意,她就擅自堕胎。"

陆离对妈妈的恨意,在其他孩童"世上只有妈妈好"的歌谣声之中,愈发澎湃。

年前,我约陆离逛街吃饭。

在奶茶店里,我翻搅着茶杯中晶莹剔透的椰果,看它倏忽间浮起来,再缓缓地沉下去。

"要不要考虑一下现实,找你妈妈谈谈。"

"没必要的,这世上有好人,也有坏人,你不能遇见的每一个人都是好人,总有那些恶毒的人、丑陋的嘴脸要面对,现在很好,我不用面对她,已经万幸。"

我没吭声,一个打扮可爱的服务生过来,介绍店里免费的小活动。依我往常的秉性,挥挥手拒绝。

陆离抽了张树叶形状的绿色便签纸，拿捏着笔，琢磨了半分钟，接着静静写下："如果鱼的记忆真的只有七秒，那我宁愿不做单身汪了，让我做一天鱼吧，这样恨也不过七秒，伤心也不过七秒。"

撕下，贴在斑驳的墙上，贴在一堆陌生的心愿当中。

3

陆离在某宝买东西，总喜欢让人家发某通，因为我们这边的某通小帅哥超级可爱，每次来送快递，顺便呆萌呆萌地问："今天有泡芙吗？"

每一次，陆离都悄咪咪地塞给他一个价值五块钱的朱古力泡芙，像塞给他一枚价值五万块的重磅炸弹，生怕被老板瞧见。等小帅哥囫囵吞枣似的吃完，陆离就笑他，嘴角沾了朱古力粉，偷吃都这么不专业。

再和我逛街的时候，她三句话不离快递小帅哥。

等到又一年开春，陆离很少找我逛街，朋友圈里全是两人甜蜜蜜的合照。她做了个巨大的蛋糕，爱心形，沾满了玫瑰花瓣，裱花裱得不能再精致了。我简直怀疑，她是不是用尺子一边量，一边挤奶油。

我不懂寸数，反复看了几遍蛋糕照片，托着下巴，估摸着，这个蛋糕啊，至少比我两张脸还大。我嘿嘿笑了笑，不仅没嫉妒，还挺开心：陆离当初送我的蛋糕是三层，加起来，比这个还大。

话说回来，她幸福就好。久违的爱，也该轮到她了。

我的生活回归往常，偶尔，去蛋糕店里买新口味的泡芙，撞见陆离，聊上几句，她往我袋子里塞两块草莓蛋糕，才肯放我走。

再后来，我的爱好变成了看她的朋友圈日记。

工作日，陆离会记录一天内发生的重点事情。

第366天——今天店里来了一群六年级的小姑娘做蛋糕。其中一个女孩子手臂上有很多刀疤，说话也是传说中的社会范儿……我做蛋糕她一直很认真地看，看着看着就说："其实做蛋糕也挺有意思的。"然后，旁边一个瞧起来很文静、一看就是学霸的女孩子，突然极其认真地说："你别去混社会了，去学做蛋糕吧，将来也是个很好的工作呀！"嘿，有刀疤的那个小姑娘，这个才是你的朋友呀！

第379天——工作量，二十四个蛋糕。别人上班只做十个，撑死不过十二个，我想对老板说，招财猫别要了，供我好了，除了裱花，我摇拳头也很专业的！

第381天——八点半下班回来，吃了爷爷做的大辣椒炒肉，洗洗涮涮，然后坐在床上又吃了两瓣大柚子，感觉还是幸福的。事情我都做完了，我做的是好事，志愿者活动明天结束……其实，善良的人挺憋屈的，但是对得起奶奶教我的。就这样，睡觉，晚安。

配图是《大鱼海棠》的剧照：椿站在碧绿色山坡上，底下一行白字，"只要你的心是善良的，对错都是别人的事。"

大多数是琐碎的日常记录，我却总能看得津津有味，像是一边过着整日撸稿的生活，另一边过她的日子。

隔着屏幕，时常能看见面包店外的雪景图；知道新出炉的蛋糕长什么模样；熬糖浆的汤居然和电影里巫女制毒的紫色一模一样；新推出的梅子酱毛毛虫面包口感绵软……

等到第414天的时候，陆离这样写的：再好的韭菜盒子，也盖不过你身上的人渣味。

看完，我静了两分钟，打电话约陆离礼拜天出来买鞋，向来没空的她,答应了。

完了,分了。

4

见到不穿围裙的陆离,我竟有些不习惯。

她的脸色不太好,眼睑下躺着两只青紫色的月牙,对称,像被人打了两圈似的,大概三五天不曾睡好。我轻轻地说:"这两天挺闹心的吧,出来走走,陪你散心。"

陆离的脑袋摇得像拨浪鼓:"最近遇到的事情何止是多,我都想掀起桌子,拿刀架到他脖子上……有人拼了命地想让我相信世界上还是好人多,我信的,因为有人对我好呀,但是,我不能轻易去信某个陌生的个体,重点是,轻易。"

她说完,理了理头发,不温不火。

转角处的饰品店里,陆离挑了只镶满水钻的一字夹,对着圆溜溜的小镜子照,小心翼翼地整理着刘海,然后旋过身来,问我:"好看吗?"

我望着这副骄傲又坚强的小脸蛋,一时间,哽咽了声音,说不出话来,只能点头,勉强挤出笑容,趁她不注意,急忙抹去眼角的泪珠。

一个年轻姑娘照顾两位老人,实属不易,该坚强到什么境地,才能风雨不动。我不信,一个少女的心如此坚强,她依然那么体贴,只有微微红肿的眼睛告诉我:这个女孩前天晚上还在嚎啕大哭,今天,就打起十足的精神,陪着我逛街吃喝,不露声色,甚至,不想给我带来一丝不愉快。

少女的心容易溃不成军,但陆离总如此乖巧,乖巧到令人心疼。

前两个月,快递小帅哥问她借钱,她私存的十万块钱,拿出一半给了他。小帅哥说他要去做生意，没启动资金，为了答谢她的泡芙，他一定要八抬大轿、风风光光娶她回家。具体的情景无法重现。总之，靠那一番话，迷得陆离七荤八素。

然后，陆离把卡交给小帅哥。

第二天，他连人影都没了，任谁都晓得，她被骗了钱。五万块啊，平时的泡芙，纪念日的玫瑰爱心蛋糕，陆离哪一点对不起他了！

偏偏是有这样的人，一声不吭，骗了人，良心喂了狗，从此消失。

我比她更关心此事，既然受了欺负，哪有忍气吞声的道理："要不要报警？我的老同学在警局，应该可以帮忙。"

陆离皱着眉头，心不在焉地拨弄水晶盘里的发夹，红的、绿的、紫的……搅拌得一团乱，发绳缠在一起，成了解不开的结。"我心甘情愿给他的，报什么警？他又没诈骗，也没写借条……好吧，我就是软骨头。"

我无话可说，只是为她感觉不值。

一段感情的伊始，有多美丽，这段感情的消逝，就有多么撕心裂肺。我记得她一笔一划写下的心愿，愿化作一条鱼，忘记疼痛，忘记一切不美好。

陆离愿牺牲幸福，换生命中的某一刻，不那么悲伤。

5

奇迹。

快递小帅哥回来了！不仅找到陆离，还带来了一张广告纸。小帅哥在老家借了两万块，又靠着东拼西凑来的十万块钱，开了一家面包店！面包店，面包店啊！

陆离快高兴疯了，甚是有范进中举的架势。

她抓着我的胳膊,勒得我生疼,眼中盛着细碎的星光,笑靥如花:"他没有骗我,真的,真的回来了!还带着面包店,我可以去做老板娘,你知道吗?我成老板娘了!"

说着说着,陆离哭起来。

陆离捂着脸:"我每天都做蛋糕,给别人生日、结婚吃,或者,当作礼物送人。你知道吗?我这一辈子,都没有给自己过过生日,没有人送我蛋糕,他们都觉得,我是一个裱花师,每天都能吃到蛋糕,一定不想吃了。可是,我就是很想,很想要一个生日蛋糕啊……"

"现在,何止一个生日蛋糕,你拥有一座蛋糕房。"

再苦再难,她都没当着众人的面掉过眼泪,偏偏是最幸福、最惊喜的时刻,哭得像找到妈妈的孩子似的,一把鼻涕一把泪,又蠢,又可爱。

陆离的手边摆着半成品的奶油蛋糕,丑丑的,不规整,一大坨奶油涂在鸡蛋糕上,没有食欲。而这个丑蛋糕做好之后,犹如灰姑娘的变身,是让人人捧在手心里、品尝在舌尖上的Delicious!

新的蛋糕店,命名为 Love and Delicious(爱与美味),硕大的金黄色嵌字招牌挂得很高,高到让陆离觉得自己身在云端。

生命之中,总有倒霉催的事,也总有幸运时刻的降临。坚持期待爱的人,上苍舍不得辜负,就像陆离抱着我,说:"唯有美食与爱不可辜负!"

"生日快乐。"

那位帅气的快递小哥端过来一个纯白色、贴着歪歪扭扭花瓣的玫瑰蛋糕。我忽地一惊,才想起来陆离的生日。这场突然的失踪与回归,犹如命运齿轮的转动。

"有点丑。"

"我不介意！"

后来，陆离跟着小帅哥去了远方，赚得挺厉害，头一年买了自个儿的房子，将两位老人搬过去住，再看这位坚韧不拔的向日葵姑娘的日记，掸眼后，已是第二年的纪念日。

第 804 天：祝亲爱的自己生日快乐。

词穷到只会说 "喜欢你"

时间真的可以酿酒。酿足了一番滋味，让人猜不通透，然后啊，还你一个踏实稳重的人，恰是契合的、圆满的、频率相同的人。仿佛回到初见，"啪"的一声，桃花扇子合上，情谊就醉成一摊湖水了。

1

我搬动抽屉的时候，发现一枚戒指，愕然。

银制，小小的，圆圆的，有些旧了，擦痕明显，雕镂的花纹是一尾鱼的造型，鱼鳞尚且分明。戒指内侧刻着草写的英文"LOVE"，以及我名字的首字母缩写。

很小，躺在掌心里，轻轻一捏，好像会碎。

当初将它当作最珍贵的宝贝，整日戴在左手无名指上。晚上，用擦银布包裹住，翻来覆去地看。摘下，戴上，再摘下，再戴上，在亮晃晃的台灯下照耀它，悄悄地张开五指，再抓拢起来，仿佛握住某人的一颗心。

这是少女的一枚悸动，又名青春。

彼时，他是众人目光中的大暖男，温柔体贴，担任话剧社社长，对所有人都照顾得无微不至，威严也在，说一是一，威信相当。那里，大部分是女生，他理所当然成为大众情人，被太阳神宠爱的男孩子,像现实版的罗密欧,整个人都熠熠生辉。

而我,如同四月一隅的茉莉花,独守冷凄凄的月光。

初相识,话剧社正在招人,社长担当颜值顶梁柱,自然被推举出来,站在最显眼的位置,拿着话剧社的海报,向所有学子宣传话剧社的优势。

我只是路过,被拉进来,莫名其妙签了表,成了社员。

安静了半个月,等凑足了人数,第三届话剧社就这样展开。我开始不停地收到短信通知:请xx同学尽快参加xx活动,于xx时间展开,话剧社邀您一起狂欢!

总是这样扰人的文字结构。

去两次后,实在无聊,于是,果断放话剧社的鸽子,我要退社,社长不同意,握紧我的肩:"你不知道,你是最靠谱的朱丽叶吗?"

我的鸡皮疙瘩掉了一地。

我深知自己乃是中人之姿,最多与清秀沾边儿罢了,绝对算不得好看,比起那些明媚如风的女孩儿,以及顶好看的舞蹈系女生,我像一阵风似的,绝对会被略过。

他这样说并不是一见钟情,更别提"看重我演戏本领"这样拙劣的托词。我明白,他只是为了凑齐人数,让话剧社显得人丁兴旺。所以,每一个想要离开话剧社的人,他都这样挽留。

套路很深啊。

对于女生:"你不知道,你是最靠谱的朱丽叶吗?"

男生则是:"你不知道,你是最靠谱的罗密欧吗?"

哦,我的天,我一中文系的妹子,为什么要做朱丽叶?如果可以选择,我要尝试演武则天,要不然,林黛玉也行!

我没说出心声,只是定定地看住拦我去路的男生,抱着书的胳膊换了一个姿势,显得不耐烦。他恳求:"留下来吧,我们需要你，大家都需要一个有表演天赋的妹子，来给话剧社撑场子。"

身后一干人齐齐点头，我若是再抹他的面子，显得不近人情。

勉强同意。

即便同意了，我也不喜欢他，甚至抵触这个长相和打扮非常英伦范的男生。被人置于尴尬的境地，会油然而生出讨厌的情绪，这是我的个性。

这个男生，真的真的很烦。

2

我一直觉得，他肯定是疯了，才会喜欢我。

第一场话剧是全校大演，闭幕之后，红幕垂落，彩带撒了一地，稀稀拉拉的手持礼炮"砰砰"炸响，有什么彩色的、碎碎的东西从舞台后落下，落在我头上。

他走过来，隔着一道帘幕，背着全校观众，抱着我这个刚刚谢幕的朱丽叶转了一圈。我不知所措，眼神尴尬，只感觉天旋地转之后，脚尖落地，他伏在我耳边轻轻说了句："我喜欢你。"

我一再怀疑耳朵听错，差点跌倒。但他看我的目光，像两束远光灯，啪啪打在我脸上，炽热到爆炸。假使我是一粒玉米，现在可能是爆米花。

可是我没有高兴，没有接受，没有姑娘们的正常反应——我生气了。

他什么意思？"喜欢"这个词，是这样容易说出口的吗？你才认识我几个月，就说喜欢我？今天喜欢我，明天也能喜欢另一个妹子？

想撩我，做梦去吧。

之后的几个月，我像躲着瘟神似的躲着他，避之不及。只可惜，好容易过了几天安生日子，结果又撞了正着，果然，老天素来喜欢作弄人。

选修课上，我对他视若无睹，他却坐我后排，戳了我半天，见我不理他，一个人自知无趣，闲了一会儿，开始用圆珠笔撩拨我的头发！幼稚，可笑，一个大男生举动如此轻浮！我回头瞪他一眼，他只是没皮没脸报之以笑，气得我脑袋眩晕。

此后，我与话剧社脱节了。

跑得了和尚，跑不了庙啊。

自打选修课每每遇见他，我反胃似的恶心。《怦然心动》里，布莱斯有多嫌弃朱莉，我就有多嫌弃他，我甚至，没清楚记住他的名字。

"我叫费实谦！"他曾隔着湖泊小径，远远地朝我喊。

那时候的我，只是点头，嗯，"费时间。"

现在的我，忽地想起这个场景，突然觉得有些陌生的熟悉。

我好像在哪里身处过同样的场景，脚下站住，想了半分钟，什么也想不起来，心烦意乱地走了。

费实谦像个跟屁虫似的缠着我，在我耳边嗡嗡嗡。我的眉头越皱越深，脚步越走越快，最后，我迎着风跑了起来。我跑得没有男生快，他一开始超越了我，满脸洋溢着自信，随后，渐渐慢了下来，和我并齐跑，再后来，他不追着我了。

费实谦变得慢腾腾，他停了下来。

我很好奇，想回头看看他，终究没有。

一股脑地窜进女生宿舍，"噌噌"爬上四楼，借着阳台往下看，我看见他就杵在原地，像一个英伦风的街灯，浑身轮廓被阳光圈起，微微金黄。

他垂着脑袋,木然看着前方,站了好久,走到就近的长椅上坐下,佝偻着背,双手交握,像一架弓的姿势,成了林荫大道里一抹寂寥的背影。

我不忍再看,心疼地背过身去。

其实,费实谦是个好男生,只是不应该喜欢我。

书读得多了,难免觉得"书中自有颜如玉",艳羡着郎才女貌的爱情故事,希冀着翩翩佳公子,我谈《诗经》,他能"子曰子曰"。费实谦的风格,与我的想象相去甚远。

3

这件事过后,我鲜少遇见他,除了选修课。

费实谦依然坐在我身后,安安静静,犹如无声又寂寞的黑猫,小心翼翼地潜伏在墙角里,窥探着外界的一切动静。

他安分守己,也不再碰我。

这份悸动就此消失,我渐渐忘记他的存在,只当这份感情是初入校园的兴奋,这新鲜劲儿过去,也没人兀自死撑。

直到逼近毕业的季节。

快入夏了,天色灿烂,天边浮涌着瘦长的火烧云,远处拂面的风将云层打乱排列,变成胖乎乎的气球姿态。一些艺术生来湖边支下画板,拿着笔刷,低头绘画。

安静。

我喜欢这样的环境,文科生几乎都喜欢的环境。清幽,宁静,柳枝长得茂密,层层叠叠的背后藏着"柳暗花明又一村"的韵味。石桥造得薄而长,带着清冷的味道,我撩开柳帘,踩着鹅卵石走了进去,望着满目云彩,看见了一个人影。

瘦削的肩膀撑起单色古典衬衫,利落的短发,白皙的脖颈露出一截,双手支着柳树下的椅,湖水波光粼粼,倒影在涟漪中破碎、重现。

我的步子止住，不知该走该留。

费实谦回头，像是意料之中："你来啦。"

一瞬间，我看见他的眉宇挟着一抹惨淡流光，那么漠然，又含着深情。一瞬间，看着他的眼睛，我几乎确定，这四年来，他没有恋爱。

"坐吧。"他拍了拍身边的椅子。

我过去坐下，费实谦说："知道你肯定会来这里，有空就在这里坐着，看看天，看看云。"

"你换风格了。"

中式的立领衬衫，显得那修长的脖子愈发好看。

"如果知道你念中文系，我就不打扮成当初那样，其他妹子喜欢那种风格，我以为你也会喜欢，没想到适得其反，呵呵……"

我一时语塞，无言以对。

他说："有件事早想和你说，始终没机会。其实我以前见过你，你可能不记得了，在市中心医院，三楼住院部，你给你母亲喂饭，隔壁床是我的妹妹。你给我妹妹削苹果，连同整个病房的患者，都会照顾到。有一回中午，我去探望妹妹的时候，看见你来送饭，果真是一口一口、小心翼翼地喂饭，那时候，打心底觉得，这个姑娘真好！"

我诧异不已。

他不好意思地扭了扭脖子，继续说："想找你搭讪来着，不过，那时候害羞，不知道怎么开口，幸好，在大学遇见你了。你知道，重逢的感觉吗？"

费实谦说完，像是费了好大的力气，重重地吸气。

我心慌意乱。

"第一眼就喜欢上，独立骄傲的小身板，捏着勺子喂饭，细心又耐心,真好。比起撑着遮阳伞闲逛街的女孩子,我、我更喜欢你。"他的脸被夕阳晒红。

我的耳朵热热的,没说话。

费实谦安静下来,与我并肩坐着,目光深远。

我终于开口:"其实你挺好的,只是……"

"不喜欢我的话没有关系,但是别给我发好人牌哦!"

他冲我眨巴眨巴眼睛,眸似星辰,酿着一壶青天白日。

"我记得书里说过这样一段话:我这个人运气一向不好,我这辈子最幸运的事大概就是遇见你,所以我特别特别珍惜,长这么大唯一坚持下来的事情就是爱你。我觉得这段话,简直就是在说我。"

"我嘴笨,不会说什么甜言蜜语,词穷到只会说'喜欢你',不过,喜欢你的心确实是真的。我想,我也可以学着古典一些,我看了很多书,听了很多曲子,你爱的,我也爱……要不要考虑,给我一个机会?"

时间真的可以酿酒。酿足了一番滋味,让人猜不通透,然后啊,还你一个踏实稳重的人,恰是契合的、圆满的、频率相同的人。仿佛回到初见,"啪"的一声,桃花扇子合上,情谊就醉成一摊湖水了。

"要。"

我的颊,许是成了夕阳的颜色。

他摘下尾戒,是一枚鱼造型的银戒指,牵着我的手,轻轻套入我的指。

人世风尘起, 惟爱无燎烟

风尘万丈,席卷而来,就是某个人,宁愿用皮肉之躯抵御,用人之初的爱竖立一堵墙,保护着一份柔弱生命的涅槃,保护着一份美丽的际遇,做一个陌生人的精神依仗。

他不是英雄,却是我的半条命。

1

我清楚地记得我的十八岁。

热闹的毕业季,三伏天的燥热,树窝里的蝉吱呀呀地唱歌,小孩们穿着短裤捧着草莓味冰淇淋,爬山虎占领围墙,刺破晨曦的光洒在黑板墙下蓝漆书桌上,一本被风吹得页页翻卷的书,哗啦啦,和一个少年。

有点冷,不爱笑,安静地趴在那儿,躬着腰,像蓄势待发的小豹子。

"应届生,你?"

我畏首畏尾地站在班级门口,空荡荡的教室只留下少年和迷离的影子,看着他,喉咙哽咽,说不出话来。

是啊,应届生。

没考上。

心里早已回答,也不知是出于害羞还是窘迫,身子僵硬了半秒钟,又痴痴地看着他,摇摇头:用最无声的回应,去解答这份突如其来的尴尬。

少年从椅子里跳出来,以手当梳,把头发往后整齐一捋,露出额头。在我看来,他算不得清秀好看,只是眉眼分明,最寻常的模样,微微含笑的眼睛,带着年轻的悸动。

树叶碎碎地响,风灌进窗户,汗水淋湿衣服,沉重而冰凉地裹在我身上,冷飕飕。

"我就说,看起来这么小。"少年自顾自地说着。

我不吭声。

"高一的吧？期末考刚结束，放暑假还来学校干吗，怎么不在家玩呢？我高一的时候，都见不到人影子，不过，那时候，成绩也差。"

"看书，复习。"我只回答一个问题。

少年知趣地退出门外，笑说："惜字如金啊，那不打扰了。"

他的背影渐渐消失，转弯处，冷蓝色的瓷砖覆满我的眼帘，依稀如三年来的记忆，整栋楼仿若囚笼，禁锢着想飞的翅膀。

黑板报是粗糙的，勾线歪歪扭扭，绘画颜色杂乱，从字迹到动物刻画，全部是粗制滥造。没有人在乎一个黑板报的制作，所有眼睛都紧盯着倒数计数。

99天，98天，97天……

熟悉又疲倦。我挤过一组桌椅，站在窗口握了延伸进来的枝。湛蓝的空，洁白的鸽，草木翠绿，弥漫着植物的气息，只可惜蒙了一层灰，小蜘蛛顺着茎叶爬上来，吓得我，猛然撒手。

"嘿，你要家教吗？"

我一惊，再回头，怒视着不请自来的少年。

"咳咳，那个，我吧，我想找个暑期工的活做做，我成绩不错的，辅导你应该绰绰有余。你看，怎么样？"

我沉了一口气："不需要。"

"不要这么果断，考虑一下嘛，反正你们迟早要念家教啊，现在有几个学生不念小课的呀！我都能教的，体育考试都行，给个机会吧，不贵不贵，就几顿饭钱。"

我心想：真啰嗦啊。

少年可怜巴巴地看着我，充满希冀的眼神亮晶晶的，像涂了油的玻璃珠子，认认真真，安稳妥帖的姿态。这只小豹子，变得像只小猫咪。

我也曾想过，毕业后去找一份喜爱的工作，比如花店帮忙修枝、插花，比如去婚庆酒店扎五百个气球，比如图书馆整理旧书……努力一个月，拿着微薄的薪水，去一个就近的地方旅游，看看不一样的世界。

现在，一个同样充满梦的人，正站在面前，等着我，亲手施舍这样的机会。

我没有办法拒绝：给人一个机会，满足他们的期待，就仿佛是给自己一个机会，期待往后也有别人会如此，让我得到一个机会。

我放下怀里的书，厚厚一摞："可以。"

2

没有人知道，那厚厚一摞书里夹了一封信，名字叫"遗书"。

没有人知道，毕业季是几家欢喜几家愁，作为代表性的"别人家的孩子"，我的发挥失误让父母无比暴怒，而这份汹涌的潮水，急湍而过，摧枯拉朽，毫不留情地淹没我所有的辛酸、泪水、汗水，以及小小的梦想。

多少年来，没有人在乎过程，没有人在乎情绪，大家循环往复，活得似吊线的木偶人，只看重结果。

于是，失败就成了赤红滚烫的疤，烙印在心。

这一回，我成为机会的主宰者，给予少年一个机会，也给予自己一次生命。

原来，这个世界有人需要我，我是这样想的。

"我叫昌岳，你叫我哥哥。"

"昌老师。"

"叫哥就行，学妹给半价优惠哦！"

"昌老师。"

"……"

接下来的一整个暑假,我几乎每天都会见到昌岳。说真的,那些课本知识早就烂熟于心,听他解释一遍,不过是人听风声,波澜不惊。

每个星期给昌岳一百块,这是学费。他的声音会变得高扬,似小提琴的最高音,激动而轻颤,三分钟过后,他会平稳下来,兴致勃勃地讲解下一题。有时候,他还会手舞足蹈,像马戏团的猴子表演,故意开两个玩笑,逗我乐呵。

我笑,很好,各取所需。

他需要钱,我需要被人需要,就这样简单。

时间如白驹过隙,暑假过半的时候,我已经不把昌岳当外人。

我坐在椅子上晃悠腿,凉鞋的皮带子"啪嗒啪嗒"打着脚踝,他把桌椅摇得"咯吱咯吱"响,以凑成一首奇怪的交响乐。

我问昌岳:"你很缺钱吗?"

他答:"不缺啊,但我想自己赚,花着更舒坦。"

我笑了:"说得你以前是做小偷似的。"

昌岳正在改我的试卷,没抬头:"我偷过东西。"

我心里念叨一句"瞎说",不以为意地继续问:"偷了啥?"

"钱包,最多一次是六千九百四十二块钱,还有两张银行卡,但我不会取钱。那时候,十几岁,被一帮小伙子怂恿,偷了三四次,被抓了。"

"被抓了?"我盯着这张老实本分的好人脸。

昌岳对着答案连续画了两个叉,皱了皱眉:"怎么做的,错这么多?"他又顿了顿,"被抓了,送进少管所,待了一阵子,然后给放出来了。"

我大惊:"小混混不都是喝酒抽烟、打架纹身吗?你也是吗?

完全不像，非常不像，瘦柴一个。"

昌岳嗤地一笑："没人疼，没人爱，父母去世得太早了，人生在世，就剩下一副半死不活的皮囊。那时候傻，不懂事，现在好好读书，还能教书了。你看，我和你差不多吧，本质都挺好的。"

我听得稀里糊涂。

趁机，他在我脑袋上落了一个脑瓜崩。

我揉了揉额头，懒得计较，用力指了指课本，戳得卷子留下一个深深的月牙坑："你怎么读得进去？就这些，烦死人的书。"

昌岳神秘兮兮："因为有想要完成的事啊，我要去做一件大事……"

"什么大事？"

他把画上红叉的卷子卷成圆柱体，径直丢进我怀中，然后掏出四百块钱，翻来覆去地数，数到手抽筋，玩笑道："为了祖国啊，培养未来的栋梁之才。"

我蔑他一眼，依然懒得争辩。

低头看卷子，圈圈点点的错误罗列成行，隽秀的字迹做了工整的批注，红墨水印透纸背，有古墨画朱砂的韵味。难以置信，这是刚才那个财迷的成果！

我悄悄地，非常胆小地偷看他。阳光打在他身上，T恤的花纹很配他，牛仔裤显得腿又细又长，桌上的阳光塑造着细腻的轮廓，与我支出的胳膊交叠。

晦暗的影子，连同着金黄日光的灿烂温柔，一齐掠过肌肤，在蝉鸣声之中，混合夏天的味道，渗入胸腔。

3

燥热的天气逐渐转凉,偶尔下阵雨,空气就携着暖烘烘的温度逃跑,冷空气来袭,留下渐渐枯萎的蓝色喇叭花,以及一种粘稠潮湿的微凉气息。

这种气息扑面而来,和昌岳的气质很像。

染尽人间烟火,又自在万山之外。

两个月的暑假,足够让人疯闹好一阵子,他陪着我读书,莫名默契,我们俩都安静得不像话,仿佛是提前进入退休期的老年人,有傍晚散步的习惯与悠闲,最多拌嘴两三句,接着不了了之。

安静总是比喧闹更令人无比舒适。

我的暑假结束,按照父母安排,该回学校复读一年。而昌岳,要去北京的大学报道,按他的话说:进崭新的校园,看无数的妹子,赚更多的银子,加油!

在分别之前,我笑得肚子疼。

但最后一天,我实在笑不出来。

我们待在相遇时的教室,那栋楼高高的,可以眺望整个校园,操场、秋千、教学楼、小卖部,尽收眼底。

昌岳收回望着蓝天白云的目光,伸手摸了摸我的脑袋,嘴角微微上扬,漂亮的眸子像猫咪,像雪花结晶的花纹。我乖乖地低头,之后,耳畔传进来:"要好好活着。"

我僵硬的身体在原地伫立着,像巍巍要倒的树,翻江倒海的思绪在脑海回忆,心事被窥中,脸颊火烧火燎,满脑子只有一个疑问:他是怎么知道的?

我仰头看着他,眼中充满不解。

他笑意更浓:"全校最高的楼层,你以为,我是去吹风?你以为,我以为你是去吹风?"

这一瞬间,有什么东西在心中炸裂成烟花,"砰"声震彻耳朵,我似乎看见灰烬的颜色,渐渐幻化成满星空的五彩斑斓。是什么样的运气,让两个人怀抱着绝望又希望的心,就此相遇?

"后来有补录名额,我中了。"

昌岳主动解释着一切。

我不敢想象,如果没有遇见,这个财迷且字好看的大男孩,应该再也见不到了。我感到,心中巨大且坚硬的堡垒在迅速坍塌,浑身盔甲如冰雪融化。我变回了我自己,而不是别人眼中的我。

我变回了当初,那个坚强骄傲的,小不点的,我。

有晶莹剔透的东西从眼眶里滴落,朦胧之中,我看见他,着急忙慌地抽出纸巾,温柔又笨拙地帮我擦拭。这是两个灵魂的碰撞,是一份最宝贵的相遇,是没有任何杂质的生命交流。

我们放弃了自己,又为了别人重生。

我想,再也没有人可以如此了,再也没有。

夏眠蝉鸣,从刺破云彩的阳光里破茧、成长,感受着天地间的一切风物,融化成一粒粒糖粒子,塑造成一个活生生的人。他就这样,站在我眼前,用生命来告诉我:我们的心底,是有爱存在的。

最无私、最深刻的爱,就是为了你而活下去。

见过千千万万个人,见过千千万万种讨厌,见过千千万万份辜负与抛弃,只见过一份值得与恪守不渝,干干净净,如雪如冰,泠泠然地突显,拯救苍生。

风尘万丈,席卷而来,就是某个人,宁愿用皮肉之躯抵御,用人之初的爱竖立一堵墙,保护着一份柔弱生命的涅槃,保护着一份美丽的际遇,做一个陌生人的精神倚仗。

他不是英雄，却是我的半条命。

你习惯暖所有人，那爱情唯剩冰凉

爱情是件私密的事，不适合铺开来给他人远观近探。好的爱情，是藏在心底的，宛若酒醋发酵一般慢慢滋长醇厚，不该融制人心惶惶的模样。若是心底装的东西太多，坛子中难免变了味儿。

很多时候，温柔是有底线的。

1

长安街道，花木昌茂。夜风萧瑟，只有两个人站在十字路口的路边摊外头。散乱了满地书本，一台老旧的笔记本惨兮兮地躺在水泥地面，始终抬不起头来。

姑娘的白裙子沾了薄灰，任风卷裙角也拂不掉，宛若对面男人灰蒙蒙的心情。江曼说，自己不敢再爱他了，他太好了，好到令心胸不大的她爱不起。

这话蛮残忍的。

漫不经心地完全表达某个男人对自己的无关紧要。毫不吝啬，猛甩狠话，击成内伤，仿佛仍旧云淡风轻。

——砰，大杀特杀。

2

这个男人是江曼的同事，名字很好听，孟迟述。

孟迟述属于奔三一族，长相年轻，谦卑秀气，在连锁酒店当地区总经理。尚有成就，要房有房，要车有车，待人无微不至。更何况，他是江曼毕业后认识的第一个同事。毕竟"第一个"，总对女生留有些月悬柳梢头似的浪漫情怀。

相处两个月，是江曼率先向孟迟述告白。

她请他吃饭，吃自个儿的失恋安慰餐。

路边摊，吃串串，干啤酒。

"失恋嘛，多大点事儿啊！但不醉不归还是少不了的。"

江曼使小性子，非要逼他喝酒。孟迟述喝了两大杯冰啤，骤然生冷下肚，肠胃就迅速拧在一块了。没一会儿，孟迟述朝她牵强一笑，翻了个白眼，捂着肚子倒在酒桌上。

江曼是千杯不醉，哪里知道真有人得了酒精过敏这种矫情病？更不晓得白水似的劣质啤酒，会让孟迟述病得如此严重。

路边摊的老板见多识广，朝她挥舞着油腻腻的手臂，催促她拨打120急救。救人如救火，迟不得！

江曼愣愣地站在原地，盯着孟迟述愈渐充血的脸色，呆滞了三秒钟，随即抄起桌上的啤酒瓶，咕噜咕噜两口干完，背起孟迟述就往马路上跑。

等跑到临近的医院时，江曼和孟迟述一起倒在挂号大厅里。

她脑袋空空一片，望着几个小护士手忙脚乱地赶过来。江曼伸手指了指孟迟述，两分钟后，医护抬着他躺上平车，往远处推去。

江曼狼狈地爬起来，心中想：说实在的，孟迟述真重，看起来轻飘飘的男人，原来这么重！

半小时过后，值班的医生皱着眉头，说着专业术语，大意是说，再晚来片刻，孟迟述就命丧黄泉了。江曼听不懂，对她而言，这就好像电视剧里写的，与突然发生车祸立马陷入失忆的情节一样扯淡。

可如今历历在目，真实不虚。

等挂完吊水，孟迟述已经安安静静地睡着在走廊躺椅上，而江曼这个罪魁祸首顶着众人异样的眼光，六神无主，一屁股坐在地板上，背靠着躺椅发呆。

很不高兴哎。

吃顿安慰餐，差点儿吃出人命。

屋漏偏逢连夜雨，她江曼怎么这么倒霉！

3

第二天，孟迟述醒过来，脸色苍白得可怕。他摸着自个儿的鼻子，咳嗽了两声，涩涩地说："喝酒而已。你都失恋了，不想扫你的兴。"

江曼感觉，自己的心脏被重型小钢炮轰了一下，炸出满天五颜六色的烟花！她突然觉得，自己得对这个男人负责。没错，翻译成人话就是以身相许。

等到下午时候，医院送走了这两个不知天高地厚的家伙。

江曼搀着孟迟述路过昨晚那家路边摊的时候，突然定定地站住了，张口就说："孟先生，我们在一起吧！"

"嗳，怎么这样正经？"孟迟述一时之间甚至未反应过来，问道。

"我是在告白啊，当然一本正经！"

江曼眨巴眨巴眼，眯着一双桃花眼坏笑。

顺水推舟，孟迟述当然欣然同意。

毕竟，早在成为她同事的那一刻起，他就喜欢这古灵精怪的丫头，是真心实意的，喝酒也确实为了安慰，不算是刻意撩妹。

可是，某个致使江曼崩溃的问题，就发生在恋爱第六个月。

隆冬季节，孟迟述对江曼无微不至，早上煲汤煨粥，糙米虾仁统统滋补；下午能陪她窝在沙发里看整套的影碟，看得昏昏欲睡也不罢休；晚上两人出去轧马路，替江曼买最新款的真丝围巾，绣花蝴蝶像是活的一般……

一切，都令旁人艳羡得无话可说。

但有个词叫作——貌合神离。

神离的是江曼，不是孟迟迷。

江曼因工作需要，总习惯拿两个 QQ 互传资料来备份。某天下午，趁着孟迟迷睡着的时候，拿他手机给自己传讯，好巧不巧地瞧见 QQ 里赫然一位妹子的头像闪烁许久。耐不住好奇心，点开来一瞧，原来孟迟迷"早安""晚安"一句不落，还替人家周到考虑升迁之事，顺便送上暖心话。

她连翻了许多人，竟发现对话皆是如此暧昧。

其实，也算不得暧昧，只是过于温暖了。

江曼缓缓放下手机，打心底觉得自己小心眼，却也忘不了那妹子撒娇卖萌的语气。

孟迟迷仍在睡觉，宛如不经世事的孩童，宛如没做错任何事。他错了吗？好像没有错，也好像错了。他没有越界，只是习惯播撒温暖罢了，俗称大众情人。

可惜，他温暖了别人，就没温度再来暖她。

4

江曼什么也没说。

她也不知道爱情该是什么模样。是包容宽和、小吵小闹？还是轻描淡写地掠过这些可大可小的事情，过平平淡淡的日子？

江曼思考不出一个结果，可她的心知道，她不再快乐了。

一如既往，孟迟迷还是会悉心照顾她，像悉心对待所有人一样，没有半点区别，温柔而生疏，愈发强烈。江曼的心里，再没有那份独特感与安全感的储存地，甚至，心中落寞。有时候，心存芥蒂，是情感走向碎裂的开端。

等满两个星期，江曼将想说的话，全都写在了笔记本里，挚情满满，留给孟迟述看。

这也是她留下的最后一份礼物。

江曼辞退工作，辗转城市，换一个新地方，寻找新开始。她看起来，竟是这样薄情寡义。

不，不是的，谁都没有她更懂深情。

只可惜，有种人天生就是刀子嘴豆腐心，不仅虐别人，也习惯虐自己。

孟迟述看完笔记本，心情乃是恍然大悟掺杂着懵懂不舍。他很无辜，善良也是错吗？

同样，江曼也很无辜，希望爱人偏爱自己一点也是错吗？

没有人能说出标准答案。

尘归尘，土归土的结果就是五个字，我们不合适。

或许，在爱情里的众多温柔，还有一个名字，叫作"滥情"。一旦滥情，必定烂情。情义多了，孰轻孰重呢？普天之下，若是没有独一无二，又何来珍惜之说。

你的恋人，可以是我，也可以是其他，可以是随便一只阿猫阿狗，更可以是心怀鬼胎的三儿。这样的爱情，一点都不安全。

貌似心怀天下，却装不下一个人。

5

关于爱情，还有太多未解之谜。

所谓"不合适"，是面对难题而没法解决的托词。相互契合的爱情不会如此难堪，最后以"不合适"来作为分手理由的恋人，恐怕早就心隔天堑鸿沟了。

撒手吧。

他若爱你，必定一心一意。

他若不爱，你死缠烂打也动摇不了他分毫决心。

爱情是件私密的事，不适合铺开来给他人远观近探。好的爱情，是藏在心底的，宛若酒醋发酵一般慢慢滋长醇厚，不该融制人心惶惶的模样。若是心底装的东西太多，坛子中难免变了味儿。

很多时候，温柔是有底线的。

懂得把持关系的亲密远近，比一股脑儿去爱别人更重要。

如果你习惯暖所有人，那爱情就唯剩冰凉。

江曼是性子决绝的人，说走就走，不留退路。

可是你我身边的人呢？甚至，就是你我自己。倘若遇见，能舍得离开吗？你愿意做不留余地的江曼，还是做可以凑合的女友，这不重要。只是，看似貌合神离的爱情，终有一日会面临破碎不堪的境地。

当断不断，反受其乱。

幸好，故事的最后，江曼还是被孟迟述追回来了。

到底是心存爱意的，这份爱比芥蒂要坚韧，虽然离开，但可重聚，只要修正，没有什么不可能重现。孟迟述答应她，爱就爱一人，善待他人的态度会更新换代，满足江曼小小的孩子气。

他们拍婚纱照的时候，在纪念册上用金粉刻下了两行字——如果爱，就请深深爱。

希望下一个懂得"小气"去爱的人，是你。

没有谁一开始就般配

爱情终究是爱情，为了爱，再不合适的齿轮也会相互磨合。从南方到北方，从憋屈到敞开，从错到对，爱情从不是一个人的独舞，它需要两个人合作，跳一场完美的华尔兹圆舞曲。

其实，为了坚持爱情，甜豆花和咸豆花不用一决雌雄，豆浆油条和豆浆稀饭不用争锋相对。番茄可以爱上土豆，番茄酱搭配薯条，万千成功，近在眼前。

为了爱情，不合适的我们，爱上了就合适。

1

北京，陌生而干燥的城市。

林拖着被地砖硌得"咕噜噜"直响的行李箱，背着宽大的黑色旅行包，下飞机。等候区涌动着泱泱的人潮，她四周张望着，没有看见大东。

隔壁座位的小姑娘见到男友，来了一个大大的熊抱。

说实话，她有点嫉妒。

大东已经很久没见过她，从毕业之后，俩人就隔着南北的万丈距离，单靠手机维持异地恋，每天只能发文字、听语音，林快受不了了。这种有男友却似无的日子，实在煎熬。

所以，她踏上了这片陌生的土地。

与其他人不同，她不是来谋生，她来谋爱。

提前通知了大东，大东说下午公司开会，不能去接她。理所当然的，她被孤零零地丢在偌大的飞机场，找不到北。

折腾了半天，林才跟着指示标一路出门，拦了辆车，司机操着浓厚的京腔问她："妹儿，外地人吧，去哪儿？"

林怂怂的，暗自抱紧背包，两只眼睛盯着老实巴交的司机，打量来打量去，还是忐忑地上了车：劫财劫色，她一概抵挡不住，不过，错过了出租车，恐怕会迟到。

飞机场离大东家有一段路，这一段路很远，远要坐近乎两个小时的出租车。她想趁着大东上班时间，提前过去。

倒霉的林——晕车。

司机倒是没有劫财劫色，只是嫌弃地撵她下车。

林再次被丢在半路上，人生地不熟，一幢幢拔地而起的高楼大厦映入眼帘。她有点眩晕，摸了摸"咕咕"叫的肚子，又掏出纸巾擦拭了嘴角，整个人脸色苍白，浑浑噩噩，勉强按照手机地图寻找方向。

如果大东来接她，她就不会这样狼狈。

林没办法骗自己，她急得都快哭出来。

可当初是她执意要来北京，大东并没有邀请她。不被邀请的"不速之客"，怎么能怪罪别人不够体贴呢？

林是个讲道理的女人，但依然很难过。

女人是感性动物，即使知道"我错了"，还是希望你可以"哄哄我"。

林什么都知道，现代恋爱经验也了然于心。她自知主动凑上去的女人会自跌身价，却仍是忍不住接近。怎么办呢？她是真的爱他。

到大东家的时候，天黑了。

乌压压的云劈头盖脸，甩给林冷漠的脸色。

大东给她打电话，她站在楼梯道里喘了好久的气，才平复呼吸和心情，接起，林保持着笑眯眯的声音，说："快出来接我，我在你门外啦！"

爱一个人总是卑微到尘埃里，躲不了，逃不开。

林在门口等了好一会儿，欢快得像一只摇着尾巴的猫，就差"喵喵"撒娇叫出声来。门锁咔哒响起,她心跳加速,终于能够见到日思夜想的大东……

"你就是林?"

一个沉重且苍老的女音。

林的心"咚"地沉下去,像是早恋被班主任抓到似的,她背后发凉,怯懦地抬起头,看见一个穿着睡衣的老年妇女,看起来还算慈祥,就是嗓音有些沙哑。

女人看出林的窘迫,介绍自己:"我是大东妈妈,你进来吧。"

林点了点头,拖着笨重的行李箱进了客厅。

粗糙的轮子在干净的地板上摩擦,留下一道轻微的痕迹。大东妈妈看着地板,又看了看林,想说些什么,终于憋了回去,不冷不淡地说:"我去给你倒杯水。"

林悉数看在眼里,懊恼:第一印象毁于一旦了。

"大东在哪儿?"

"洗澡呢。"

林乖巧地坐在沙发上,笑靥如花的客气表情,脑中思绪却在飞转:大东,为什么不是你给我开门?

2

林不会因为一件小事生气。

她是讲道理的女人,非常讲道理,从不无理取闹,但是难过,永远藏不住。

赶上5月20,林在家里窝着,和男朋友大东重温《怦然心动》,一遍遍看朱莉的鸡蛋,被布莱斯悄悄倒掉,朱莉最喜欢的梧桐树遭砍伐,布莱斯无动于衷……林想:这小子真狠。

她扭头问:"你会不会对我这么狠?"

大东摇摇头，笑着捏她鼻子："我敢扔掉你的鸡蛋，你不得打死我啊！"

林听了，很是受用，立马温顺成小家猫的模样，依偎在他怀里："等我在北京找到工作，咱们就在这儿扎根好了，挑个日子，结婚吧！我看了日历……"

大东打断她："等我晋升再说吧，现在存的钱还不够支出婚礼费用，我不太想惊动我妈，你理解的吧？"

惊动？

大东这句话很怪，仿佛林是一个小三儿。

林坐直了身子："我见不得光吗？大东。"

大东担心她生气，使劲儿解释："不是，我不是那意思。我爸早就没了，我妈从小到大拉扯我长大，含辛茹苦，花费了许多，自个儿没享受到一分半点……关于结婚，我想独立存钱。"

林点了点头："也好，我喜欢的男人，就该这样。"

大东恢复了笑容，把她抱进怀里，叹了一口气。

第二天一早，大东上班，林总不能在家和大东妈妈面面相觑，想着就起鸡皮疙瘩。大东妈妈是个坚毅的女人，一个人拉扯一个孩子，在北京落户买房，实属不易，对她这个娇生惯养的姑娘不入眼，也是情理之中。

林都明白，于是白天待在人才市场里，酒店管理专业，不太容易找到满意的工作。

大抵是服务员的职位，想要当主管，总得一步步往上爬，哪怕之前多么优秀，几乎都得从零起步。

林不甘心，饱满实力，却无用武之地。

折腾了好一些日子，大东妈妈看林的眼神更怪了：从一开始的客气与生疏，变成稍许的嫌弃与敌视。

"不慌不慌，我抢了她儿子，她不喜欢我是正常的。"林站在卫生间，看着日渐消瘦的自己，对着镜子揉搓黑眼圈，这样安慰道。

　　林嘴上这样说，其实心里惦记着老家妈妈做的菜。肉啊菜啊都是一大盘子，哪里像大东的妈妈，缩手缩脚，只做一丁点儿，三个人不够吃，林半夜肚子总是饿。不敢点外卖，她暂无收入来源，在大东妈妈眼皮子底下花钱，未免太猖獗。

　　说起来，林的个人条件与大东实力相当，怎么就感觉自己矮了一截呢？

　　她拍了拍脸："不行，明天必须找到工作！"

　　如愿以偿，林真的找到一个不错的工作，酒店管理的职位虽说不高，但总比从服务员干起来强，期间省下多少麻烦事，难以想象。天上不会掉馅饼，林觉得人事部的这位主管，色眯眯的。

　　晚上，林跟大东老实交代。

　　大东极力反对："那主管在一天，你就危险一天，鬼知道他会不会对你做什么？本来，酒店那种地方就……"

　　"就什么？"林生气。

　　大东缓了缓语气："我不说你也清楚，别去了，我养你。不用你工作，我一个人的工资够了。"

　　林听不进去，恼怒："这不是钱够不够的问题，是你不接受我的职业，你这是诋毁我的职业！原来你一直对我的专业这种看法，我真没想到，你居然会这样想我！"

　　大东只是看着她，不说话。

　　林恨恨地想：他肯定觉得我无理取闹吧？不，我明明占理，我才不要一辈子寄人篱下！本来就不想和其他人一起住，现在我的男友居然这样看待我，我和这样的男人在一起，有什么好？

　　想完了，眼泪掉下来。

大东心软下来，搂住她瘦小的肩膀。

她泪眼朦胧："大东，你真的不支持我吗？"

他依然不吭声，满屋静默。

林知道大东不善言辞，仍是苦笑起来，鼻涕眼泪扑簌簌地往下掉，委屈极了："你都不哄哄我，人家女朋友哪里用得着受委屈？都宠得跟块宝儿似的，我跟你呢，除了整天憋屈，没别的了！"她甩开他的手，摔门走了。

第三天，她坚持要从大东家搬走。

大东挽留不成，大东妈妈看着林离开，没什么表情。

就像《怦然心动》里，朱莉的梧桐树要被砍掉，布莱斯无动于衷。

林绝望，心想：好男人遍地都是，有这种婆婆，以后我也受不了憋屈，早点分手算了！都见鬼去吧！

再爱都敌不过不合适，林明白了。

怪不得人人都说，比爱更重要的是合适，爱是罗曼蒂克，合适才是真正的生活。

3

林搬走了。

搬到酒店里去住，那里提供大量的员工房间。

一切都是崭新的，崭新的地方，崭新的工作，以及，崭新的单身生活。

林安慰自己：像我这种好女孩儿，不缺男朋友！

她确实不缺男朋友，只是酒店里的男员工总是对她指指点点，她感觉莫名其妙，没想深究，直到在背后听见有人议论她，说：林当了主管的陪睡，才混到这个职位，仗着自己有三分姿色，欺软怕硬。

林气得发抖，恨不得冲进去辩解一顿，但终于唯唯诺诺地止住火气，她不敢，她没什么胆子和别人吵架，她怂。

上班后的一个月，林拿到了丰厚的奖金，多得简直有些不正常。早上上班，碰见人事部主管，那个梳着背头的老男人冲她一笑，笑得她瘆得慌。

擦肩而过，老男人伸手揩油："好好干。"

林惊得大呼："你干吗！"

"别出声，要不然……"

林一把推开面前猥琐的男人，哆哆嗦嗦地疯狂跑走，一边跑一边打电话，按出110之后，又删掉，重新按出一串数字。

"大东，我、我……"她带着哭腔，声音模糊。

"别怕，你出来，我马上来接你！"

林拼命点头，仿佛电话那头的人看得见似的。只是她突然发现，原来，大东在她心里的分量，比警察还靠谱。

刚出酒店，往前走了不过百米路，就看见大东跳下出租车，飞速朝她奔过来，一把搂住梨花带雨的林。她知道错了，大东是对的，她差点儿，就变成了自己所厌恶的人。

大东一下一下轻抚着她的脑袋，像哄孩子似的："不怕，我们回家，再也不去那里了。"

这一次，林彻底沦陷回他的温柔里。

大东说："林，我从没鄙夷过这份职业，只是觉得不安全，你的社交面太窄，你太稚嫩，你怎么经得起历练呢？你该活在庇护之下，被我宠着就好，我太怕你出事儿。"

他说："林，我知道你不想和我妈一起住，你觉得憋屈，我妈也知道。她说，等咱们结婚了就在小区里再买一套房，咱们住得近，又互不干涉，依然是二人世界，好不好？"

他捧着她含泪的脸，轻轻吻："林，再也不要离开我！我想给你最好的婚礼,但是现在资金不够,不过,咱们可以先领证,嫁给我吧,好吗?"

林觉得天旋地转,一切不合适都合适了,就像《怦然心动》的结尾,朱莉和布莱斯共同种下一棵梧桐树,而她与大东,一起磨圆了自己的齿轮,刚好契合对方的凹槽。

爱情终究是爱情,为了爱,再不合适的齿轮也会相互磨合。从南方到北方,从憋屈到敞开,从错到对,爱情从不是一个人的独舞,它需要两个人合作,跳一场完美的华尔兹圆舞曲。

其实,为了坚持爱情,甜豆花和咸豆花不用一决雌雄,豆浆油条和豆浆稀饭不用争锋相对。番茄可以爱上土豆,番茄酱搭配薯条,万千成功,近在眼前。

为了爱情,不合适的我们,爱上了就合适。

第四章　焦虑大时代，请不慌不忙的生活

愿你不踏旧尘，不虚度年华，不虚度自己。在青春尽头，在爬山虎覆盖的碧绿墙壁之下，雕凿出最曼妙的留影。

你可曾在意过灵魂的质量

唯有将智慧的目光聚集在某一亮点之上，注重对生活质量的追求，在心中编织意义，方能获得成功与最真切的满足，不因时间而消磨，不因瑕疵而沉默。

我们只拥有一个灵魂，当数量不再增加，此刻灵魂的质量，就是我们自身的质量。

1

假如，你用写一百篇文的时间来悉心修改十篇稿子，自然完美地胜出。

假如，你花了半个月的时间琢磨一项小工程，必然无意外成功。

假如，你抛弃众多劣质品而选择一件优质品，生活定简朴精致。

很多人都明白这个道理。然而，现实生活中，人们往往喜欢迅速如闪电的发展与较量，仰着头去追风筝，不顾虑放风筝

的线。而且，指不定哪一天就掉到坑里去，再爬不起来，最终分外自怜地说：你看，我做了许多努力，为什么还是失败？

其实，我们要学会跳出社会运行速度的怪圈来看待事情。

2

譬如，你去逛商场，偶然接到一个电话，朋友约你去喝咖啡。你不想错过与朋友的相约，也不想放弃好不容易才留出的购物时间，于是你说："嗨，不喝咖啡了，咱们去商场买衣服吧！"

朋友拗不过你，勉强跟你去了商场。

你认为这两件事情皆做得妥当，并且沾沾自喜。可是，事实并不是这样。

原本，朋友遇到感情问题，想与你去咖啡厅静静待上一会儿，同你诉苦。结果，你进入喧闹繁华的商场后，根本停不下来，眼花缭乱、左试右试，朋友几次想喊住你，可惜并没有时机开口。最后，你一个人兴高采烈地玩耍，朋友闷闷不乐，只觉得交错了好友。

另一面，朋友在场，你挑起衣服来也不再得心应手。总是顾虑价格、品牌、款式问题，生怕朋友会觉得吝啬或是难看，将自己视为笑料。之后，你拿着两三件衣服询问朋友的意见，却只看见一张苦瓜脸作为回应。于是，你心中不快，恐怕只选了一件最差劲的衣服，就匆匆离开。

这就是将事情堆在一起做的结果。

有时候，事情并不像数学加减乘除一样轻易可得，我们需要分开来做，这样才能够认真地对待每一件事。

河流兜兜转转汇聚成汪洋大海，是懂得与山谷缠绵，并不是横冲直撞。南燕迁徙途经的地方，总有歇脚之处，闷着头前进,不是南辕北辙,就是生生撞在透明玻璃上。

我有个同事小文,是一个细致简单的女孩子,做事从来都是不温不火,说话徐徐有韵,咬字清楚,能让你听清每一个字。

有一回,出版社将选题发下来,总编安排给了小文,小文带领的一队人马正在赶写先前的出版合集,所以没能按时完成任务。

总编眼睛里快要喷火,将小文骂得狗血淋头。要是换作别人,必定要争出个道理来,但小文依旧不恼不怒,也不解释许多,只独自顶着压力,再将任务不疾不徐地完成。

另外一队提前交稿的人马在私底下笑话她,明明可以分成两批做完的工作,她偏要一个一个慢慢做,结果挨训,也是活该。

但是,选题终审的结果下达,众人目瞪口呆。

众多队伍之中,唯有小文带领的队伍入选。原因当然是文章质量出众,不只是出众一星半点,而是高出别人一大截!总编喜笑颜开,并让小文向其他同事传授经验。小文说:"我没什么门道,只是做一件事情的时候一心一意,不顾忌其他事情,做好质量比提高速度要重要。"说完,总编的脸都绿了。

我觉得,小文不仅是个有胆量的人,更是极有主见的女子。那时候,出版社所有人都自惭形秽,道理都懂,只是浮躁的性子让人们静不下来。

我们像空气中浮游的尘埃,东游西荡,没一个落脚点,而小文是蒲公英的种子,落到哪里,就笃定生根发芽。

这种一心一意的力量,是心怀躁气之人不能明白的。

3

我从小文的身上,又想起一件更为惊险的事情来,这事发生在我母亲的身上。

母亲是个性子很急躁的人，办事雷厉风行，干练无比，而我习惯慢吞吞的生活，像只"慢羊羊"，以至于母亲每当见到我，难免痛心疾首，苦口婆心劝我遇到行动就要快起来。

她时常教我怎样做家务。比如，烧水的时候，可以把碗筷给洗了，或者一边洗衣服一边等水烧开；择菜的时候可以开着洗衣机；不要用白天的时间炖牛肉，晚上炖，半夜起来看一眼就行……诸如此类，数不胜数，听起来全是生活小窍门，似乎是节约时间的宝贵方法。

但后来，她再也不这样做了。

因为某一天，母亲在择菜，邻居路过窗口和她攀谈几句，结果等邻居离开，她只握着一把青菜，转眼忘了还在厨房烧着的水和快速加热的直板夹。

要不是正好赶上外婆探望她，发现异样，赶忙将已被浇熄的煤气关上，再把直板夹的插头拔了，你简直不能想象，那不断升温并且已经烧坏电线的直板夹会不会将窗帘烧起来，你也不会知道浇熄的煤气一旦泄露会是怎样严重的后果。

母亲被外婆严厉地教训一顿，从此，慢吞吞的我再没有被迫听从"加速、再加速"的生活理论。

生活之中讲究"高效率"，什么是效率？效率是在有限的时间里尽可能的完美办事，而不是只图时间之短，却忽略办事的质量，如此只能事倍功半，绝不会事半功倍。

如果你说：快一些更利于生活！那么，刚才的两个事例就是极好的回击。慢一些，生活不仅会变得更好，至少不会遇到性命堪忧之时。

有时候，逼迫我们快速燃烧身体内 CPU 的，不是别人，正是我们自己。

153

人们总想要快人一步，并且拥有各种各样的理由，自小听着"不能输在起跑线上"长大，生活滴滴答答地走钟，这似乎就是一杆发令枪，"砰"地一声响，震的我们猛然一惊，然后像兔子似的狂奔，结果，落得龟兔赛跑的结局。

是偶然吗？在时间上花费大把精力，反而将质量的坚守拒之门外，这必然铸就失败。

当面对着考场、职场、家庭，我们闷头苦干，一刻不停地奔波劳碌，灵活的双手似乎从未得到解放，最后却什么也未得到。

我们留下一大堆无用的东西，将宝贵的时间砸在对数量的追求上，企图通过大量成就而获得快感，到头来才意识到——质量往往比数量更重要！

4

岁月无聊地啃噬着每个人的生命。

失败感将人们封锁在自欺欺人的匣子里。

积累数量带来的快感，能给人带来非比寻常的满足感，这种快感宛若吸食鸦片。愉悦、兴奋、骄傲、满足……一旦引起，毒瘾极难戒掉，尤其是自我价值难以实现的人群，需要最简单粗暴的方法获得慰藉自己空虚心灵的快感。

众所周知，鸦片终究是消耗生命与灵魂的，无形之中，数量优势也在消耗我们的匠人之气。

日本匠人可以世世代代专注于一件小东西的生产，从"寿司之神"小野二郎到日本锻刀界大师月山贞一，锤炼一生，精益求精。与批量生产相比，他们所出售的商品不仅是贵在价格上，也是在档次上体现出高贵灵魂与艺术价值来。

前段日子看新闻：浙大讲师张飞设计出一款 Fish Pen，当在法兰克福 Talents 展展出第一批样品时，可爱灵活而精致化的原木尾鱼笔小小轰动了展览。然而，张飞面对大量的订单依旧"say no"，原因很简单，生产工艺还达不到要求。

心灵唯有在追求质的完美时，才能不断拓宽，拓宽。

时光以一种永恒的威势压迫着我们。

当你倾尽所有换来满车坚硬的稻谷，你对全世界说你都被自己感动了，但你却始终没能得到一杯维持生命的水。

故而，片刻的快感必然伴随不了一生。你追悔莫及，开始怀念当初简单、缓慢的日子，命运只为你奏一首悲鸣曲，在山谷中随风声呼啸回荡，荒草淹没了下山的小路。

唯有将智慧的目光聚集在某一亮点之上，注重对生活质量的追求，在心中编织意义，方能获得成功与最真切的满足，不因时间而消磨，不因瑕疵而沉默。

我们只拥有一个灵魂，当数量不再增加，此刻灵魂的质量，就是我们自身的质量。

长大的岁月里，我们未曾变化

大同小异的梦，在这片天空下交织成画，我沿着一根看不见的红线，出发了——为的是实现某个期待，为了寻觅久久不曾任性不羁的自己。

年轻的滋味，酸、辣、过瘾。

1

《倾城之恋》中有段话："你年轻吗？不要紧，过两年就老了，这里最不缺青春了。"

见之惊心，闻之骇人。

又有老者写：年少时爱喝那刺激的碳酸饮料——七喜、可乐、雪碧，每次坐飞机要喝很多。

现在爱喝亲手煲的浓汤，几个小时煲下去，画画、写字、听戏、一个人看花开、收拾房间、整理书籍。日光是快的，又是慢的，昨天还是骑着自行车去偷芍药花的少年，现在对镜也曾拔白发——我已是中年后。

看完，我已然寒颤。

现今的流光是最快的，快到一瞬即逝。而我喜欢踏实、沉稳，所以，我的步调子素来缓慢，总也追不上潮流方向。于是后来，我便不追了，像是被公交车无情地甩了一屁股尾气，剩下我一个，闷闷地，一个人坚强地行走着。

我是害怕老去的，尽管，我很年轻。

老是衰败，会逐渐变得透明，存在感降低，只能一味索取，无法回报：我想为你做顿饭，却浑身乏力，下不了床。

其实，比老去更让人害怕的，是老气。

老气不分年龄，老气的人常常世故不堪，甚至一些十几岁的孩子，世故得让人可怕。他们擅长交际，从不害羞，懂得如何说话讨人开心，以此来多要些零花钱，去赌牌，或者撩妹；又或者，如我偶然听见的那样，趁着店主繁忙，用早已过期的微信付款界面糊弄对方，以此占得小便宜。

春夏秋冬，繁花四季，轮了无数轮回，我不愿做一个老气横秋的女子。

我希冀，身畔有美丽裙角的迎风飞舞，我爱看年轻男女的热恋欢喜，我赏心悦目一切关于年轻的生命活力：矮矮的自行车、院子里青涩的果实、刻着"miss you"的书桌、细小的纹身、"咕嘟嘟"大口喝水的声音……

苍老的人，忍不住喟叹："年轻真好啊！"

忆起孩提时，那是靠固定电话联系的时代。我住在小镇的中心，离家五十米有一家幼儿园，正对着我家厨房。

母亲习惯早起，每每赶集回来，恰逢八点，幼儿园准时响起广播歌声。一群小羊羔似的孩子蜂拥至广场，在那儿站好，歪歪扭扭，搔首踟蹰，犹如临风摇晃的翠绿草苗，老师一声唤着："做操啦！"

一颗颗机灵豆触电似立直，随着广播里听了数遍的儿歌跳起来，手舞足蹈，从不整齐。但总有路过的人围着幼儿园看，透过一根根彩漆栏杆，艰难地看一眼，这些初生的小太阳。

我嫌吵闹，埋怨居住在此，母亲却喜欢极了。

她说："我喜欢啊，挺热闹的，要是再买房子，还是想离热闹近一些。"

喜欢年轻的母亲，生性也像小孩子。

如果叫母亲瞧见了心仪的鞋子，定要眼冒金星，不买也得看看，压根拉不走。

考试挂科，她摆摆手，笑着说：她当年数学从来不及格，11分改成71分，但是依仗语文成绩好，班主任照样喜欢她，心里美滋滋。

偶尔，听她一大把年纪撒娇，站在龙虾馆门口跺脚，"我不管""我就要吃这个""我不走了"……

每每如此，我黯然神伤——她像女儿似的。

某一天晚上，母亲居然不顾家人反对，捡了只小奶狗回家饲养。这种桥段，向来只有孩子求父母饲养宠物，哪有父母主动弄个麻烦事儿丢给自己的？真是奇了，母亲冒出一句："谁还不是小公主呀！"

这位四十五岁的女人，让我无可奈何。

关于这条小奶狗，家中养它已有六年余。从初生至苍老，是极其明显且藏不住的变化。起初，它的大眼睛乌溜溜、水汪汪，总喜欢咬鞋带、啃被窝。眼下再看，总觉得目光混沌了，看人的眼神变得老成，一副了然于胸的表情。

犬会变，人更会变。

苍老不美好，我不愿随风老去。

2

从八岁，到十八岁，到二十八岁。

我们变化了。

从吃棒棒糖，到悄悄地暗恋，到工作结婚。

和朋友聊天，刘子说："我想了想，以后会遇见很多人，千千万万的，我也不会记得几个，只不想淹没在人潮里，更不想过那样的日子：忙着找工作，忙着稳定，忙着相亲恋爱，然后结婚生娃，一辈子没了。"

刘子停了一下，将手握得更紧："我的一生，就这样潦草地结束了，我不接受呀。"

是的，我也不允许我有如此潦草的一生。这种，一眼足以望到头的日子，每一分每一秒，都在扼杀我的灵魂、撕碎我的羽翼。我不敢保证我能够活得多么优秀，但我保证，不会如此空虚黑洞，我必须丰满！

流浪，也比龟缩在五平方米的办公区更美丽。

兴许是想通了，兴许是想反抗生活的压力，刘子辞职，去旅游了。他用过气的话来解释："世界这么大，我想去看看。"然后，背上行囊，出发了。

刘子去了我一直想去的北方。

我说过："相比山青青水弯弯，眼下这些日子，总以为大西北更饶有兴味。一直以来，总想去看看戈壁荒漠，看涸石黄沙、雅丹画窟；看人迹罕至、不尽荒凉，看几百年前，刻在壁上风华的残躯，沉淀重鸣。"

刘子说："我也是。"

出发，像不曾长大一样。

我微笑着送他离开，犹如送蒲公英踏风而去，我看见他是一枚气球，轻飘飘，越飞越高，越飞越远，直至消失不见。我看见他背后的羽翼，华丽而丰满，洁白无瑕，根根柔顺分明，宛若天使。

原来，不受束缚之灵魂，震撼至此。

每隔半月，我会收到从不同地方寄来的信，那些信，有相同的寄信人：刘子。

偶尔是长信，偶尔，是路边摊买来的明信片，背面是风景照，他大多留下一句"我到此一游啦"，抑或是些逗趣的话，像日子里的一粒辣椒，刺激着味觉爆发。

我不回信，只是看，只是想。

塞外的黄土，究竟是什么粘稠度，是块吗？还是沙砾？有一堵堵风化颓圮的墙吗？是高大敦厚，还是如江南的矮墙罢了呢？站在沙丘之上，能看见盛开的格桑花吗？是红艳艳的，还是蓝若海鲸、紫若云霞呢？

江南的青山绿水、流水曲觞，我看腻了。

刘子在信中写：咱们为了过日子，拼命攒银子，攒到头也没见多少，那攒银子用来做什么？我的想法很简单，无非是一张床，一碗饭。除此以外，我想看看我所期待无比的东西。

我被相同的灵魂引诱，搭了隔日的飞机，飞往西安，飞往甘肃，飞往盆地和沙漠。

梦中魂牵的圣地，终于有机会亲触。

我想抓一把泥土，去感受太阳的温度。

也有人想掬一捧清泉，尝尝江南山泉的甘冽。

大同小异的梦，在这片天空下交织成画，我沿着一根看不见的红线，出发了——为的是实现某个期待，为了寻觅久久不曾任性不羁的自己。

年轻的滋味，酸、辣、过瘾。

3

浪迹大半年，刘子回来了。

他挟裹着满面风霜的脸与笑容，又投入了正轨之中。生活还是一成不变，除了见过的那些风景出现在记忆当中，其余，依然与往昔别无二致。

同样的工作，同样的生活，同样的人。不一样的，是久别重逢的情怀，似乎回到年少轻狂的时代，用最张扬的方式，去完成梦想，生活的意义也就随之而变。他的浪迹，从来没有对生命不负责，更没有踩着别人的肩膀享受风花雪月，这是一场，真正的成长。

我钦佩他，看着他，和印象中相似，我与初中那幼稚的、瘦弱的小男孩，似乎，只相隔一天的距离。长大的岁月里，我们未曾变化。

兴许，会有一点不同吧。

多了一丁点的成熟，一丁点的韧劲，一丁点的懂得与仁慈。长大的人，像出土的兵马俑，似乎是褪去了颜色，但那些曾经鲜艳过的盔甲与剑，那些"我要当大英雄"的狂语，我行我素，照样扎根于心。

素年锦时的本真，也回来了。

日子有风，心里有梦。

我们并非是《大鱼海棠》里的椿，没有扭转乾坤的神力，更没有被众人普爱的运气,我们也不曾拥有鲲的牺牲与幸运,不曾穿过承载着生命的通天之门,游园惊梦。大多数的人,都是湫,本着一命换一命而活。从起始时,喜欢椿,最后的消亡,仍愿意"化作这世间的风和雨陪着你"。

经历了,喜欢你,就是喜欢你。

我想,《那些年,我们一起追的女孩》里的柯景腾,就算没能与沈佳宜结伴,十年过后,二十年过后,喜欢的,依然是喜欢的。

我的表妹比我小一岁,恋爱史听起来像尝了一口星星糖:大学,听到男朋友在电话那头不熟练地弹着她喜欢的《天空之城》,弹完,小心地问她是不是弹得很烂。她闭上眼睛,躺在床上,带着耳机听着琴声,幸福满溢。

分手的时候,她给他送了一架口琴,像 mini 版的钢琴似的,简单易吹,声音轻快。

表妹说:"他永远不知道,我有多期待,他可以看见我那晚充满幸福的笑。"

这句话被我转达给男生,两人为什么分手,我不清楚,后来,两人为什么复合,我也不知道。我知道的是,有些话与情感,无论我们经历多少沧桑与随波逐流,一点星星之火,总在胸腔里热烈地燃烧,燎红万里心田,燎红我们的眼眶。

最后,都是会回首的呀!

4

几年前看《未闻花名》,触动良深,青梅竹马的六人组为了实现芽衣子的愿望,东奔西走。喜欢其中面码留下的纸条,用印着粉色小花的日记本写到:"最喜欢温柔的鹤子;最喜欢大块头的波波;最喜欢认真的雪集;最喜欢可靠的鸣子;我最喜欢仁太，对仁太的这个最喜欢是想成为仁太的新娘子的那个最喜欢。"

还喜欢影片的结尾，那场真正的永别，以及最后在仁太的带领下："一二，发现面码了。"面码一袭白裙，笑着说："被发现了。"然后，化作清风，化作晨曦，消失了。

长大的我们怀揣着未长大的梦。

听纯音乐，评论里有人们留言："心一揪，还是陷入了回忆里啊……一个没有早恋和暗恋的人，只有一群死党和自己心爱的电脑君的炎热夏天。爱看动漫一看一整天，热了吃冰棒，累了就睡一觉，朋友找了就磨磨蹭蹭换衣服，回到家闻见饭菜香，一个回不去的暑假，我还是长大了，不得不承认了……"

"坐高铁，随机播放到了这首歌，突然就放弃了盯着手机屏幕，抬头看向窗外。快八点，光有些刺眼，但把沿途的翡翠的梯田和不足够清澈的流水都镀上了淋漓的翠金，农舍稻亩就随着乐声融化在了眼睛里……之后进了隧道，没有风景，没有阳光，映在玻璃上的脸眼圈很深，但没有想象中那么憔悴，音乐依旧在。"

"依稀记得去年中秋，也是考研，那会儿人都走得差不多了。我去了趟卫生间，回来在教室门口看见一个可爱的女孩子，正往我抽屉里塞月饼，看着她那笨拙、紧张的样子，我差点笑出声来。原来，被一个不认识的人在乎的感觉那么好，可惜，我根本不知道她的名字。"

长大的是见长的个子，以及慢慢增加的年纪，未曾变化的是你我的初心。

面对大千世界，不安定因素太多太多，我们想看透，却看不透，拿着小心翼翼且万分警惕的惶恐心态去过活，总是很累。

珍惜小小的温暖吧——一个拥抱，一个亲吻，一个冰淇淋球,一个草莓花纹,一个裙角被风调皮折出的褶皱……

毕竟,我们仍然是意气磅礴的少年呀。

管什么世故,管什么人情往来,拒绝虚与委蛇,不苟同,不认错。我们初心不改,像一群叽叽喳喳的小猴子,让陌生的世界热闹起来。

我多想,多想长大的岁月里,我们未曾变化。

依然,冰雪纯真,依然,瑰丽浪漫。

就算我们不是诗人, 也可以诗意地生活

生活中一脉相承的美感与诗意,从未离弃我们。

自此,命中开始有汤汤远意与鲜明况味,安慰、体贴,洞悉俗世混沌,执笔成诗,诗因你写,你因诗活。

1

昨天去女友苒苒家做客,吃白斩鸡,喝柚子茶。不同之处是盛装白斩鸡的盘子,乃为独特手绘的卷边形哑光釉骨瓷,颜料铺得艺术感极强,仅仅一眼,就叹为观止。

柚子茶用圆滚滚的玻璃罐装,透明的罐腹粘腻着蜂蜜,透出莹亮的诱人光泽,而我好似瞬时变成小白鼠,总想偷吃尽蜜罐里的糖浆。

最令人意想不到的是,搭配的水果拼盘,竟一块块插在古铜色树木状餐盘的树枝上,不像往常清淡无味地躺在盘中丧气,反倒立起来了,鲜活起来了。

木质小桌铺着棉布花边餐布,两个花瓶垫托着细溜溜的玻璃瓶,插着新鲜的百合与薰衣草。霎时间,她的家中仿佛是普罗旺斯的秘密花园。

我深感惊喜，问苒苒："特意布置成这样的的格调，就为喊我吃饭吗？"

"不是啊，平时家中就是这样。"她茫然摇头。

厉害了，我的闺密。

记得偶有一次，我去照顾生病的苒苒。那时候，她拿着两三千的工资，住在阴暗潮湿的背光出租房里。我进入楼梯口的时候，远远就能闻见一股霉味，心中感慨万千：这样的好姑娘，真是受委屈了。

推开门，苒苒系着亚麻色围裙，立在窗明几净的厨房里做饭。微卷的栗色长发披散及腰，稍稍低躬着腰，拿着陶瓷刀切胡萝卜，一下一下，砧板"噔噔"得响，细致耐心，均匀大小的橘黄色丁块统统收集，和圣女果拌入白糖。接着洗浸生菜，清水溅珠，一瓣瓣叶片在她手中开出花来。我未曾见过那样清丽的菜，也未见过阳光侧照女儿面的美好。

苒苒将水珠抖落干净，扭头看见我，清浅一笑："你来啦。"

"你男友不是说你生病了吗？"

"别听他虚张声势，我只是感冒了，时不时地发烧，他偏偏不放心，硬要打电话通知你。其实我现在感觉还行，想着你能来，准备做顿饭，犒劳犒劳你。"

我望着竹编小箩，又看看她："我还以为你十指不沾阳春水。"

"为什么？"

我摇摇头，说不出来，就是感觉不像。

苒苒太素净了，宛如青莲顶碧叶脱水扶摇而出，拥有水生植物的清新气息，从衣饰至打扮，从家中装潢至热爱的设计款式，皆森林气息十足。

她笑了："你喜欢这样的生活情景吗？"

我点点头。

何止喜欢，简直梦寐以求。

"你也可以做到啊，也不难办，其实都是手到擒来的事情，只看你愿不愿意去做，愿不愿意花精力，用心去生活，让生活开出一朵芙蓉来。"

2

起初，我是不相信的。

步入社会大环境，在焦虑时代中，一个人的生活状态大抵早已定型。倘若偏偏要费劲力气去改变，恐怕多数时候，也只是徒劳无功。最多可以坚持两星期，此后必定不了了之。

可是苒苒突然问我："你不想要诗意的生活吗？"

"诗意太远，何况我俗不可耐。"

苒苒一本正经地摇头："从喝牛奶开始。"

我不明其意，直到她送给我一个八角磨砂玻璃杯，晚上睡前，习惯性泡牛奶看书。家里掉漆的陶瓷杯换成瘦瘦高高的玻璃杯，立在暖黄色台灯下，光彩靡靡，半透明的雪花杯壁盛满月华似的，分外有《凉州词》中"葡萄美酒夜光杯，欲饮琵琶马上催"浓薄相宜的滋味。

自那时起，我才知道，原来生活真的可以很诗意，很美丽，就像唐宋古代的闲散居士去感受万物的复苏与美感，阳春白雪与下里巴人皆好，摘柳叶遮眼，贴朱花拂面，刺激审美，达成诗意的追求。

小小牛奶中，能喝出杯的美感与门道，实属难得。

我与苒苒商榷，如何将我的小屋置办得充满诗意，苒苒乐意帮助，将老旧用物全部换去，蓝色窗换成透明玻璃窗，用花架代替厚重花盆，添齐餐具，把油迹斑斑的桌子擦洗干净，铺上奶白色的缎料餐布，最后，将昏黄的吊灯换成飞鸟状的白炽灯。

这一场改头换面未花费多少资金，倒是家里完完全全变了副模样，我难以置信，原来，这巴掌大的小屋，可以宁静得如居山花烂漫处。

当我心满意足，以为一切都已结束的时候，苒苒拿着两套围裙走过来，笑眯眯地说："诗意源于自己，不源于屋饰装扮。授人以鱼，不如授人以渔，我教你做饭，你来感受一下。"

我目瞪口呆，心想：每日三餐吃遍城中外卖，爸妈都没教会我做饭，那化学实验似的过程，我绝对学不会的，太难了！

苒苒没看出我的心思，我也不便拂其好意，只好硬着头皮走进厨房，笨拙地系上围裙，交叉着手指在旁边呆愣着。

苒苒从环保袋中摸出些许蔬菜瓜果，以及超市购来的培根卷。她取来砂锅，将米淘干净，加入一把糯米和红豆，仔仔细细铺在锅底，接着铺上细碎的紫米与薏仁，像是要做八宝饭的态势。

苒苒抽空嘱咐我，把冰糖倒入碗中捣碎，糖粒子撒在培根卷中，用量讲究，轻轻揉捏，不急不缓，慢条斯理，至糖被肉片吸收，然后才放入锅中，如此文火煲开，两分钟后，香气已经四溢扑鼻。

整套程序下来，哪里像是生柴火做饭呀，倒像是把时光雕刻成一枚艺术品。

苒苒趁空，于客厅点了茶色杯的香薰蜡烛，顺便泡了一壶玫瑰花茶。

"这茶补气血。"她斟半杯茶水递给我。

我接过，颇为奇怪的盯住她："苒苒，你这些都是怎么学会的？"

"用心生活，没什么学不会的。"

"什么样才叫用心呢？"

"懂得诗意，善于把诗意融入生活，生活自会诗意满满。"

3

刚毕业的那段时候，L 和男友租了个房子。

北京地下室，潮湿闷热，有虫。

男友是一个不安逸于俗常的人。可以寻常，但过日子不可庸俗。整个房屋的设计与施工，都是他俩亲自完成。刷漆，因为没经验，水掺和多了，以至于涂料稀薄，不容易上色，也恰是因此，那一桶涂料刚好够涂满整间屋子。

都说"男女搭配，干活不累"，全是假话！最终累得腰酸背痛，两个人依在一起休息，这时候谁也没有手机依赖症，每一分钟都感受着矮矮屋檐下的温存和悸动，幻想着未来生活的奇妙与坎坷。

在花鸟鱼虫市场淘来绿植，买来鸟笼灯，裁剪蜡染蓝的亚麻布当桌布，墙上挂着树叶画，玻璃茶几底下养着三五只生态瓶。工作台迎着窗外透进来的光影，在床上洒出斑驳的花纹，伸出胳膊，纹一半手臂，是全世界最美的花臂。

就这样，餐盘是陶瓷的，地毯是毛毡的，阳光是温热的，日子是热腾腾的，爱情是圆满的。

男友又收养一只流浪猫，喂它小鱼干。洗干净的毛变得软绒绒的，缠一只毛线球丢给它玩，周末里如此戏耍半天，L 再背着愈发肥胖的猫咪练瑜伽，听耳边传来软软的"喵喵"声。养得久了，性子也变得婉柔，两人一猫，温柔完满。

L 逐渐喜欢棉布衣料，喜欢塞下曲的风格异调，独立创建工作室，走上诗意生活的正轨。不止是居家，心的诗意可以遍布人生的每一隅。

长期客户都是心中开出一朵花来的人,她的作品总是那么令人满意,针针线线,缝缝补补,往夜幕里坠刻几枚星辰,用乙烯颜料画下渐变色的银河,深蓝瀚海,是天,是海,分不清楚,就如眼下的生活,是诗,还是日子,是水乳交融的淋漓尽致,还是"时时闻鸟语,处处是泉声"的杏花村?

一辈子是这样了,妩媚娩媚,引发美妙都心跳,像梁间燕子的呢喃,顾盼嫣然,如此诗意、如此盎然。

4

真正的诗意不止步于表面,更在乎内心是否充满诗意,就算我们不是诗人,也可以诗意地生活。

家中一点一滴的陈列装饰,都意味着我们是否拥有一颗诗意的心。将被子铺平叠好,抽空煮茶观花,折院里雏菊闻香,都是盎然的诗意。当然,不用心地对待生活,邋遢糟糕的环境也会导致我们不能元气满满地工作、学习。最主要的是,糟糕的生活方式不能让我们保持愉悦的心。

诗意远吗?其实离我们很近。

曾经的懒惰和不用心并未让我获得多少闲暇休息时间,我也未因多睡一个小时的觉而感到舒适。反倒是花费精力去热爱生活,让我的生命逐渐明亮起来。

每每回至家中,再不会抓耳挠腮地构思文案,心静下来,每处皆是风景。无感时,就点香线插在莲花瓷座里,或是去煮五颜六色的饭,养八条蝴蝶尾金鱼,看炊烟袅袅,岁月静好。

诗意,竟不知不觉弥漫开来。

可远观而不可亵玩的"诗意",第一次离我这样贴近。

从改变自身开始,从喝牛奶开始,去注重生活中每一份美感的微光。将审美提高,将美感的触觉放大,让瞬间的微粒萤火,绚烂成夜泊的烟花。

在疲乏之余,得空去丙安这样的小镇看吊脚楼,感受异域风情,也可趁着阳春三月,去西湖小院吃碗热腾腾的阳春面,为汤上漂浮游荡的青葱动容,为桥下芍药花开驻足。

听一则评弹,买新鲜翠绿的一捆菜,走在熙熙攘攘的街道,和邻居奶奶攀谈两句家长里短,挑三五个秋橘送过去,抱得心满意足的谢谢二字。

居家,折两截甘蔗,也可在清晨吃青提子当早餐,或切两个半的橙子榨汁,躺藤椅上晒太阳,做一次蚕丝面膜,做三鲜炒饭,看绿肥红瘦的新鲜诗意弥漫在每个角落。

就算我们不是诗人,也可以诗意地生活。

生活中一脉相承的美感与诗意,从未离弃我们。

自此,命中开始有汤汤远意与鲜明况味,安慰、体贴,洞悉俗世混沌,执笔成诗,诗因你写,你因诗活。

真正的幸福,是将生活灌进柴米油盐里

安妮宝贝在《蔷薇岛屿》里这样描写最好的爱情:有一致的生活品味,包括衣服,唱片,香水,食物等。不会太想起对方,但累的时候,知道他就是家。

真正的幸福,灌注在柴米油盐酱醋茶当中。

琴棋书画只是过眼云烟,欲捞水中月,也不过枉费心机。有太多人对浪漫流连忘返,然而乍见不欢,不如久处不厌。

莫等到岁月蹉跎后,方才恍惚惊觉,原来点滴的流水日子里,竟藏着最美的爱情。

1

半月前，我约见三两个好友。姐妹们正挽着胳膊逛街，好巧不巧，偶遇旧时校园中声名鹊起的系花陶小姐。

浪漫的栗色卷发，迷人的黑色丝袜，一件酒红色及膝裙，高跟鞋踩得哒哒作响。陶小姐眉目清秀干净，眼睛又圆又大像颗玉珠，手腕上的金色铃铛衬得皮肤白皙如瓷，走起路来风姿绰约，步步生花，有种微醺的女人味，引得众人纷纷回头。

她如此夺目，从来都是这样。

可陶小姐手中还拖着一个不合时宜的笨重行李箱，绷紧的脸部肌肉似乎透露了她的疲惫与不安，而愈发显得她娇小玲珑与姿态憔悴。

我皱了皱眉，看着陶小姐，微微生出几分心疼。

朋友们瞥见陶小姐，未曾迎面走过去，反而迅疾拉着我转进小巷内，避免与陶小姐撞个正面。直到陶小姐缓缓离开，朋友们才吁了一口气，如释重负一般。

我懵了片刻，问："咱们躲开她干吗？"

"你不知道？她离婚了。小陶的脾气，心高气傲，必定不愿意叫我们瞧见她这副落魄模样。"

"离婚！"

我几乎吃惊得叫起来。

朋友圈日日晒幸福的，非陶小姐莫属。从老公晒到国外旅游；从烛光晚餐晒到大溪地海滩；从大学时光晒到毕业数年……她竟然这样毫无预兆地离婚了，仿佛所有幸福都化成灰烬。

如何会落此地步？

当初，陶小姐乃是系里一枝花，貌美心善，唯一一个缺点，大概就是活得太虚幻。何谓虚幻？就是整日做白日梦，按照各色偶像剧的情节发展，等着遇见骑着白马的王子来迎接她入住城堡。虽说每个女孩子都有公主梦，但她却真的当局者迷。

2010年，大三。陶小姐的宿舍楼下，来了一位流浪歌手。

男生二十六岁，黑发干净利落，为陶小姐彻夜唱歌弹吉他，点满地心形红蜡烛，在音乐声中向她告白。而且男生长得英俊，脱离了校园男孩儿的稚气，显得格外成熟且不羁。

陶小姐下楼的那一刻，男生把吉他就地摔碎了，毫不留情，仿佛在宣誓什么。

他从背后捧出一大束玫瑰花，金粉烁烁，烛光迷离，"从今以后，我不要吉他，比起音乐度日，我更希望拥有有你陪伴的余生。"

只一瞬，风起云涌，星辰大海。

看热闹不嫌事儿大。学生们开始结团起哄，两栋宿舍楼之间尽是"答应"的声音。陶小姐终于饱尝一次万人瞩目的滋味，何况是被如此有浪漫情怀的男生告白呢？女儿家心思本就清浅，又是含苞待放的年纪，仅微微一点头，便摇身成了吉他男孩的女朋友。

大三和大四，两年时间，热恋期的甜蜜一份未落。幸好，那位流浪歌手并不颓废荒僻，竟着实争气，一番努力，于陶小姐毕业前，荣耀晋升成城内酒吧主唱，每月拿着稳定收入，偶尔还有大额小费当作奖金。

那时候，陶小姐美滋滋地发朋友圈："爱已在路上，我住你心里。"下面配着两人手比心形的照片，有是掉进蜜糖罐子里的滋味。

然而，风光背后的凄凉，总藏在不为人知的地方。

2

若说恋人之间必有争吵,那么陶小姐和歌手却并非如此。他们只是……貌合神离。

不久之后,两人结婚。起初,陶小姐的父母有些反对,但拗不过陶小姐坚定的决心,只好消了棒打鸳鸯的想法。婚后不久,陶小姐开始朝九晚五上班,歌手则日日夜夜待在酒吧里工作。

陶小姐讨厌上班,循规蹈矩的生活方式让她深觉无聊。无聊是一种无形的老虎,慢慢啃噬人的精神,让你狂躁不安、萎靡不振。

她找他商量:"我不想上班了,辞职做家庭主妇,好不好?"

歌手几乎焦头烂额地劝她,告诉她,他们的工资并不足以负担起看似轻松、实则庞大的日常开销。

陶小姐不甘心,她口口声声质问他:"难道你不爱我了?爱一个人,不应该给她想要的生活吗?"

歌手哑口无言,沉默以对。

陶小姐从来都是感性当头。自此以后,她便将工作辞退,待在家中歇息,而歌手更是没日没夜地唱歌,春华秋实,一副天生的好嗓子硬生生唱到哑,每天得含完半盒喉片才能开口说话。

他忍着痛,为了她的浪漫主义,继续高歌。

而陶小姐开始沉迷于一切看似自由且美好的事物当中。她想要旅游,去南太平洋看著名的"人鱼故乡"大溪地,去爱琴海的椰子树下摆拍,在发髻上簪一朵花苞,美丽得像是莫斯科少女。

可是,接踵而至的难题让她手足无措。

第四章 焦虑大时代，请不慌不忙的生活

家庭的开销已不能够三餐都买外卖吃，而陶小姐不会做饭，甚至不敢煎蛋，因为油煎在手背上的疼痛，让她难以忍受。另一面，酒吧新来的帅气年轻小伙儿风头正足，使歌手面临着失业的风险。眼下，危机重重。

终于，陶小姐开始闷闷不乐地煮面条。清汤寡水的面条像杂乱无章的思绪将她禁锢家中，她已没有多余的资金够她去买新款衣服，虽然橱柜里五颜六色的衣服快要塞不下，但人总是不懂知足，尤其是女人。

歌手凌晨回家，面对冰冷的菜饭和早已入睡的陶小姐，默默在沙发上坐了一整晚。不止一次了，很久很久，他都彻夜难眠。

"战战兢兢爱上你无法行近半点，怕被决断拒绝故常挂着臭嘴脸，幼稚确信你最尾仍会向我靠倚……"

就如粤语《东京不太热》唱着，陶小姐每日拉着的臭嘴脸让歌手也无力承担。即使他很爱她，但他筋疲力尽，心有余而力不足。

生活中砌垒的翩翩烟花绽放之后，渐渐沉寂下去的就是爱情的余温。爱情是多巴胺和肾上腺素的产物，使人眼中只有对方，只看得见对方，心心念念思量：执子之手，与子偕老。爱你时，我想，你怎样都好。

人们常常说"婚姻是爱情的坟墓"，其实不无道理。让爱情陷入绝境的不是婚姻，而是柴米油盐酱醋茶的平淡生活。

我若克制不住柴米油盐，那它便会翻身压迫我。

而爱情与生活，压根就是两码事。

3

婚后第三年的圣诞节，街道上张灯结彩。陶小姐花大价钱

173

买了棵圣诞树回家，栽在阳台里，几乎戳到楼上的阳台。这棵树花了小一千，而这一千块抵得上一个月的开销。

傍晚，歌手早早回家。陶小姐指给他看圣诞树，想给他一个 surprise，他揉揉她的脑袋，施予浅浅的笑。

这个圣诞节过得很开心。

他似乎领到奖金了。陶小姐随他出门大吃一顿，从海鲜吃到糖葫芦，拍了无数张甜蜜的照片。他们用街头的照片机洗印出来，小心翼翼塞进钱包的相片袋里。最后，歌手领她去首饰店，替她买下她心仪已久的异域风情钻石手镯，当作圣诞礼物。

陶小姐很久很久没有这样满足过了。

或许，这是她半生以来，最开心的圣诞节。

没有工作的打扰，没有钱的困扰，身边有爱人相伴，全世界好像都是他们的，万事圆满。

陶小姐高兴坏了，夜里做了一个很美的梦，梦见歌手骑着白马迎接她，而她穿着华丽丽的蓬蓬裙，像是位城堡公主。

第二天，她醒来，歌手不见了。

她揉揉眼睛爬下床，四处找了一遍，都没有他的影子。此时此刻，陶小姐的手机铃声响起，翻开瞧了瞧，竟是无数条简讯。

"对不起，我失业了。昨天老板让我卷铺盖滚蛋，我一点都不生气，是我的嗓子坏了，已经麻烦老板很久了。幸好，他多发给我一个月的工资当作补偿。"

"没让媳妇儿过上好日子，是我的错。只是我再也没有勇气去面对你失望的神情，我很努力，还是没能让你幸福。"

陶小姐紧紧握住手机，不知道什么时候开始，不知道哪句话戳在心头，眼泪已经啪嗒啪嗒往下落。

她看见最后一句话，泪崩："圣诞节是我能给你的最后温存……我们离婚吧。协议书在第一个抽屉里，我签过字了。"

陶小姐从来都不明白，真正的幸福根本不是追求所谓的浪漫主义，爱也不是让她过上喜欢的生活，而是生活艰难坎坷，我也愿意随你铿锵前行。

世上事大多没有后悔药。歌手不愿再见陶小姐的面，是不敢还是不舍无人晓得。女方家属自知养女不淑，也深知无力回天。陶小姐难过许久，又赌气许久。

最后的最后，她还是涕泪横流，哆哆嗦嗦地签了名字。那一刻分外漫长，从此天涯海角，你我永绝。

4

爱情从来都不是享受浪漫的正当理由，它只是两厢情愿的代名词，没那么不食人间烟火，甚至有些土。

安妮宝贝在《蔷薇岛屿》里这样描写最好的爱情：有一致的生活品味，包括衣服，唱片，香水，食物等。不会太想起对方，但累的时候，知道他就是家。

真正的幸福，灌注在柴米油盐酱醋茶当中。

琴棋书画只是过眼云烟，欲捞水中月，也不过枉费心机。有太多人对浪漫流连忘返，然而乍见不欢，不如久处不厌。

莫等到岁月蹉跎后，方才恍惚惊觉，原来点滴的流水日子里，竟藏着最美的爱情。

对不起，我还过不起安逸的人生

如果有人再问我，为何不早早安逸下来嫁人生子，做随波逐流的庸人子弟。我想，我必然禁不住直言不讳——对不起，我还过不起草草了结一辈子的安逸人生。

就这么简单。

1

从繁华上海奔波到冰城哈尔滨,从青藏高原奔波到鱼米江南。

我背着行囊追寻美景,去印证沈从文的心情,"我走过许多地方的路,行过许多地方的桥,看过许多次数的云,喝过许多种类的酒,却只爱过一个正当最好年龄的人。"

风尘仆仆,心满意足。

经年后同学聚会,再遇旧友。

见她满面春风,原先玲珑有致的身材微微发福,眉色张扬,提着啤酒瓶,已经喝得醉醺醺了,像是挑起事端来的好事者模样。

果不其然,她始终是老样子,没变。

餐厅里,殷红新绿的菜肴辗转不停,欢声笑语、满堂和谐。可是偏偏有几分异样,大肆宣扬如今生活的说教徒,就是她,苏珊。

每个人都忙着促膝谈心,而苏珊自顾自地说了整整两个钟头的话,听得阁楼鹦鹉都能学会。说完后特意拉住我,凑过来:"我找着清闲的工作,交了稳定的男友,过两年就打算结婚啦。这样的日子真是舒服,不用看老板脸色,更不用累得要死要活的,可真好。"

我微微抬首,瞧了瞧周围人乌压压的脸色,心知她过分炫耀的安逸已刺激不少人的心。

受万众瞩目,我不好意思搭话,低声絮絮道:"我最近想换个新工作试试看……"

话音未落,她兰花指掐腰,一副苦大仇深的神情,拧着嗓音说:"哎呀！我就说你这脑子钝，别忙那些乱七八糟的事儿，安安分分留在本地，找个工作嫁个男人，过清闲的小日子不好吗？"

我内心苦笑：真不好。

孟夫子都说——生于忧患，死于安乐。

2

如今的"安逸"二字，等同于"咸鱼"。

至于年纪轻轻就安做井底之蛙之人，胸无大志也是无可厚非。可是，若心存海阔天空，腹有诗书气自华；想看凌晨四点的不夜城洛杉矶；赏干净落地窗前鸟啼催清叶；日日夜夜兼食饮美食；过鲜衣怒马的瑰丽日子……就别贪图眼前的安逸了。

这时，必有喜欢辩驳之人跳出来质问：安逸如何不好？惊涛骇浪之后，不都归于平静。《红楼梦》的结局还不是"好一似食尽鸟投林，落了片白茫茫大地真干净！"

是了，请先经历风起云涌，再谈论安贫乐道。否则，那种看似无畏无求其实求而不得的安逸，不过是向命运认怂的证据。而真正的大梦想家，永远"夜来风雨声，花落满衣裳"，关于认怂，只字无存。

苏珊自以为的安逸，不过是懒惰的借口，迟早那份求而不得的心情，会摧毁一个心揣期望之人，除非她无欲无求。

果然，没达到计划中的两年时间，苏珊便早早结婚，步入满心期待的婚后生活。她所以为的婚姻生活，即是老公赚钱老婆花，买买买与吃吃吃纵横不绝，闲于家中，做面膜、试新衣，带着孩儿同行乐。

异想天开。

谁逃得过柴米油盐的平淡日子？

婚后第一个月，苏珊因为不会做饭洗衣，故而吃尽大街小巷的外卖，丈夫跟着吃外卖，难以忍受，吵架不休。"我跟你在一起就是为了替你做饭？""连饭都不做，算什么媳妇？"

婚后第二个月，婆媳关系不和，婆婆看不惯自家儿子在外受苦受累，苏珊却待在家中享清福，并且嫌她工资低，又贪图享乐，于是没日没夜地甩冷脸。

婚后第三个月，所谓的逛商场、做美容并未实现，反而因为一款新口红上架买不得而大动干戈，差点儿办了离婚手续。

她丈夫说："涂口红不就是给我看？我没日没夜地上班，没时间看，你涂什么口红？"

苏珊深感委屈，哑口无言。

是时，她终于学会两个字——憋屈。

其实，太多时候，安逸的代价即是憋屈。

不想付出，自然不能理所当然地获得。人在屋檐下，哪有不低头？有本事就闯进风里雨里去，自然不用有所顾忌。"安逸"二字，从不等于"享乐"。我们不是世外仙人，并非真正喜爱两袖清风，更不会与世无争。我们只是俗世当中普普通通的饮食男女，偶尔附庸风雅，其实有欲有求，瞧见喜欢的物什，便想努力求得。

如果求不得，再吃尽当头棒喝，这可就得不偿失了。

安逸如是，憋屈如常。

3

认识一"驴友"，深聊之后才晓得他身经百战，曾结伴攀登过绒布冰川与珠穆朗玛峰，前往龙潭河飘流，走过最荒凉、最繁华的大道，看过各色各样的人。

他说过这样一句话，令我记忆犹深。

第四章 焦虑大时代，请不慌不忙的生活

"唾手可得的东西不够美，我拼搏过、奋斗过，即使是躺在达赖大道的黑石上，都深感睡在云端。世上太多美好，因为难得，因为欲求，才变得足够美好，那么，我想靠自己去见证生命的奇迹！"在通往敦煌的敞篷车上，他使劲朝狂风挥舞着拳头，碎石沙尘迎面而来，吹拂在他饱经沧桑的脸上，沟壑迷人。

我报以颔首微笑，看着驴友，宛若看着一只永不言弃的不倒翁。

韩寒导演的电影《后会无期》，其中有一段经典台词：

小伙子，你应该多出来走走的。

可我的世界观和你的不一样！

你连世界都没观过，哪来的世界观。

驴友说，他观过大半个中国，深深觉得前半辈子的安逸是虚妄，是白活了。循规蹈矩的日子，365天被重复365遍，没有丝毫意义。于我而言，这样的人生没有价值。他和我相同，爱风起云涌，不爱波澜不惊。

我们下车后，脚底山丘绵延不绝，望着漫山遍野的黄土，沿街紫花苜蓿开满远途，湛蓝天空镶嵌着冰种白玉般的云，我穿着风吹得鼓鼓囊囊的裙，边走边奇道："所谓安逸，你觉得如何？"

"安逸？我的脑海里从未出现过'安逸'二字，但我现在并不痛苦呀。我想，始终在路上，就是我梦寐以求的安逸。"驴友挑了挑眉，张开双臂往前奋力奔跑，靴子踢踏着沙砾，答得云淡风轻。声音飘渺在风中，混成敦煌清晨的第一缕阳光。

抬首，日头正好，时光正好。

敦煌莫高窟近在眼前，土黄色席卷而来，煞有紫气东来的气势，某些如虹磅礴的滋味生长于心，仿佛藤蔓纵横紧密，令人折服于此。

179

是夜，与当地人捧酒当歌，尝结有密密麻麻珍珠小泡的泡儿油糕，吃敦煌驴肉黄面、酿皮子。夜色最深时，看满天空的星，看最美丽的星河与月。这威风凛凛的黄土，简直令人流连忘返。

4

所谓安逸，长存于世，难免有些变味儿。

终有一日，它成为懒惰的代名词，被不知进取之人借来当作华丽无瑕的挡箭牌，总有人不断地宣扬扭曲之后的出世情怀，借着"船到桥头自然直""人生苦短，及时行乐"等云淡风轻的论调，试图拉勤勉之人下水。可笑的是，那些人连世间烟火都未曾穷尽，甚至困于方寸土地，又如何能体会真正的出世？

其实，相比企图以结婚来获得新生活的苏珊，我更喜欢洒脱睿智、马不停蹄的驴友；相比"葛大爷瘫"的小伙子，我们更欣赏一个洒满阳光盛夏树下奔跑着遛狗的年轻人；相比安逸更令人感到美好的，是正能量的生活态度。

有句笑话：没有一见钟情的资本，少了日久生情的条件。

爱情如此，生活亦是。

有时候，我们没有意识到自己已经陷于"安逸"的囚笼。

当某些耀眼人士与我们擦肩而过，人们只记住他们那些昂贵到令人眼红爆炸的品牌，却不曾惦记起，背后流淌过多少值价的辛酸血泪。或许，他的一颗钻戒，花了整整一年时光才赚取，相比于我们的生活，似乎更加来之不易。但他们却是一群足够结实强大的人，强大之人脑海之中没有"安逸"二字。血流成河之后，安逸自当降临。

不劳而获的结果，永远是苦果。

而眼前的安逸，真的能使我们享受快乐？

不，无论是长久的、还是短暂的安逸，常常令人更加痛苦。

一成不变的生活更容易让我们感到厌倦与麻木。对于同样的事情，你已经在安逸之中麻痹，像吸烟上瘾，再体会不到丝毫的快感。然而，随着需求越来越高，直至你无法满足自己的欲求时，恼火与暴躁就随之而来，犹如猛虎饿狼，是会吃人的。

不吐骨头的吃法，极其骇人。

固然快活一时，却无法永恒一世。是智商不高、情商不够之人最坏的选择。当人生受挫，负能量满身的时候，名叫安逸的小老鼠就钻进心的缝隙，占领思想，摧毁上进。

"温水煮青蛙"的实验，我们听过无数遍。新闻报道无数大学生热衷于贷款，口袋上的窟窿越开越大，最终导致狼狈不堪、甚至丑闻接连而出的结局。明明众人皆知，却屡屡不绝。

我们懂得许多道理，却难以消灭疯狂生长的侥幸心理。旁枝末节似乎更容易绊倒前行者。

很多人"死"于侥幸。侥幸以为"我和他们不一样""老公足够爱我""钱够花就行"，从一开始就知道是错的事情，永远不要抱着侥幸心理去做。泥潭轻启于唇齿，亦不过二字尔尔，却并非同样容易脱身。

贪于安逸，享于安逸，死于安逸。这种人，最多活三集。

可惜，原来想要好好活到大结局。

5

倘若仍有人质问你的勤勉、嘲笑你的追求、含沙射影地吐槽你的梦想，期待你能够和他们别无二致，懒散家中搓搓麻将；或是刻意泼冷水、炫安逸。

适时，你该横眉冷对道一句："舒服是留给死人的。"

做一个永远的年轻人，不沉溺于无厘头的爱情，不羡慕短暂的安稳。所谓安安稳稳的老一辈，也未曾见他们活得多么愉悦，复印式的人生不值得尊重。更何况，安逸的理由何在？连中国都饱受"落后就要挨打"的苦头，我们身为尘埃之光里的一粒微尘，又怎能成日撩妹泡吧熬夜玩手机。拍拍脸蛋，实在觉得皮薄，不好意思。

如果有人再问我，为何不早早安逸下来嫁人生子，做随波逐流的庸人子弟。我想，我必然禁不住直言不讳——对不起，我还过不起草草了结一辈子的安逸人生。

就这么简单。

一个人的生活更要精致温暖

愿你不踏旧尘，不虚度年华，不虚度自己。在青春尽头，在爬山虎覆盖的碧绿墙壁之下，雕凿出最曼妙的留影。

1

"不挂科。"

"成功避开春运，早点回家。"

"见见那些好久不见的人……"

距离圣诞节还有二十六天，混迹网络，看见朋友发在网上的新年愿望，附带着雪花锦鲤图片，足以想见，这份愿望大抵是可愿不可求了。

每天，总有太多太多人孤独着，朝城市肃穆隅落叫嚣。有些荧光屏彻夜地亮着，有些人彻夜地醒着。

大冬天，刚下完一整夜的雪，连阳台栅栏上都堆砌着蛋糕似的雪泥。

第四章 焦虑大时代，请不慌不忙的生活

我穿着牛角扣毛呢大衣，戴着粉红格子围巾，配着短裙羊羔皮靴，手中捧着一杯滚滚白雾的芋香奶茶，站在地铁站附近，看中央广场挂起的大红横幅，在风中瑟瑟地飘。烫金的字还没看清，便有人在背后喊我。

"哎，你的快递。"

我转身接下，签字离开。

回到出租屋，拆开包裹，取出里头做工精致的扫地机器，整个人陷进沙发里，深吁了一口气，异常满足："终于不用扫地了！"

与孤独相比，我更害怕扫地。

给朋友打电话，晒照片，把两星期没晒的被子搬到阳台上，顺便趁机享受冬季里难得的天光。

日子美得不像话。

但朋友说："你孤独啊，总是一个人生活，看起来格外艰难！"

我答："我从来都不孤独，只是你们不懂一个人生活的乐趣与滋味。"

其实，孤独是极容易排遣的，比如刷微博、玩电脑，拒绝熬夜少生病，努力工作热爱三餐……如此我想，孤独不易近身，而一个人生活，也没想象中逼仄煎熬。

有时候，被旁人听闻，才恐惧过甚。

"我啊，一个人看电影，一个人吃火锅，手机一天也不会响起，微信全是腾讯新闻，短信全是验证码，孤独成狗也不知道和谁说。"

闺密用这句段子做壁纸，泛着微微辛酸。

她常歪着脑袋，好奇问我："我见你不爱社交、不爱逛街，人类是群居动物啊，你怎么总是一个人窝在家里，待着就不

183

腻呢？"

一个人怎么会腻？

无声响吵我不入眠，无人与我争是非，就如《甄嬛传》里头，形容碎玉轩的两副说辞，一是"冷清"，二是"清净"。而我偏爱清净，更不觉得人至多则不孤独，若皆是无话说的闲人，若鸿儒对白丁、中国风对韩粉，如何互融呢？怕是不如不见，不如清闲，不如一个人来得自在潇洒。

我即是我无二的密友，忙着工作，忙着记日记，忙着读书工作。偶尔，去新开张的日料店吃顿午餐，去街角那家古典铺子挑丝巾，日子丰富美满至极。

一个人的生活，更要精致温暖才对。

2

与我年纪相仿的朋友，都在外地独居。

他们像所有上班族一样，每天早晨慌慌张张地起床，叼着隔夜未热的吐司奔往公司，为了业绩加班到深更半夜，出门时望着黑漆漆的天空叹一口气："这夜路无人往来，令人害怕。"

他们不热爱生活，将自己浸泡在生活的苦水里，每日都无力吐槽，更无法言语一句现世安稳。为懒得吃早餐而患的胃病发愁，为偷懒工作克扣的工资发愁，为作来作去终于分手的恋人发愁……最后，以"我很孤独很难过啊"结尾。

想让生活善待自己，首先得善待生活。

可是，大多数人胸腔内委屈的念头泛滥成灾，心中偷偷地说："我也想要一场甜得虐死所有人的恋爱啊，我也想要玫瑰花，和下班等着接送我的人。"

兴许，愈是将自己置于卑微凄凉处境，愈是难熬霜降雨打。

我偏爱在下雪的夜色，将心放空，抬头瞧弯若银钩的月，看夜空中最明亮的启明星，望车水马龙的街道灯火如豆，片刻静下来，心就温润了。独处，其实是与灵魂对弈的难得机会。

三五成群的时间总是遍布生命，唯独独处，是空谷足音，是浅秋初生的白菊花，就那么一簇，骄傲，纯白，摘了便消逝了，再也没了。

周深在《叶子》中唱："孤单是一个人的狂欢，狂欢是一群人的孤单。"

一个人生活，不等于陷入孤独的僵局。我们兀自去看一场喜泪交加的经典电影，感叹剧中人演技惊艳，去吃一顿大餐犒劳自己，啧啧嘴心满意足。我们关爱这世界的每一份流浪与情怀，珍惜每一寸如金时光，何来孤独？

偶尔翻书，书中有段话，这样写："一个人最好的生活状态，是该看书时看书，该玩时尽情玩，看见优秀的人欣赏，看到落魄的人也不轻视，有自己的小生活和小情趣，不用去想改变世界，努力去活出自己。没人爱时专注自己，有人爱时，有能力拥抱彼此。"

还有什么，比这段话更恰如其分呢？

3

前不久认识一位女孩，来公司应聘，仅仅初见，便被少女的气质惊艳。少女很瘦，但极健康的模样，腰背直挺，精神昂扬，神色饱满，面颊微红水润，眼睛睁得大大的，像小鹿一般水汪汪，悉心听着职员们的提问。

我目光停留在她身上，少女的黑色高腰裤与花色丝绸衬衫搭配得相当有格调，看见她就如看见时尚杂志里的 Model，鼻尖轻耸，有低沉的木质香调，将少女的不成熟压制住，互补其缺，突显出沉稳与干练气息。

只一眼,便足以肯定她入选的概率——99%。

这样懂得拿捏优缺点,且完美弥补不足的人,怎会没有工作能力呢?她懂得经营自己,那么,善司其职应该不在话下。毕竟,经营自己远比经营工作难上千百倍。

少女正式入职之后,我曾试探性地询问:"你选衣服真好看,有朋友帮你挑吗?"

"没有呀,这种事情自己来就可以了。"

我笑说:"刚来这里,有什么不习惯的吗?"

她摇摇头:"一切都很好。"

原以为这是少女与我的客气说辞罢了,不曾想,某日被她拉去家中吃饭,才晓得她的回答并不夸张。

那是我从来没见过的公寓。

上世纪中叶的欧派风格,笼罩了一整间房屋。几十平米的小间被打造出令人窒息的美感,无论是褐色木质沙发,还是珐琅彩色泽的咖啡杯,都酝酿着非同凡响的气场。恍惚中,我仿佛听见了留声机的声音,咿咿呀呀,如棉如絮。

少女踢下高跟鞋,小跑着进厨房,煮了杯咖啡奶茶,热气腾腾交到我手中。

我像个刚入城的小村姑,坐立不安起来。

"你家好漂亮,这装潢花费不少吧?"

"没有,和别人相差不多,只是强调了风格。"

"真有意思,我见过的公寓都邋遢得不像话。"

"既然要住,不如精致一些,生活嘛,得像样。"

没错,"生活嘛,得像样",话如其人。

4

如今的我再也不像从前,无论有无陪伴者,都绝不孤独。

英文里有两个词容易混淆：alone，lonely。前者是"单独"，后者是"（精神上）孤单"。从前，总是傻傻分不清楚，等到一个人生活的时候，终于明白，原来区别这样昭彰。

永远别妄自菲薄。既然一个人生活，就去做那些让自己愈发精致温暖的事情。譬如读书，你永远不知道多读一本书能给自己心理带来多大的改变。始终困扰的事情可能豁然开朗，不自知的愚钝被轻松揭开，言行举止中有不自觉的优雅，偶然一句话戳到心坎上，我们就泪崩，哭完，微笑会伴随我们很久很久哦。终究，你也会变成别人口中的男神女神。

一个人的生活，为什么要精致温暖？

因为，我们总会落单，生命的质量不该因落单而被忽视，梦的翅膀更不该因此折损。在隔山隔水的日子里，唯有活得更好，才是对人生真谛的叩问，是所有希冀与期待的伊始。

去看看彩虹的光辉吧！

爱人前先学会爱己，我希望在海子《以梦为马》的诗里："面对大河我无限惭愧，我年华虚度，空有一身疲倦……"愿你不踏旧尘，不虚度年华，不虚度自己。在青春尽头，在爬山虎覆盖的碧绿墙壁之下，雕凿出最曼妙的留影。

那抹身影中，没有彷徨，没有敷衍；

那抹身影中，没有将就，没有孤独；

那抹身影中，没有阴霾，没有夜幕。

它笼罩着你的初心与柔情，对未来含笑问好。唯独它拥有着对你而言独一无二、至高无上的缱绻温柔。

它，即是你的灵魂。

谁的一生未曾做过荒唐事

不荒唐，不知人生滋味。

谁的一生未曾做过荒唐事？恰是荒唐过，生命才如此温柔且热烈，你我之间有了"情"的联系，宛如夜间霜露染白了叶，翌日日升，见白碎碎的温柔露珠，粒粒似珍珠。

我终于，与灵魂有了妥帖的交流。

1

从微博热门中抬头，《变形计》重出江湖，主人公陈新颖与张水丽的故事火爆窜红，几个节选片段瞧起来饶是惹人兴味。

一位是夜店小王子，一位是山沟女娃娃。

节目的前十分钟，始终记录着陈新颖的日常生活，许是包含这些——奢靡、浮夸、焦躁、脱离。满嘴"滚"字外喷，甚至动手推搡母亲，我轻轻皱了皱眉。

皱眉，不喜其行为，骨子里喟叹年轻气盛。

回首往事，也曾如他一般，做过太多伤人伤己的事，如利刃剜人心，这副面貌之下的敏感与负能量的充盈，也许是浓重的烟雾，笼隔着心中那扇穹窗。于此，我与他别无二致，变得如狼似虎、混淆黑白，身上有一种"错"，这种"错"，大抵是超乎寻常想象的。

年轻的灵魂，时常是知错不改。

剧组领着陈新颖进大山，山峦叠翠之下，是满床飞虫与无柴不火的陌生日子。兴冲冲，第一次来，他走得太累，几十斤重的行李抛丢着往前走，翻山越岭，撂下一句："我给你们演什么是真男人！"

第四章 焦虑大时代，请不慌不忙的生活

见到气鼓鼓的张水丽，他任由她甩书包、吐槽面条难吃，在需要纸的时候递给他一块饼……陈新颖热脸贴冷屁股。后来，他喊她"丽姐"，妹妹坐在地上哭，陈新颖也哭。

笑了，年轻的灵魂时常可爱。

陈新颖不是坏小孩，但参加《变形计》的主人公都不是乖小孩。他用打火机烧了一路芭蕉叶，将哥哥的信随手甩进灶台里，把妈妈买的两大袋礼品丢弃在车上……观众们说，荒唐，这真是个坏小孩！

我无法老生常谈，我也是"坏小孩"。

观其一生，陈新颖的骤变因于父母的突然离婚。父亲消失，母亲隐瞒事实，一个月后知道真相的陈新颖，心中的家崩塌了。他怨恨母亲，是怨恨进心的最深处。"我恨她""我是她的债主""活该"……当他换了一个地方生活，那个"坏小孩"，原来不是对谁都坏。他亦想过老幼善待，只是努力的结果，常是失败。

综艺播出不久，观众出现另一种呼声——张水丽没教养，全然不知待客之道，肆虐脾气，倾倒他人好意，那一碗面条也不吃，生性太过娇纵。

转念细想，其实不然。兄妹二人相依为命，哥哥突然被送出大山，妹妹泪眼朦胧中迎来一位把她丢在学校三小时的新哥哥。这不满十岁的"丽姐"可能会想起母亲离开的时候，约定了不离开，却面临分离的境地。"我能不能再见到你，哥哥？"成了她心头的疑题。

想通了，忽然不怪她恼怒、歇斯底里地发作脾气，亦能体谅女孩的不安与暴躁。一颗幼稚的心灵，无法承受多少心酸与暗自叩问，所以发泄，所以荒唐，所以狂泣孤寂，似乎可以理解。

谁的一生不曾声嘶力竭地恨过一个人？有多爱便有多恨。

我们害怕辜负与被辜负，恐惧误会与矛盾，易怒、怨恨、拼命逃避、视若仇敌，以此来勉强自保。

可其实，我们亦与生俱来，天生善良。

2

记得一位大家写书，写自己少不经事，与父亲翻脸，作气逃出家门，抽烟喝酒，自以为重获新生，却被现实重新抛入深渊。此后再回家门，羞得不行，却见桌上摆满热气腾腾的饭菜，寂静待他归来。

小小的橘黄色灯泡，圆圆的佳肴餐碟，像一场浪迹人生之后的归宿。

孩提时候，我同父母争吵，听过最多的一句话："我不怪你，我小时候啊，也和你一样。现在弯月变圆月，从我轮到你，很多事情，等你长大自然会明白。"

时至今日，那些事情我依然不明白，但我似乎懂得了年少时的荒唐。很多事情，原是不分对错的，只是我偏执于此，偏执于不饿为什么要吃饭，因而抛弃别人辛苦一日的佳肴；偏执于我挑衣裳我喜欢即好，不顾嘘寒问暖的妥帖心意；偏执于我要过我的生活，对谆谆教诲厌恶至极。

我没有做错任何事，但依然"错"了。

这份"错"，是素年锦时中的棉薄飞絮，落在肩膀上，悄悄然地吹，风过无痕。单薄，又沉重，在寂静之中喧嚣，纵容着我捂耳。此后，固执己见，错在了感情之中，我竟只知道分辨客观，温暖与温度、相爱与善待，全抛之脑后了。

少不经事的灵魂，恰通"对错"二字，活进规矩的方寸框框之中，或许是忘了，或许是压根不明白，这世间的对错，都是相对而言。

2001年,周星驰、凌宝儿做客凤凰卫视,谈起星爷年少往事,母亲凌宝儿说他很是顽皮,举了"劣迹"。有一回,家里穷得难以揭锅,她好不容易借钱买了鸡腿,想着分给几个孩子尝尝鲜,不料被周星驰弄掉在地上。看着脏兮兮的鸡腿,凌宝儿勃然大怒,将他痛打了一顿。事后,那只鸡腿只能她吃。

星爷笑了笑,哽咽地解释,如果那只鸡腿没有掉在地上,决计会分给妹妹们,又怎么会轮到凌宝儿吃。为了让母亲吃一只鸡腿,他费尽心血,不惜被误解、挨打,也要刻意演完这场戏。没有片酬,只为让母亲尝尝这份珍贵的美味。

浮世万千,荒唐事如朱砂,如眼角痣,明晃晃的,扎眼又深邃,说不清道不明的乱,又像山竹倒泉水般通透清冽,满满当当,都是丰沛的情意。

年少的奇异与神秘,对生命的探索与发现,似乎是在这"错"中一遍又一遍地发生,此后才足以恍然大悟。似是那喝醉酒的人,一不小心栽进深夜凉湖当中,扑腾两下子,酒醒了,仰头,洒了一面颊的碎光,惊觉夜原来不黑,月明星稀原来这么美。

3

有时候,荒唐事又与善恶无关。

后人记事,谈起梁思成与林徽因,说林徽因心属建筑学,而梁思成爱她爱痴了,便爱到荒唐,随她疯了一把。偏偏是不擅长的科目,他也毫不犹豫地选择。幸好,两人终成建筑学家,琴瑟同谐。

又有一位好友,爱人亦是成痴,掏心掏肺不说,跟着那心上人从文转理,从江南到甘肃,顶着万千宠爱不看,偏偏坠入一人爱河。那人,还不爱她。

她开心地笑:"只要我喜欢他就好,只要我喜欢,他有什么不好的呢?我不求他喜欢我,不求他专一,不求他温文儒雅、帅气逼人,我只是喜欢他,想靠近他,想看看他,也不曾想过得到什么。"

荒唐,傻,愚蠢,我们常常这样骂她。

这世上竟有人如此爱一个人,不图回报,不图拥有。

我们看过张爱玲的《倾城之恋》,知道爱与爱中间的你进我退、相互周旋,名为"倾城之恋",仿佛带着暗讽,但我们从不顾虑那么多,便以为这是现实里的恋爱,恋爱就是这副旗鼓相当的模样。

实际上,聪明恋爱、认真走好每一步的人,不一定比荒唐去爱的人幸福。

我见过算计家产、地位的婚姻,见过麻雀努力变凤凰的相亲,见过攀龙附凤、似乎理所当然的计较和离合。

爱本不该如此,却常常如此了。不荒唐,又很荒唐。

半生来,我见过最美的恋爱,还是她荒唐之中勾起的唇角。那么不争不吵、与世无争,微妙得像是久无人迹的山崖子里开了一朵素净净、白嫩嫩的花,层层叠叠,半掩半放,笑眯眯地抱住往来的山风,临近你时欢喜,远去也不恼怨。

歌里唱"世上事扑朔迷离,多少段的不离不弃,越情之所挚越会起涟漪"。荒唐事说是荒唐,其实是心之所向,心之所现。我所想、所做,全凭心意,即便是做错了,跌了大跟头,摔断了腿脚,也是我所选择的,我心甘情愿。

哪怕错了,哪怕这生生世世都未曾得到过胜利,未曾成为赌赢一局的庄家,我依然乐意之至。

《鹿鼎记》中一句经典对白:"我对你的仰慕犹如滔滔江水连绵不绝,又如黄河泛滥一发不可收拾。"

是了，我对人生的挚爱与叩问，对心意的执着与追溯，兴许就是这样强势又热烈的感情了，与日子耳鬓厮磨，莺莺燕燕。多荒唐啊，多美妙呀！

4

席慕容写《槭树下的家》——年轻的时候，因为羞怯，因为很多奇怪的顾虑，有些话始终没能说出来，有些要求也始终没敢提出来，白白地错过了那么多个美妙的夜晚。而在这么多年以后，如果也让这个夜晚就此结束的话，我们就再也没有什么借口可以原谅自己的了。

我不希望经历那样的后悔。

并非人人知世故，总有三两个透明人，总有一段透明光阴，藏不住心头痒。于是我们荒唐起来，做一些常人不做之事，当一个与众不同的人，正因如此，我们才与其他人区别开来。心与心不同，圆与尖，黑与红，温与凉，所幸上苍未将人人捏造成同一副规矩的模样，才让我见得这日月星辰青山瀚海，见得这世间万物各领风骚。

胡适说，"醉过才知酒浓，爱过才知情重。"

荒唐，是浪迹天涯、快意恩仇。

荒唐，是不羁的。

荒唐的时候，是"我见青山多妩媚，料青山见我应如是"。

不荒唐，不知人生滋味。

谁的一生未曾做过荒唐事？恰是荒唐过，生命才如此温柔且热烈，你我之间有了"情"的联系，宛如夜间霜露染白了叶，翌日日升，见白碎碎的温柔露珠，粒粒似珍珠。

我终于，与灵魂有了妥帖的交流。

一个人的荒唐与坏无关，没有太深刻的情动，怎会波澜起伏？他们深入群中从不难以分辨，他们是那样的与众不同，是平淡人生之中的一抹翘楚，如此、如此地吸引着万千情爱。

从此知道了荒唐的面目，不问因果，不怕心头浪似涌动。

我开始，一个人荒唐了。

第五章　温柔与爱，都在这里

多年以后，我的悲愤与伤痛，连并临水照花与顾影自怜，终于统统不复。曾经不知从何而来的积怨，如满城风雨，荒草丛生，淹覆梦幻之中真正的幸福。

我不介意荆棘

一枚小小的棕褐色银戒指，树藤缠绕成圈的姿态，古老的藤上长满荆棘，有一朵娇弱的、迷离的花苞缠绕其中，纠缠着，含苞待放，稚嫩坚强。

这枚戒指，提名：《我不介意荆棘》。

1

23：26。

姜温雯刚设计完一个公司的 Logo，轻轻吁了一口气，满意地放下鼠标，喝了口热气腾腾的咖啡，懒洋洋地靠在旋转椅上，撑了个懒腰。

懒腰没撑完，灯突然灭了。

电脑黑屏，音响骤停，寂静的夜像豹子似的，一口吞掉她。她尚未反应过来，一切都被黑暗浸没。震惊之后，悲伤犹如潮水，一浪接着一浪，凶狠地拍打着她的心尖。

这 Logo，是明天的任务文件。

这下子没了，也不知道什么时候来电。姜温雯没了法子，凭借手机的微光，摸黑回到公寓窄窄的小木板床上，躺下，硬梆梆的床板硌得腰疼。她睡不着，睁大眼睛盯着空气，好像空气看得见似的，是黏糊糊、黑蒙蒙的混沌状态。

一夜难眠。

早高峰，照旧刷牙洗脸收拾东西：资料没了，班还得上。姜温雯下楼买豆浆，小贩没拿稳，洒她满裤子。一时间，仿佛乌云盖顶，小腿肚儿被烫得滚热，可能起了水泡。

姜温雯疼得龇牙咧嘴，正欲发怒，卖豆浆的老妇女惊愕，颤颤巍巍地凑过去，拿着抹布，一点点地擦拭："哎呦姑娘，我年纪大了看不清楚，以为你接住了，奶奶我老眼昏花，对不起，对不起哟姑娘！"

姜温雯心软，忍着痛，留下一句"没关系"，自个儿默默地往家走，一瘸一拐。

返回家中，爬楼梯的时候，她自嘲：人鱼公主拿声音换来的一双腿，走路如踩玻璃渣，现在想来，自己的感受也差不多。只可惜，自己是个小职员。

卷起裤腿，果然烫得不轻，小腿红肿一片，从腘窝延伸至脚踝，像一条吐信红蛇盘蜷着。

家里没有红花油，只能用毛巾浸冷水，冰在腿上，来回转换。折腾了十分钟，姜温雯抬头看钟，离上班时间更近了，她不能迟到。

交不了任务，再不上班，稳稳被炒鱿鱼。

姜温雯换了条长裤，遮住腿上难看的痕迹，饿着肚子挤地铁，腿依旧热辣辣地痛着。迟到十分钟，Boss 正在公司大厅，撞个正着，二话没说，扣了半天工资。

衰。

浑浑噩噩忙了一上午，11：45，接到一个陌生来电。

姜温雯接通，听见温柔的女声："喂，请问是姜小姐吧。"这并不是询问的口气，是笃定。

"是，请问哪位？"

"我叫柳琳，你可能不认识我，不过不要紧，一些资料我过会儿就会发送到你邮箱里。我呢，想告诉你，你的男朋友是周知，对吧？我和他在一起已经半年多了，现在呢，我出了点事——就是怀孕啦！他不想跟你说，当然，我也不会把孩子打掉。"

姜温雯的脑袋"嗡"的一声，像原子弹爆炸。

周知不止是男朋友，还是她上个星期订婚的未婚夫。

她不知道那个女人又说了些什么，脑袋已经听不清任何声音，所以，愣了半天，直到电话始终传递着"嘟嘟嘟"的挂断声，她才回过神来。

姜温雯痴痴地坐下，有什么液体滴到膝盖上，顺着腿的轮廓滑下去，腿肚一阵猛烈刺痛。

摸了一把脸，泪流满面。

2

姜温雯和周知是异地恋。

上个星期，周知还一脸诚恳向她求婚，他捧着花，当着众人的面，说："我们会建造一个家，温暖可爱，养两只猫咪，你喜欢的话，那就很好了。我想，我们在一起两年了，时间足够证明我的心，我们订婚吧。"

这一回，他转眼成了负心汉，她不信。

现实由不得她逃避。

邮箱标志闪了又闪，姜温雯颤抖着点开，荧光屏跳出来一个新邮件，主题是"周知"。

照片里，再熟悉不过的男朋友，搂着一个陌生、留着梨花头的娇小女孩儿自拍，女孩的眼睛细细长长，盈满风韵，穿甜美的粉色格子连衣裙，像刚毕业的年轻学生模样。两个人手持五彩小风车，背景是游乐园，笑颜如花。

视线模糊不清，姜温雯渐渐看不清两个人脸，她只盯着照片的背景：一直想去坐的摩天轮，绚丽又巨大，充满了童话梦。

周知没有陪她，说：没空。

姜温雯胡乱擦了擦眼泪，继续往下浏览，屏幕一页页滚动，尽是私照。

周知穿着她送他的衬衫，穿着生日礼物的皮鞋，甚至，戴着订婚礼上用过的蓝色条纹领带，在另一个地方，和另一个女孩，不亦乐乎。

好啊。

姜温雯呵呵笑了两声。

她坐在那儿，像雪堆的雕塑。

屋外在下大雪，鹅毛一寸寸飞舞，在屋顶、地面覆盖着惨淡的白。办公室的玻璃窗上，贴着细小的雪粒子，时间久了，堆积起来，亮晶晶的，一粒粒，一点点，画出奇异的画，清澈又明朗。

每年下雪，姜温雯会站在窗前，看雪景。

今年下雪，她一动不动地坐着，哭。

同事都去食堂吃饭了，这间办公室里，只剩姜温雯一个人，安安静静，坐在办公室，一个人，承受着巨石的压力。

——没关系的，你还能站得起来。

她这样对自己说，但是，无论是身，还是心，都是创伤，微微触碰，就痛到龇牙咧嘴，就痛到泪流满面。怎么办呢？憋着吗？隐忍又有什么用呢？她所信任且依仗的精神支柱，轰然崩塌。

姜温雯摸了摸桌案，拿起手机，拨通了周知的电话。

"她怀孕啦？"她利落开口，没打算拖沓。

对方似乎愣住了，电话里传来三次呼吸声，之后，周知说："你都知道了，那分手吧，反正，还没真结婚。"

超出姜温雯心理承受预期，所有女人的骄傲和矜持，全部被冰雪冻住，变成尖锐的冰棱子，就地砸下，碎落满地。"你就跟我说，我们没结婚？那我这两年，都在干什么？我拼命地工作，每周坐九小时车去见你，看见任何东西都能惦记起你来，结果你跟我说，'反正，还没真结婚'！"

捏着手机的指节发白，她几乎把手机捏碎。

"好了好了，冷静一点，她现在怀孕了，我不能不要她。"

周知的语气很是心疼，怪不得李碧华说："每个男人，都希望他生命中有两个女人：白蛇和青蛇。同期的，相间的，点缀他荒芜的命运。——只是，当他得到白蛇，她渐渐成了朱门旁惨白的余灰；那青蛇，却是树顶青翠欲滴爽脆刮辣的嫩叶子。到他得了青蛇，她反是百子柜中闷绿的山草药；而白蛇，抬尽了头方见天际皑皑飘飞柔情万缕新雪花。"

"那我呢？"

"你一个人就可以活得很好，她不行。"

"滚。"

姜温雯挂了电话，气到发抖，脑袋眩晕。她贫血，有低血压，一生气，手开始缺血发麻，不能动。像一只受惊的猫，匍匐着，喘息着，再细微的声音都被无比放大，吵得头疼。

3

姜温雯看着雪，看了一个小时。

以前也爱看雪，但从未看得这样仔细。雪花轻飘飘的，从看不见的地方落下来，像是凭空出现的神物，洋洋洒洒，东吹西晃，在风中卷成风的模样。于是，风看得见了，是洁白的颜色，由一点一点的白构成，温柔缱绻，又冰霜傲骨。

她不干了，行李打包，直接回家。

原本，在这座城市工作，就只是为了离周知更近，以她的文凭和能力，留在老家做专业设计，一年内就能晋升，两年就能稳定头衔，根本不至于在这座小庙里做最普通、最庸俗的设计。

现在好了，她自由了。

不用像条狗似的，被周知这个人渣，肆意栓着链子。

临走时，姜温雯把和周知相关的东西，全部扔进垃圾桶：无论是衣服、钱包、还是钻戒。统统丢弃，也把懦弱差劲的自己，一同丢弃了。

无法原谅，即使有人说，男人犯错是常有的事儿，世上没有不偷腥的猫，但姜温雯就是无法原谅，一次也不行。更何况，周知根本不打算要她了，反正，他有新欢，现在，还有一个孩子。

风雪飘凌的夜晚，一抹孤独的背影，认真地踏上回乡的列车。

车窗外的雪，渐渐融化成水。

一颗原本温热柔软的心，开始变得硬如磐石。

如果不是一下车就看见周知和陌生女人牵着手，那狭长的眼睛挑衅地看着她，姜温雯几乎要放弃对他的恨意。可是现在，

"嚓"的一下，有什么东西，在心底噼里啪啦地烧起来。

姜温雯站定了，看着那女人。

周知眼尖，先看见了她，那嬉笑着的女人才顺着周知的目光，看了过去，也盯住姜温雯。

她朝姜温雯走了过去，小腹隆起，她夸张地撑着腰，显得多么了不起，惹得一行路人给她开道，怕撞出闪失。她一步步走得稳健，也不紧张，笑眯眯地过去，面对姜温雯。

"分手吗？特意来找你说个清楚。"

姜温雯的目光绕过女人，看向周知，对了，她打开了GPS，所以他的手机能查到她的位置。

"来得真快。"姜温雯笑。

女人似乎没想到姜温雯笑得出来，眼神闪了闪，一把拉住她的胳膊，翻脸如翻书："你和周知分手吧，我都怀了他的孩子了，你再找个男朋友就是了，我这肚子不能打胎，容易不孕……"

"你不孕，关我什么事。"

女人"扑通"一声跪下，双手抱着她的腿，肚子贴着姜温雯的漆皮长靴："姐姐，求求你了，你们还没结婚呢！我不算插足，现在他喜欢我了，我和他在一起，也不算什么错事儿！"

"我同意啊，不过这件事，跟他妈解释去。"

周知的母亲最是严厉，当初当着众人面求的婚，说不算数就不算数了，如果被周知母亲知道，许是会活剥他一层皮，毫不夸张。

女人不说话了，肚子悄悄往姜温雯鞋尖上一顶，随即朝反方向倒了下去。女人扯开嗓子大喊："哎哟我的肚子，你干吗踢我的肚子啊！疼死了，姐姐你抢不走我男朋友，也不能害我的孩子……救命啊！"

周围的路人围成一圈，看热闹不嫌事大。

好啊，演技卓越，堪比影后。

4

古人云：君子能屈能伸。

姜温雯低下头，悄声说："好，我同意分手，不会跟周妈妈告状，这样可以了吧，你别碰瓷了。"

女人咕噜一下子从地上爬起来，速度之快，让姜温雯以为她的怀孕也是假的。

逃开这个人肉包围圈，姜温雯的第一件事情，就是打电话给周妈妈。没人说过她必须说话算数，她想：养了一个出轨的儿子，找了一个会演戏的儿媳妇，周妈妈应该会很"高兴"。

姜温雯的牙齿咬得很紧，牙花发痛，将事情完完整整叙述得无比流畅，挂断电话的时候，她给周知发了条短信："你妈知道了，劝你和那个狐狸精没被打断腿之前，快跑。"

周知气急败坏地给她打电话，姜温雯接了，也不说话，把手机放在桌上，听他无尽的咒骂。这就是她喜欢过的男人，自私，无情，简直变态。

她有点生气，自己的眼光什么时候变得这么差？

后来，周知骂累了，挂了。

姜温雯笑个不停。笑完了，就笑不出来了。所有的一切都没有失去痛苦，无论怎样复仇，也无法弥补她精神缺失的一块。这段感情，打了她一个响亮的巴掌。她硬生生地扛着，就像不曾受伤。

当晚，卷起裤子，那鲜红的烫肿尚未褪去。

姜温雯想：心上这块疤，消不掉了。

过了两天，周妈妈打来电话，跟姜温雯道歉，并且话语间含着可惜的意味，似乎想挽回这段感情。姜温雯的脾气很好，但是性子执拗，一旦决定的事情，没办法改变。让她回去做周知的太太，恐怕是下辈子的事了。

姜温雯只心痛了一天，这阵子跑出去找工作，老家的公司像寻到宝贝似的留她，开出高工资、高福利待遇，生怕这位靠谱的年轻人才被其他公司挖墙脚。

她叹了一口气，之前在外地工作，受的所有委屈，都是为了周知而忍耐。现在，一切都变得更好了。

有时候，一些倒霉事催发的化学反应，不一定会更坏。

姜温雯想了想：那个小三儿最好的结局，也不过是"指腹为婚"，周知妈妈古板传统，以自己对周妈的了解，绝对不会是善解人意的好婆婆，而小三儿爱演戏，当面一套，背后一套，迟早把人得罪光了。现代社会，谁会笨到被你耍得团团转还不反抗？兔子逼急了，也咬人。这个小三儿的苦日子，在后头。

这样想，心里平衡了许多。

在结婚前离开周知这样的人渣，也算是姜温雯的福气。要不然，以后发生这种事，她再想寻找灵魂伴侣，她就得顶着"二婚"的名头，凭白无故给自己抹黑，毁了一生。

半个月，周知结婚，消息群发。

姜温雯看见的时候，正在忙着做规划书，没什么心情理他。

步步为营的是他，蒸蒸日上的却是她。

5

周妈觉得儿子翅膀硬了，管不住了，也懒得管，于是，自己主动搬出去住，鲜少与周知来往。关于聘礼之类：周妈一分不给，全是周知自掏腰包，勉强凑了五万块钱，租了个婚礼场地，连婚纱也买不起，只能继续租。买不起钻戒，于是买了金的，被丈母娘狠狠甩了冷脸，冷嘲热讽之中，娶走了这个三儿。

周知不是安分守己的人，姜温雯是知道了。

但是三儿不知道，当局者迷，等到周知背着快要临产的三儿出轨时，三儿才知道错了。为时已晚，打掉了牙，也只能往肚子里咽。既活该，又后悔。年轻的人总是不懂事，结婚可以让人迅速成长，什么都看清了，一切通透无比，但早已无力回天。

后来，姜温雯活得有滋有味。

当初的心痛是真的，眼泪流了许多，但不是为了周知，她是为了自己，为自己曾经瞎了眼而难过。但转念一想，命里总有些难以下咽的苦楚，比起这个小三儿的结局，她已经无比幸运。

至少，她没有把最重要的婚姻，寄予一个渣。

再后来，与周知的交集越来越少，她的生命里，似乎从未出现过这样一个人，她的充实和圆满，几乎让她忘了这段怀恨。人生这么美，哪有那么多时间去恨他，披荆斩棘的路上，容不得她分神过往。

心中已无旁骛，前方，有更值得的人等待着她的遇见。

忘记周知后的某一年，姜温雯带着设计品夺得金奖。那是一枚戒指，复古银的戒指，掺杂着泥土的褐色，刻意做旧的模样，有格外的韵味和优雅。

一枚小小的棕褐色银戒指，树藤缠绕成圈的姿态，古老的藤上长满荆棘，有一朵娇弱的、迷离的花苞缠绕其中，纠缠着，含苞待放，稚嫩坚强。

这枚戒指，提名：我不介意荆棘。

第五章　温柔与爱，都在这里

如果可以选择，我决定幸福

汶河笑了，真是命中注定啊。其实，没有这段话，他也绝不会再次拒绝来敲门的爱情。他融化在这拥抱之中，硬不起骨头来。这一回，落泪的是汶河，尝了三年相思之苦。

相思，真苦啊。

1

棠棠读《倾城之恋》的时候，南京的街道正覆满白雪。

四级风，呼啸声中，梧桐树下的行人撑伞而过。从上往下鸟瞰，见一朵朵红的、紫的、彩虹色……花苞似的伞面，如"流水落花"一般凌乱流过：因为不分上下游，所以景是乱的，不规律，但有冷静且活泼的美，雪是抽象派的艺术。

屋内，汶河吹着暖气，裹着宽大的针织毛衣，坐在沙发上，读威廉·萨默塞特·毛姆的《月亮和六便士》，一边看，一边摇头。不是不好看，只是唏嘘不已。

他模仿话剧腔，郑重地、滑稽地捧着书籍，照着文字大声朗读。"我那时还不了解人性多么矛盾，我不知道真挚中含有多少做作，高尚中蕴藏着多少卑鄙；或者，即使在邪恶里也找得着美德。"

棠棠听完这段话，不知不觉地想起《瓦尔登湖》的段落，两者莫名契合：我们本性中最优秀的品质，就像果实上的粉霜，只有最为精心的对待，才能得以保存下来。然而，我们在对待自己和彼此相处时，却缺少这样的轻柔。

汶河歪着脑袋，问："什么意思？"

"坏人不一定是坏人，好人不一定是好人，错的人不一定错了，对的人也不一定完美。"

棠棠没看他,兀自冒出一句。

中午十一点,"开饭开饭,别看了。"妈妈系着围裙过来,抽掉他们手里的书,整齐罗列在书架里,笑眯眯地讲:"今天晚上,小李说他女儿留学回来了,到时候请我们一块儿吃饭,今天午饭吃早点儿,留着肚子晚上吃。"

汶河身子一僵,没有吭声。

棠棠抬起头,朝他看了看,紧接着点头答应。

棠棠早就知道,话音落地的前一秒,她就晓得,谁都会去参加盛宴,唯独汶河不会去。前女友荣耀归来,她的老哥死要面子,绝对不会主动去丢人。

毕竟,当初是他负了李瑜。

事情要追溯到四年前的春天。

春是万物复苏的季节,那个时候好啊,老家的路还没修,一排樱花树没砍,风一吹,就是一场樱花雨,惹得树下自拍连连,少女的裙角飞扬着,嘴角翘得像一枚弯月,汶河的恋爱之心也扑腾扑腾狂跳。

说来真巧,好端端地,既倒霉又幸运,汶河逛大街呢,把小姑娘的手机撞地下了,iPhone5刚出,挺贵的。女孩盯着地,捡起手机,屏碎成蜘蛛纹,然后转身,仰着脑袋,气鼓鼓地看着低头道歉的汶河。

"对不起"三个字能赔一部手机吗?不能。

好吧,赔钱。

汶河刚念大一,自个儿的旧手机没舍得翻新,倒是把别人给撞了,白白赔了一部新iPhone5给姑娘。事情发展到这里,汶河特意看了看姑娘的长相,啧了一声,心里跳出四个大字:不太好看。

好看的姑娘满街都是,但轮到自己,遇见的总长得稀奇古怪。

这姑娘就是李瑜，书呆子的气质太浓郁，狗啃的刘海，一看就是自己剪的，小拇指蹭着黑漆漆的笔油，白色纱裙显得皮肤更黑，以至于站在樱花树下，也不能像《好想告诉你》中的黑沼爽子那样，在一瞬间之内美得翻天覆地，惊为天人。

樱花树下，遇见这种妹子，还得赔钱，汶河觉得自己真是，衰如失恋。

2

汶河长得帅，毋庸置疑，他自个儿也知道。

同学说他是"xx中学吴彦祖"，唱歌也好听，发型紧跟潮流，皮肤和女孩子有的一拼，五官汲取爸妈优点，恰到好处的大帅哥。李瑜拿着手机去换屏的时候，汶河也陪着，老板调侃："你女朋友手机碎成这样，不如换一部新的。"

"哪是什么女朋友，是我债主。"

老板以为年轻小伙儿喜欢打趣，咯咯笑得更大声了。

李瑜瞥一眼他，率先红了脸。

汶河对她一点儿兴趣都没有，冷漠十足，尽管早就瞟见她红彤彤的脸颊，仍然视若无睹。李瑜又不是大美女，还让人赔了钱，谁心里能高兴啊。

这个春天，没有恋爱戏码。

等到秋天的时候，临近圣诞节。汶河看中的妹子是大二学姐，纤细高挑，她主持国庆节晚会，汶河表演诗朗诵，全程，她在台下站着看他，目不转睛。

汶河原是不认识她的，但她那大红色的演出服太惹眼了，整个观众席，他只看得见一点大红伫立在那儿，像一杆古典灯笼，笑意嫣然，目光弥弥，汶河的呼吸都暧昧起来。

诗朗诵这种节目，没几个人认真地听。

末了，汶河合上朗诵册，朝着学姐念诗："千秋无绝色，悦目是佳人。倾国倾城貌，惊为天下人。"

全场无人发觉任何不对劲的地方，只有学姐迎他下台，与他握手寒暄两句，赠之一笑，随后站上台，立即开始下一位表演。

汶河不敢鲁莽搭讪，他回到观众席中，安静地看节目——实则眼睛没有离开学姐一分一秒。那金色梅花刺绣的修身旗袍，搭配着银白色的高跟鞋，她像一株沾着露珠的玫瑰花，夭夭袅袅，令人痴迷。

圣诞节那天，汶河约李瑜见面，上回摔了手机，他没告诉父母，怕挨一顿骂，于是自个儿慢慢存钱，现在钱存够了，准备还给她。还完钱，无事一身轻，立马去找学姐表白，近水楼台先得月，不能再拖了！汶河是这样打算的。

汶河好好捯饬了一下，像《那些年》唱的一样："呆呆地站在镜子前，笨拙系上红色领带的结，将头发梳成大人模样，穿上一身帅气西装，等会儿见你一定比想象美……"他还买了个包装精美的蛇果，二十块，心甘情愿被宰。

下楼，约定五点，李瑜很准时，早早站在汶河的宿舍楼下。

她穿了件红色外套，配着绿色的荧光运动裤，捧着杯奶茶慢腾腾地喝。路过的人朝她望着，回头率很高，纷纷表示没见过穿得像圣诞老人的妹子。

李瑜这么土，她一点儿都不知道，脑袋像没开窍似的，无心打扮，只有学业。

汶河哼着歌下楼，人算不如天算。

3

汶河瞧见李瑜这一身,无力吐槽,只想拉住过路人解释:"我不认识她,我跟她,没有一点关系!"

他着急忙慌地把钱塞给李瑜,准备开溜。不曾想李瑜反手抓住他的胳膊,从口袋里掏出一只洗干净的大苹果:"喏,圣诞节,习惯送苹果的吧。刚才吃了一个,出门时候,给你洗了一个。"

汶河有点头疼,不知道该不该接。

他看着她手里头的大苹果,笨笨的,一半红,一半青,朴素的模样,比他买的那只蛇果差远了,这色泽相比起来,简直是天壤之分、云泥之别。

汶河一时间不知道说什么好,只好接过。正准备说句客气话,他的右手边,窈窕走过来一个姑娘,他只扫了一眼,心中就是惊得一跳,像是做梦一般,脑中恍惚了片刻。

"嘿!"肩被人一拍。

学姐敞穿着白毛呢牛角扣大衣,里面一件卡其色的毛衣裙,棕色长发扎成高马尾,像是刚跑完步回来,整个人气色极好,面色水润,汶河想起李瑜的干燥皮肤,觉得李瑜的脸,是黄土高坡。他望着学姐,她的口边冒出团团白雾,犹似捏出一朵小小的、可爱的云,如果每个人都是一杯饮料,那么,学姐肯定是冬季暖心的朱古力牛奶。

"早啊。"

哦,真是疯了,现在是傍晚五点。汶河说完,才反应过来。

学姐似乎看出他的神游,笑了两声:"送苹果呢?"她的目光落在李瑜身上,"好可爱啊,小学妹吧?"

汶河与李瑜尚且来不及回答,远处一男生"哎"地叫了一声,三个人一齐看过去,两秒后,学姐忽地露齿一笑,朝男生挥了挥手:"等会啊,马上!"

然后,她转过身,羞涩地笑,不忘八卦:"我男朋友来叫我了,你们慢慢聊哈!小学妹真可爱,是你女朋友吧?"

汶河浑身触电般地震了一下,那一刻,不知自己是什么想法,或许是为了面子,或许是为了逼迫自己放弃对学姐的任何念头,他上前两步,拉住李瑜的手,咧嘴笑:"是啊,女朋友。"

天知道,他一点都不喜欢她!

他竟然撒了这种弥天大谎!

学姐靠近他,悄悄地说:"妹子很可爱啊,加油哦,祝99!"

汶河溺死在这沉重的、无法缓解的情绪之中,也不知在风里站了多久,洋洋洒洒的树叶从头顶飘过,没有一叶沾身,就仿佛万花丛中过,也没有一个漂亮妹子和他有关。

汶河抬头,吓了大跳:李瑜的眼眶中噙满泪花,肩膀轻微抽动,拿手背一下下地擦拭脸颊。

"对不起啊,你别哭啊,我是故……"

"我是感动地哭。"

汶河觉得这句话像一根鱼刺,把他的话,硬生生低堵在喉咙里,咽不下去,又吐不出来。

她断断续续地说着,嗓音沙哑:"我也喜欢你。从你摔我手机的时候,我就挺喜欢你的,没跑掉,也没砍价,身上没钱,不问父母要,还亲自省钱给我修手机。我……我太感动了!"她扑过去,抱住他,眼泪打湿他的衬衣。

汶河嘴角抽搐,他想起来一个词——桃花劫。

4

误打误撞,李瑜成了汶河的女朋友。

第五章 温柔与爱，都在这里

汶河打算挑个恰当的时机，跟她和平分手。他琢磨着：那时候，只不过利用一下现场道具，居然被认真听进去了。这姑娘是真没啥心眼儿啊，连一句解释都不听，直接入戏了。

不管汶河暗搓搓地设想什么，李瑜都不知道。蒙在鼓里的女孩儿，只觉得偶像剧里才有的情节，她也切身体验了一回。这种感觉，对于一个初长成的少女来说，兴许，一辈子都不会遗忘。

元旦的时候，汶河收拾行李回家，李瑜和他顺路。

一路上，瘦弱的李瑜独自拎着行李箱，背着鼓鼓囊囊的双肩包。汶河几次看不下去，想伸手帮忙，都被李瑜拒绝，她总是不愿意麻烦汶河，无论是换饮水机，还是生病买药。固执己见，非要一个人，坚强得像只小骆驼。

对，就是小骆驼，汶河认为像极了。

回到家的时候，汶河才发现，李瑜不仅和他生活在同一座城市，而且家也很近，关系也很近。大年初三，走亲访友的时候，老妈带着汶河到大姑家拜年，居然看见了李瑜。

听老妈说，李瑜是大姑父的远亲，今年高考考来南京，于是在南京租了房子住下，正好过年，互相串门。

汶河点点头，装作初来乍到，不认识李瑜，她也配合着，两人心照不宣。他不解：我装作不认识你，是因为不喜欢你，压根不打算告诉亲戚我们之间有不一般的关系。可是你呢，为什么也装作不认识我呢？

李瑜没有回答他心里的疑问。

她穿得很漂亮，像是换了一个人，修了眉，摘了眼镜，穿粉色毛茸茸的皮草，黑色高跟短靴，像是换了一个人。一直扎着的马尾披散开来，并不长，整齐地帖服着细软的脖颈，温柔且安静。

临走时，汶河同她说话，听她回答时，依旧是傻乎乎的语气，一瞬间，就将汶河拉回现实：还是那个傻妹子，没错了，就是她，骆驼还是骆驼。

他在担心，自己喜欢变漂亮的"骆驼"。

幸好没有，只有继续讨厌这只"骆驼"的言行举止，才能伺机而动，尽早分手。汶河盘算着时间，准备年后开学，就找李瑜摊牌：他不能被她耽误太久时间，毕竟，满学院的妹子都在等着他。

5

汶河在年后说了分手，找的借口很拙劣，又很真实——我不喜欢你的审美观。

李瑜轻轻地笑了笑："可我喜欢你啊。"

汶河等于扇了自己一巴掌，但他不反驳，也不想反驳。如果李瑜审美观优异的话，怎么可能喜欢他呢？见异思迁的男人，汶河心里最清楚不过，他知道自己是个坏男人，眼下，欺骗了一个女生的感情，还要残忍地分手。

汶河焦躁起来，字句在脑中都打得一团乱，他想不出要作何解释，只知道他不喜欢她，不喜欢，就要分手，仅此而已。

之后，憋急了，汶河声音重了两分："我管不了那么多，我想分手！"

"好吧。"她轻声细语。

如此简单，出乎汶河的意料。这场奇怪的组合以及不合时宜的恋爱，就在这不带任何眼泪和纠缠的"好吧"之后，轻而易举地宣布结束。

汶河定定地望着李瑜，她好像不是骆驼，是西藏的鹰。

从今往后，李瑜仿佛人间蒸发似的，无论是去图书馆二楼的外国名著区,还是去老旧的咖啡馆,汶河都没有见过她,心里无由来的,空落落的。他长得帅,仍然没有恋爱,学姐分手了,他没有去追。

怪了,他总是记得那个"骆驼"。笨笨的,傻傻的,送一个丑丑的大苹果,和蛇果比起来,实在是太丑了。但汶河想起来,总是会笑,舍友问他:"思春啊,你一个人傻笑个什么劲儿?"汶河才反应过来,他看着手机,老旧的、不舍得翻新的手机,存了李瑜的电话号码。

他看着数字,直到会背,也没拨通。

时间过去很久,久到汶河觉得往事早已戛然而止,三年沧桑,谁还能记得谁。但是今天,老妈说,小李家的女儿李瑜出国留学回来了。原来,她出国了啊,怪不得,在哪里也找不到她。

汶河僵直的身子动了动,棠棠看在眼里:"老哥,回不去的,就别再想了。"

他撑着胳膊从沙发上站起来,像年迈的老人腿脚颤抖,目光深邃幽远,有与众不同的光芒,似湖水沉淀,又似流星乍现。

"我觉得,我喜欢她。"

棠棠睁大眼睛:"哥,你别开玩笑。"

他极度认真:"我没有。"

汶河掏出手机,给李瑜发简讯:我想见你。

只一会儿的工夫,汶河家的门铃被按响,门外站着又高又瘦的李瑜,精神饱满,提着牛奶箱和两袋礼品,像当初坚持独自背着行李的小姑娘,出现在汶河眼前。

天知道命运为何如此安排。

后来,汶河听李瑜说,像他这种男孩子,太容易喜欢上一个女生了,那个学姐不过是盯着演出台上摇摇欲坠的鲜花球,就被汶河误以为"爱的目光",她担心,汶河会脚踏许多船。为了让自己一定幸福,李瑜故意打扮得奇怪、落伍,绝不以色侍人。若往后,汶河惦记她,说明真的爱她,若他不记得她了,那她无怨无悔。毕竟,爱上一个人,是自己的事,而能不能幸福,是两个人的事。

"如果可以选择,我决定幸福!"李瑜扑进他怀中,一如从前。

汶河想拒绝,维持最后一点男人的尊严,他只扫了一眼,棠棠手里捧着一本书,史铁生的:这也许是出于长大了的男孩子的倔强或羞涩?但这倔只留给我痛悔,丝毫也没有骄傲。

汶河笑了,真是命中注定啊。其实,没有这段话,他也绝不会再次拒绝来敲门的爱情。他融化在这拥抱之中,硬不起骨头来。这一回,落泪的是汶河,尝了三年相思之苦。

相思,真苦啊。

那些微小的改变,让我们越来越好

曾经,你是谁,今后,你又是谁?

愿浮一叶扁舟夜听雨,望着满天星辰银河默念:让我们越来越好的,恰是那些令我们毫不在意、出乎预料的人和事,就像漫天星辰,悄无声息,汇聚成海。

1

"谁家女儿娇,垂发尚年少。树下抱香眠,泉边掬影笑。徘复爱颜色,隔花昵青鸟。嬉游终日夕,不觉晴光老。"

餐厅正悠悠荡漾着乐声,几道甜点上来,对面已经吃得差不多了。我放下沾满红油赤酱的筷子,不留神时,筷子顺着碗沿骨碌碌滚下去,靠近桌角,被旁边叫清远的男人伸手接住了。

他拿湿巾细细擦干净筷子,递到我面前,又擦了擦手,说:"没事,擦干净了不脏。"

其实,我从始至终未曾觉得嫌弃。毕竟,清远西装革履,无论如何掸眼,都极其优雅。这种优雅的形象不止于衣饰,其谈吐更具一种特殊的温和腼腆,微弯的眼角看起来未染风霜。

有时候,比颜值更具魅力的是气质。

我们都明白,气质并非与生俱来。这种毫无矫揉造作的自然气息,像古朴梧桐树的枝桠交缠,像日光倾城,风日飒然。令我着迷的同时,更令我羡慕。我一直渴求这种不经雕琢的态势,是一股清冽的海盐滋味,细腻绵长。

会议餐结束,我收拾东西素来慢,瞧见清远最后一个离开。出门时候,同事皱着眉说:"天色已晚,车不好打,回家实在不便。"我正替她惆怅时,清远闻声,便提议送我们一行人回家,双双欣然同意。

准备随他去车库,清远看了看我们脚上的高跟鞋,倒是悉心体贴:"你们就在原地等会儿,我来接你们,免得多走路。"

没五分钟,车便开来了。他亲自下车替我们开门,车身较低,进去时额头碰到个软绵绵的东西,回头一瞧,清远为防止我们撞到脑袋,特意将手背贴放车门上侧,心下一暖。

再回首,朋友与我相视而笑。

细节打动人心的程度,超出一般人的想象。

一路上清远很安静,等红灯的时候,他才会客客气气地翻出报刊杂志之类递给我们看;或是一张光碟,放些苏格兰小调听。

朋友十分好奇:"你怎么不说话?"

"开车小心些为好。"

清远说得没错，稳稳当当确实让人安心，比起某些肆意炫技的司机来说，他算得上沉稳大气，也没有僵硬古板的感觉。而令我感到诧异的是，当代焦虑时代之中难得一见注重细节至此的人物。

这般细致入微的心思，想必会令多数人心仪。

清远是公司新人，举动不造作雕琢，也无刻意讨好，只是这份细心与耐心的体贴，很教人欢喜。两个月，向来严苛的Boss亲自给清远拔职，与几个老员工平起平坐。

按理来说，老员工们定会看他不爽，毕竟新人出头，心里总归不顺。但清远性格谦卑和善、温文儒雅，不虚夸浮躁，更没有身处挑拨是非的琐事当中，干净得超凡脱俗。

"我总觉得，为人低调谦虚处事永远比高调浮夸要漂亮。从校园时代我就告诉自己，要做一个彬彬有礼的人，像古代里的青青子衿。从那一刻开始，我无时无刻不在改变，每一秒，我都在发生微小的改变，春树抽芽，滴水石穿。这样的模样我很满意，别人与我相处也舒服。"清远如是说。

晋升晚会的演讲中，台下掌声如涛。

2

在日本旅游时，我去奈良看鹿。

随行一女孩买了许多鹿饼，连同我也分得几块。我首次来，瞬间被鹿群萌了个翻，想也不想便寻了片空旷草地过去待着，晴空白日下，朝不远处的麋鹿摇摇手里鹿饼。

不料鹿群来势凶猛，眨眼工夫，蹦蹦跳跳至我眼前，来不及安抚，已先将我手中几块鹿饼衔走。有两只鹿没分得食物，健硕的蹄子踩在我鞋面上，张口咬住我背包肩带使劲折腾，粗糙的舌苔刮擦着手背，一时半会竟逃离不开。

我心下慌了,瞧了瞧四周,竟然空无一人,只好跌跌撞撞地往后退。

同行的女孩最是机灵,见我半晌未与旅行社集合,便率先往草坪跑过来。果不其然,远远望见我被鹿群围攻,她吹了一声嘹亮的口哨,将鹿群的目光吸引到自己身上。接着,女孩使劲晃了晃手中的鹿饼,又朝远远的地方丢过去,成功引走了鹿群。我如羊脱虎口,赶紧溜出来。

后来,我看过自己的裙角,早已被鹿咬得痕迹斑斑,若是一口咬在胳膊上,恐怕痛得难以言喻。

女孩牵着我离开鹿群,到隔壁饮食店落座。

屋子里寂静飘荡着果汁香味,风铃叮当作响,木牌上圈圈点点的字迹随着墨汁流淌,显得风味十足。

我向她道谢,女孩摇摇头:"客气什么,我第一次到日本的时候,也有人帮过我。"

女孩浅浅笑着说,她曾经来日本奈良的时候,年纪还小,那时候高中毕业,她从未觉得萌哒哒的小鹿居然出乎意料得凶猛。当时,日本人都习以为常,而她一个中国女孩身在异乡,急得哭哭啼啼。是时,一个小男孩路过,夺过他手中鹿饼丢开了,没想到鹿群便即刻退散。

男孩说日语,女孩听不懂,男孩就比划着告诉她,模样憨态可掬,意思大抵是:鹿很凶猛,别靠近。

女孩仰头眺望远方,眉目笼着一层薄薄日光,她徐徐地说:"我感觉到了善良的可爱之处,我也想变成那样的人,想让那些美好的记忆深深烙印脑海,想让这种美滋滋的感觉永不消失。我相信我会被潜移默化。其实,我应该感谢你,让我有机会成为这样生动可爱的人。"

奈良古树下,我捧着杯味道甜蜜的橙汁,坐在木质长方桌一隅，静静听女孩絮絮地说。

善良的传递如此巧妙绝伦，将一切美好进行传递的，恰是我们心中那份愿意付出改变的小欢喜。

男孩儿改变了女孩儿，女孩儿改变了我。我想，这种传承式的无形改变，这种对心的静默雕琢，该是生命中最大的乐趣。

希望这份小欢喜，可以让我们变得越来越好。

3

平生第一次远行的目的地，是甘肃银川。

那段日子很令人回味。风声是响亮的，黄土飞沙兴风作浪，让逼仄的生命在残酷刮割之中变得有滋有味。

北方人是豪爽的，不拘一格的，形骸放浪不羁，爱交朋友，交了便是挚友，会好生相待。初相见时，仿佛就是十几年的老友似的，热情招呼吃饭喝茶，用最倾情的方式表达热爱与善良。

我留宿银川大半个月，学他们说话的语调，很铿锵有力，让人信服。也学他们待人接物的方式，从温柔缱绻变得热情洋溢，像古典舞向桑巴舞的转变，在发髻簪朵无形的大橙花，每一天都活得热气腾腾。

回到江南家乡，已是暮春时候。

我收拾屋子，清晨起来煎蛋做饭，常备两斤新鲜水果，玻璃罐里盛着牛奶，阳台上晒着长袖衬衣。待到母亲造访时，家中早已焕然一新。她惊奇地问我："你终于收拾屋子了？"

有些事情，不经意地被提及，猛然醍醐灌顶。

曾几何时，母亲印象中最不爱收拾房间的我变得熟悉家务，足以亲手三两家常菜，会置办喜欢的家具摆设，提着两捆西芹百合，活得新鲜翠绿。我也懂区分掉色衣料，在书柜里放樟脑丸……终于，勉强配得上"上得厅堂，下得厨房"这句话。

宛若老匠人雕塑羊脂白玉,一刀一刀手刻,刻满八十多道工序,刻足整整两年;像鉴定师将钻胚悉心打磨,正是每一次的磨合,促使形态改变,才让钻石愈发璀璨,弥足珍贵。

这些改变是何时发生的?

忽然惊觉,当我们如树生长的时候,发生在我们身上的变化总是细微至极,以至于我从未注意过它们的存在。但,恰是幸运之至,它们灌注于我身,故而我从伊始至末端都在安静地变化着。变得更好,更善良,更喜欢这个温暖的世界。

曾经,你是谁,今后,你又是谁?

愿浮一叶扁舟夜听雨,望着满天星辰银河默念:让我们越来越好的,恰是那些令我们毫不在意、出乎预料的人和事,就像漫天星辰,悄无声息,汇聚成海。

一生总得做一次飞蛾

要做蝴蝶。

别再寄居毛毛虫的茧。

1

陆琪踏上铁皮火车的时候,可没想过第二天会哭得像只大花猫,口口声声喊着:"我要回家。"幸好,丢人的不止她一个,总有那么几个恋家的瓜娃子陪着她一起哭。然后,她们声嘶力竭,待在宿舍里,抱着Hello Kitty印花被褥捂着脸,呐喊:"我想回家哇!"

陆琪不爱远方,真的,她恋家。

六岁,所有人都知道老陆家的女儿,内向得跟个哑巴似的。见人不问好,吃饭不说话。如果拉着陆琪的胳膊问"你几岁呀",她必然"哇哇"直叫唤,受惊着躲到父母身后。别人家的孩子,通通活泼可爱、讨人欢喜,闹起来像小孙悟空。而她,没啥讨喜的本领,长相普通,一个人玩积木,一个人待一整天。

邻居背后嚼舌头:老陆家的女儿是个"小孬子"。

父母心知肚明,可是没什么解决办法,去和邻居们吵?怕破坏了和谐关系。一本正经地讲道理?又嫌举措难免矫情。所以,父亲这左思右想,把重点教育放在了学习"胆大"上。

为了让陆琪胆儿大起来,父亲可谓绞尽脑汁。

送她去学跆拳道的路上,父亲朝着泪眼汪汪的陆琪,努力解释着:学会功夫多厉害啊,上打坏蛋,下踢饿狼,没人敢欺负你。陆琪竟然信了。

陆琪被送入跆拳道社,满目都是比自个儿高出大半个脑袋的小伙子。她本来就怂,看见年纪大、体格大的人,心里更怂了,她回头四顾,父亲已经消失不见。

没人撑腰的孩子不敢哭,陆琪怂怂地站在角落,直到教练把她从旁边拉过来,在四四方方的大地垫上,赤脚站定,穿上白色跆拳道服,给她系上短短的、初级的腰带。

"大家鼓掌,欢迎新同学!"

四四方方的屋内汹涌着掌声,陆琪没笑,薄薄的嘴唇紧抿着,小鹿似的眼睛瞪得老大,躲躲闪闪地看着脚尖,手指绞织在一起,捏得一截红,一截白。

两个女孩子迎过去,主动牵住陆琪的手,领她站进自己的队伍。陆琪好奇地看着她们,腰间的缎带和自己的颜色不一样。

女孩子解释:"最初级是白带,然后是黄带,再高一点是绿带,再往上,是蓝带,蓝带后面是红带,红带后面是黑带。你知道吗?黑带的人可厉害了!"

陆琪似懂非懂地听着,扫了一眼其他人,大多是黄带,最高是蓝带。

教练拍了拍手:"站队!"

陆琪跟着同学站过去,她忘了教练是怎么开口的,只记得自己跟着大队伍在屋子里一圈圈地跑,她中午吃得有点撑,没跑完两圈,胃里翻江倒海,总是想吐。

她怂到不敢吐。

陆琪硬撑着,越跑越慢,胃里越来越难受,喉咙似有异物即将涌出,又硬生生地憋回去。教练只觉得她体质差,更需要锻炼,于是点名说:"陆琪,加油!跟紧队伍!"

鼓励的语言从教练嘴里说出来,似乎带着压力与威严,这个陌生的场地像老虎,像万千根针刺在她身上。她的小脸,憋得通红。

没忍住,吐了。

教练吃了一惊,赶紧带着陆琪去医药厅。

后来,这天下午,所有同学都羡慕陆琪,因为她可以坐着休息,而其他人纷纷压腿、踢腿、跑步、练拳击……她看着那些蹦跳之中的人,觉得自己非常不合群。

之后,跆拳道馆再没有出现陆琪。

2

练胆的方法大多如此,无一例外,皆以失败和意外告终。

陆琪一直对离家抱有恐惧心理,关于高中毕业,关于大学,其他人都兴奋难耐,唯有陆琪,惶恐不安。面对住宿这种事情,多可怕啊,和陌生人同住一个屋檐下,万一遇到矛盾,如何解决呀?

陆琪满脑子都是这些琐碎、杞人忧天的问题。

幸好,舍友五人都是开朗的女生,陆琪没有和谁产生了无法解决的矛盾。这份安稳与舒适，持续到大三。

陆琪的舍友之一，莉莉，不知不觉之中坠入爱河——她爱上的是学生会主席。

学生时代，如果不参加社团，学生会主席就是别人口中的一个陌生大神，一个梦幻的人。陆琪是学生会会员之一，自然见过主席真容：黑发，个子很高，估摸着可能趋近一米九，体格匀称，穿正装格外好看，对人亲切，浑身上下有股薄荷味道。每次主席开会，陆琪总觉得他吃了薄荷糖，否则，怎么那么好闻？

莉莉喜欢主席不足为奇，喜欢主席的女生从食堂排到教学楼。在这个狼多肉少的学院里，主席能造成这样的影响力，可谓是真厉害！

陆琪不支持莉莉去追主席。

万里挑一，为什么挑中莉莉？成功率太低了！

更何况，陆琪打心底不喜欢主席交女友，原因嘛，说不清楚。她也不知道，反正，不喜欢看见其他女孩子和主席站在一起，主席会跌份。陆琪觉得，像主席那样干净美好的男生，应该一个人，独占峰顶，不允高攀才是。

莉莉眼眶深邃，眸子浅棕。为了追学生会主席，特意去染了金色卷发，看起来像一只漂亮的洋娃娃。莉莉回到寝室展示造型，被舍友夸赞鼓励。快入冬了，她买了件小红袍子搭配，穿起来，简直是《格林童话》中走出来的"小红帽"。

陆琪悄悄地照了照镜子：笨重的黑框眼镜，老气横秋的齐刘海黑长发，头发天生的干燥，发尾冒出分叉，微凸的眼睛，不算好看的鼻子和嘴巴……

这是陆琪。

她的心里，有那么一丁点儿嫉妒，如星火燎原，但怂怂的性格将这些刚诞生的火苗,"噗"地一下子浇灭。

陆琪感到自卑,长得这样平庸,能做什么?

按照莉莉的话:"你太无聊了,一辈子就死读书吗?年纪轻轻,却没有一点儿朝气,包也不买,妆也不画,不化妆的妹子和咸鱼有什么区别!人家文科生喜欢清秀,没事读读古诗词陶冶情操,修炼修炼气质,那脖子,那身材……你呢?靠数理化陶冶情操啊?"

莉莉说得没错,陆琪也默认。

3

莉莉表白成功的那天,陆琪在宿舍吃泡面。

泡面的辣酱放多了,热气熏得眼镜雾气腾腾,什么都看不清楚。手机"叮叮"一直震响,打开来看,是宿舍群里的狂欢。

"表白成功了?"

"嗯,成功了,人家都没想呢,直接就答应了,我就说我家莉莉这么萌,可御姐可萝莉,哪个男生不喜欢?"

"莉莉晚上请客吃饭啊,不对不对,让主席请客才对,带着我们沾个光啊!"

……

陆琪摘下眼镜,撩起刘海,一条条看完,心里堵得慌。

记得好几年前,湖南卫视热播一部丑小鸭变白天鹅的偶像剧,叫做《丑女无敌》。很可惜,陆琪只有林无敌的不好看,没有林无敌过人的智商和干脆果毅的工作态度。她啊,太了解自己了:胆小,怂包,长得不咋地,成绩也不行……心中那点年轻人的梦啊,也被藏着掖着,不敢拿出来见光。

晚餐聚会,陆琪头一回近距离的观察主席。

她坐在主席斜对面,鼻尖能嗅到孜然粉以外的味道,一股薄荷味，又轻又薄，时有时无，淡得钻入肺泡，像一只绿色的小虫，啃噬着陆琪的思绪。

烤串上了八大盘，餐桌坐着两个宿舍的人。

推杯换盏，嘻嘻哈哈，耳边女生的尖锐嗓音和酒瓶的碰撞声不绝如缕，一切都热闹极了。

陆琪不怎么说话，安安静静地吃东西，如同鲁迅笔下写的："热闹是他们的，我什么都没有。"没一会儿，她看见主席在口袋里掏出一只精致的打火机，随后点了根烟。

或许是骨子里的胆小，或许是与他人相比的自卑，让陆琪格外欣赏那些既有能力，又带着放浪不羁江湖味道的人。主席叼着细溜溜的烟管，熟稔地点燃，吸一口，呼出一朵云。

陆琪惊觉，薄荷味，原来是烟！

她心头滋生已久的那份情怀，她以为主席浑身的清新味道，是什么了不起的香水，抑或是何种风雅至极的细节打扮，再不济，也得是一颗薄荷糖。

千想万想，没想到是烟，烟是一个坏东西，而陆琪一直以来，心心念念以为的美好，竟然是这个坏东西。

陆琪笑了，有些嘲弄：啊，原来是烟。

等到散场，灯红酒绿的时刻结束，所有人都乘着冷风往回走。路上，红绿灯与喇叭声交错，人行天桥可以眺望半座小城。霓虹灯下，一排排梧桐树撑开肥大的枝叶，让漆黑的天空不暴露在视线之中。

他们喝得有点多，醉醺醺的。

几个男生互相抓着胳膊，在街道上又吼又笑，像张牙舞爪的大猩猩，女孩儿也闹起来，嚷嚷着要去打耳洞，去买上回逛街没舍得买的首饰。

陆琪搀扶着莉莉，看着莉莉和主席挥手告别。她发现，主席向来白皙的脸颊也染上红,红酒的红,灯光的红,暧昧的红,活跃的红。

总之,那是玫瑰花的颜色。

4

陆琪不想唯唯诺诺一辈子。

主席都抽烟了。

她也想去染奇怪又好看的发色;在耳朵上打两个孔,让亮晶晶、小巧玲珑的粉色水钻挂在耳朵上;又或者去文身店里,在纤细的手腕或者脚踝上,纹下一个含义深邃的图案。

谁说打耳洞、文身就不是好女孩了?

陆琪只想更漂亮些,但又没有张扬的胆子——甚至算不上张扬,只是做一些大部分女孩子会做的事情,她总心虚,总是心惊胆战。她的指甲,永远没有颜色,上次,她看见奶茶店的服务员有一双仙子般的手,嫩粉色的指甲闪着亮晶晶的光,她羡慕极了!

不想再沉默了,想站在舞台上,想耀眼。

陆琪抱着手机刷微博的时候,看见一位励志博主的语录:"女人一生要纠结五个月,在你二十岁的时候,千万不要花精力和时间去犹豫和纠结什么选择是最好的,因为没有人知道。有想法就大胆地去尝试,感受不同的生活,多尝试工作类型、多读书、多旅行、多谈恋爱、多结交朋友,把这些该交的学费都交了。如此一来,三十岁以后,你才有可能从容不迫地过自己想要的生活。"

那句"把这些该交的学费都交了",深深撼动了陆琪的心。

《欢乐颂》第二十九集里:"只要不是杀人放火的大事,所有的事情都随心,千万不要瞻前顾后的。"其实,一切都是被允许的，在青春的庇护之下，任何追求都是正确的，是值得去尝试的。哪怕爱上一个不合适的人，哪怕放弃了需要的东西去换取不必要的礼物，哪怕知道会受伤，还是要用力飞翔……总之，飞蛾扑火，竟被允许了。

陆琪一直觉得口红可好看了，让原本苍白缺血的唇变得可爱又活泼。那已经成年的她，为什么不尝试呢？她想都不用想，膝盖都会告诉她：你怂，你拒绝一切新事物，封闭自己，最后变成老巫婆。

陆琪不知道为什么，突然想通了一切，从这一刻起，她变得不再胆怯。

这种蜕变的感觉就像花的绽放，一夜之间，"砰"的一下展开了窝藏着、过度保护的心，流光倾泻了一地，低眉顺眼，顺流而下，听从生命的呼号，顶着柔厉的月光洒满树荫。就是如此简白，自然而然，踏过千万人潮，哪怕身后百尺悬崖退无可退，都呢喃着："我来了。"

要做蝴蝶。

别再寄居毛毛虫的茧。

陆琪回到床上躺下，激动的心情止不住强烈的心跳。她的心在说话，告诉她：我喜欢莉莉的男友，我爱上了学生会主席，那个抽了一支烟，唤醒我崭新人生的男生。

陆琪承认了自己的这份爱意，但她不打算插足。

她对着旋转的吊扇，莞尔一笑：我怎么才知道，我可以去尝试变得更好。一直以来，竟然南辕北辙，忘记了起初的"尝试"，才是探路的最好方法。

近乎二十年的憋屈，统统凭白憋屈了。一个浮在水面上的道理，被人们化简为繁的惯性思维忽略，那两个字，陆琪现在才想起来：勇敢。

多少年后，陆琪接受真实的自己，经历了意想不到的挫折，知道了要紧握掌心，看见忽明忽暗的灯光，知道赶在熄灭之前努力奔跑。

5

算了算，陆琪工作已有五年了。

出乎意料的，她参加了攀岩、跳伞、蹦极……一系列极限运动让她的胆子越来越大，现在，没什么能让她怂。

在阳朔的攀岩山，陆琪面对嶙峋的碎石与几近 90 度的大陡坡，深吸了一口气，便开始手脚并用，让山下的男士们，纷纷惊讶不已。越爬越高的优越感，像给轮胎打气，她明显自信起来，直到落地，扬了扬长发，微微一笑，倾倒众人。

参加跳伞俱乐部，在空中滑翔的感觉，让陆琪仿佛长出翅膀。风很大，空气稀薄，未开伞的时候，她这心中默默倒数着"三、二、一"，巨大的空气压力将降落伞"砰"地撑开，她迅速下坠的身子被吊住，像小时候荡秋千，顺着风，分析着风向，飘得更远。

蹦极是陆琪最喜欢的运动，比攀岩和跳伞更刺激，也更快，更简单粗暴。脚下，深不见底的大峡谷，湍流的河水击打出浪花，雪白的泡沫消弥在磐石之上，其余地方，尽是沟壑。

她竟胆大到如今的地步。

再见老同学，焕然一新的陆琪成为众星捧月的女神，女生们不停地询问保养技巧，男生们则笨拙地搭讪。她笑了，面对疑问，一一作答。

再见学生会主席的时候，陆琪的心怦怦直跳。明明已经足够胆大，却在这种时刻，不由紧张起来。莉莉和主席早就分手了，四年前分开的，莉莉说，她和主席不是同一类人，这个男生的胆魄实在太大，让莉莉这样的女孩子，无法跟上脚步。

陆琪有机会了，她为他而变，现在为他而来。

一如当年把酒尽欢的宴会，几年后，重现了。灯光在陆琪脸上投下红晕，她走过去，不卑不亢，落落大方："好久不见。"

主席笑："好久不见，我记得你。"

不知聊起什么，聊得很是兴趣相投，最后主席忽地扭头，眼中含笑望着她："我记得你，当时大家都在吃饭，唯独你一声不吭，坐在那里喝饮料，看我抽烟。我抽烟，有什么好看的？"

"我以为你不会抽烟。"

"为什么不会？薄荷味，现在还是这个味道。"

"我很喜欢。"

"我也喜欢这个烟味。"

陆琪深吸了一口气，修身的连衣裙沿着身形倾泄，在灯光下展现出优雅且华丽的姿态。她露出一个最完美的笑容，璀璨如星，启齿："我说的，不是烟。"

主席怔了怔，双目睖睁，旋然爽朗地笑起来，认真地望着她，羞涩地摸了摸鼻梁："因为薄荷烟？"

陆琪举杯，芳香馥郁的红酒在杯中摇晃，一段新鲜的感情似要开场，只差一步："因为你教我，人总会与众不同，为什么我要甘于平庸呢？这一生，必然会有飞蛾扑火的时候，我扑了，希望你不要让我焚身。"

干杯。

你有多强大，就有多温柔

多年以后，我的悲愤与伤痛，连并临水照花与顾影自怜，终于统统不复。曾经不知从何而来的积怨，如满城风雨，荒草丛生，淹覆梦幻之中真正的幸福。

1

表白成功，书是媒人。

夏大树和我恋爱那会儿，也不知道找谁打听来着，"小暑格外喜欢淘些书收藏"的消息被他捕捉到，其后就将杜拉斯的珍藏版轮番着送了一遍，《厚颜无耻的人》《平静的生活》《直布罗陀的水手》诸如此类，日日献殷勤。

后来，他花费了极大的力气，终于买到绝版的首印《山海经》，然后送给我。

对于藏书，来者不拒。

于是，少女心澎湃，一不小心便潸然泪下。手中捧着的不止是薄薄的线装本，更是恋爱之中翻云覆雨的悸动。

最后，正值绿翼伏树、老蝉嘶鸣的炎炎夏日，他望了望天，又低头盯着我，汗顺着黑色镜框流下，咳嗽一声："咱们在一起吧！这样你就有两屋子藏书了。"

结果，夏大树靠着几本书，我小暑乖乖如鱼入网。

他伸手擦掉我摇摇欲坠的泪珠儿，我咬咬牙，将书塞还给他，吸了吸鼻子，红着眼眶鼻尖脸蛋儿说："我不要书，你就够了。"

我小暑，就这样毫无意外地从了夏大树。

2

是谁说毕业就分手是个万人不破的魔咒？站出来，乖乖叫我"打脸专业户"。

夏大树和我留在浙江工作，感情极佳，甚至三年之中从未吵过架。

最严重的一次，大概是大树约我吃烤鸭。我偷偷躲了起来，背着大树继续吃咸菜拌饭，恰好被他逮个正着，劈头盖脸骂我一顿。

"你宁肯在这儿扒拉扒拉咸菜，都不愿意陪我去吃饭？"

"烤鸭太贵。"我实话实说。

夏大树气急败坏："你，当我是摆设吗？我是饭票啊！"

我"噗嗤"一声笑了，第一次听男友称自己"饭票"，哈哈哈哈笑得万般苦涩，又甜得腻人。

他家中倒是挺富裕，但我不同。从小苦到大的孩子，过着咸菜馒头的三年初中，高中营养不良，学校资助的奖学金终于够我每天喝上一杯热牛奶，大学兼做临时工，食堂包我一日三餐，余下的钱全买书了。那时候，是真穷啊，穷得像青菜豆腐，惨青蜡黄，抖落抖落口袋，都没有五块钱以上的纸票。

夏大树说："你别那么拼，我养得起你。"

我歪着头，问："你怎么养我？"

他想了想："给你想要的吃穿，还有千金难求的书。"

我沉默以对。没错，我小暑确实没有什么远大梦想，在填饱肚子之前，我只想要大树说的这些，过上顿顿有肉吃的日子，就极好极好啊！

这算不算傍大款？这般好日子终于来了，可我偏偏不懂巴结，我是个死脑筋，书读得太多，总觉得不拼搏的小暑，就不是小暑了。拼命太久了，再改不了从前的习惯。

3

2014年，我工作第三年，写了篇稍稍露骨的新闻，被解雇了。

倒霉的我连累了 boss，boss 工资哗啦啦地扣，而我像条丧家之犬逃离公司,无人追究其他责任,已是天大的恩赐。

其实,那篇新闻稿是同事夹杂在资料里交上去的;其实,这一切都不关我的事;其实,无论怎样解释结果还是一样;其实,这陌生的世界充满套路。

我拖着被雨水浸湿的大纸箱,它变得软绵软绵,紧接着露出个大洞,东西洒了一地,而我连打车的钱都没有,苦涩着仰天长叹。

谁说淋雨很享受?风裹着雨啪啪打脸,眼睛都睁不开,也好,至少可以任性地流那些不值钱的眼泪。

淋了满身的雨回家,半夜忽然发烧,低烧不退。两天后去买咸菜的路上,倒在家门口,醒来时看见了夏大树。之前,他并不知道我被辞退的消息。

夏大树就这样瞧见我落魄的模样。

他没说话,只甩给我一张冷脸和零零散散的药片。

他不看我:"你要是想死,我不拦你。"

我撇嘴苦笑:"喂,你再这样说,咱们得分手啦。"

大树背对着我,说:"那咱们就分手吧!反正你从没把我当作自己人。"

小小隔间里清晰听见残忍破碎的回声。

我捏着药片愣住,手掌心沾了药粉,灰白一层,像古装剧里身中巨毒的垂死之人,仿佛绝不能全身而退。

"你说什么呢?"这声音沙哑,一点都不像我。

他说:"你要是再折腾自己,咱们就分手吧!小暑,你不是不够拼,也不是倒霉催。只是你太喜欢逃避,越想要就越是避讳。幸福是你一手创造的,你懂自爱吗?不是自虐!"

夏大树撂下话就走了,始终不曾回头看我。

4

隔了一整个夏天，夏大树没有再联系我。

桌上倒了半杯水的旧茶杯，是纪念日时买下的，杯底留有红色字迹，世上独一无二的"大树"和"小暑"，但我们没有实现"一辈子"的寓意。生活中原本该有的幸福，被我的愚钝拖了后腿。

那几册老书还待在我身边。他以前来我这儿的时候，总喜欢翻出来抚摸扉页，书雪白，指尖雪白，感情也是雪白雪白的。

房间里摆着他留下的衬衫，叠得整整齐齐，我翻出来，抱着它泣不成声。哭完，再把皱巴巴的它叠得完美，小心翼翼封存进衣柜。

后来，杯子碎了，书和衬衫都泛黄，掺杂着霉味，就像后悔的滋味。

我原以为拼搏就是挣钱挣钱再挣钱，逃离咸菜拌饭的日子，抓着大把大把的毛爷爷，获得卑微至极的满足感。

可是，幸福生活拒绝任何不用心的行动，谁说闷头工作而忽略身边的幸福，不是一种愚蠢至极的错误呢？

我试图通过最简单粗暴的方法，祈求获得生活中所谓的成功，这就是错误。不情愿动用脑袋，也不愿意花费心思，那么，单单耗费体力与时间而忽略近在眼前的幸福，怎么可能会是具有真正价值的幸福呢？

咸菜拌饭，或许可以做得很好吃，只是曾经的我，并不知道。

骨感现实才是真正的"打脸专业户"，它收回了赐予我的幸福。当我掉进钱眼里无法自拔，夏大树的感情正被我视而不见且一点一滴地浪费着。

这种感情上的"拼命",我一次都没做到。

我以为的强大,实则是硬性退避,仿佛与人隔着玻璃交际,没有温度。

所以,活该丢了幸福。

不怪人情逐渐疏离,只怨我的温暖太稀薄。

5

2015年,正值春暖花开的季节,青春不在,但仿佛依旧盛开。

我找了份稳定的新工作,不再被轻易辞退,本本分分地工作,待人接物必然真诚相待,元气十足的微笑派小暑总是人见人爱,花见花开。

只是每到夏天,那个蝉伏树枝的日子,我小暑就像只翻不了身的乌龟,被炎炎夏日压得汗流浃背,蝉凑在耳窝边拼命叫"夏大树""夏大树"。

听说图书馆新进了一批书,其中有一本《山海经》,也是首印的批次。

我忍不住打电话给夏大树,他的手机号没变,等待接通的我深吸一口气。

没来得及说话,耳朵就炸了。

"小暑你到底想干吗!咱俩在一块儿这么久,谁要和你分手了?到现在才打电话,再过半年我就得飞新加坡了你知道吗!'私人饭票'不想要了?快给我滚回来……"他居然带着哭腔。

天知道那时候夏大树正在开会,一边哭一边吼,吓得下属目瞪口呆。

"夏大树,你为什么不理我?"

"因为你蠢啊!就知道吃咸菜拌饭!"

"夏大树,咱们还在一起吧?"

"要不然我傻傻等着你找我,等到现在干吗!"

"夏大树,我是想跟你说……"

"你别说了!咱们抓紧时间领证去!"

"嗯,我想说的就是这个。"

夏大树等我等得很辛苦,他瘦了许多,大约十几斤。因为我不在,他的藏书全捐给了图书馆。为了唤醒懂得珍惜幸福的小暑,大树硬撑着不理我,只有当我主动联系他的时候,才是华丽蜕变的小暑。

我是谁呀,我可是亲手抓住幸福的小暑!

6

我终于懂得生活的真正含义,原来享受温暖是如此幸福,背倚大树,万丈晴空,留我一片静悄悄的树荫避暑。

为何不曾早点看见眼前的幸福,为何偏偏想要居住在遥远的海市蜃楼?因为我们总喜欢将自己悬在高高攀缘的枝桠上,巴不得抱着月亮做枕头,跳起来与太阳肩并肩。其实,身后满树清甜果实,我们饥饿至极,却不懂转身摘取。

之后,待我成熟之时,终于懂得,你有多强大,就有多温柔。不是虚张声势,不是强忍眼泪,真正的强大是放纵情感,还能温润如玉,爱人如爱己。

多年以后,我的悲愤与伤痛,连并临水照花与顾影自怜,终于统统不复。曾经不知从何而来的积怨,如满城风雨,荒草丛生,淹覆梦幻之中真正的幸福。

当我重新经历颠簸世事,度过浅尝辄止的半生,方才明白,不怪人情疏离,只怨曾经的我温暖太稀薄。这世间所有的人情冷暖,都源自我们一手创造,宛若争渡,争渡。

让你耀眼的，从来都不是别人

你是星辰，是太阳，是后羿也遥望的光辉。
璀璨琉璃、桃花灼灼，皆不及你自身耀眼。

1

认识一男性朋友，与我同岁。许是因同龄男子与女子相比偏向幼稚的缘故，他常常将一些奇奇怪怪的人和事引以为豪。

譬如，他会头头是道地说，自己认识一位怎样厉害的学霸，出过国镀过金，满抽屉荣誉证书，还兼任某某协会会长，而这样的学霸，曾是他的前女友。再或是，家中亲戚身处大学且教书育人，花费百万支援校楼建设；父亲是公司 CEO，母亲像中世纪贵妇……

他眉飞色舞，激动处竟似范进中举，心意飘忽至九重天阙上去。而我听得云里雾里，最后忍不住蹙眉反问："这和你有什么关系吗？"

他惊愕，眉头耸得高高，长大嘴巴摊开双手，表情像是在说：我的意思这么鲜明，你还不懂？

抱歉，我真不懂。

请原谅，我只看见面前站着一个最普通不过的男生，与气宇轩昂不沾边，更没有戴过何种光环，那稚气未脱的眼神里，却溢满不知出处的莫名骄傲。

又有一日，见家中亲戚，一些不知名的远方亲戚喝酒言宽，攀比之风蹭涨。从政治聊及人生，从黑道朋友至白道官兵好似无一不识不晓，叫嚣得脸红脖子粗，偶尔爆粗口，怕人笑，还怕人看轻。我再抬眼看他，烂泥醉鬼，气势无存，并无过人之处。

我不明白,为何总有人试图通过炫耀别人的成就来拔高自己。那些漂亮的成果是朋友的,美好的未来也是朋友的,他们升官发财与你何干?即使,你大舅子是富甲一方的大亨,你与马云、王思聪拜过把子云云。可是归根结底,你身无分文照旧是身无分文。倘若倚靠旁人施舍,也怕是最容易被人笑话吧。

我们又不是手机号,为什么要与其他人绑定?更何况,让我们耀眼的,从来都不是别人啊。

2

闺密小菊曾应邀参加学校里的单身派对,邂逅暗恋已久的学长沈阑珊。可惜沈阑珊是冰山男神,而身边朵朵鲜花环绕,从始至终,小菊压根没入人家法眼。

但菊妹子不甘心啊,一句话都没说上,这哪儿成!

那时候恰逢初秋,晚八点半的派对,天色已黑,趁着灯光闪烁昏暗,小菊端着盛满雪碧的高脚杯,似有若无地凑过去,隔着一排座位,悄无声息地坐在沈阑珊的背后。此时此刻,沈阑珊身畔坐着的,正是小菊的情敌学妹。

说实话,不嫉妒是不可能的。但是当她听完情敌学妹和沈阑珊的对话,她就知道沈阑珊这辈子都不会喜欢这位学妹了。

学妹:"学长,你名字真好听。"

小菊咬牙切齿,眼红地盯着。

沈阑珊的神情隐没在明昧难分的灯光里,头也未扭:"谢谢。"

学妹禁不住冷场,手指纠缠着衣角,开始没话找话:"学长篮球打得真漂亮,我也想学!"

"好。"

小菊无声呐喊：套路，套路，这都是套路！

谁料事情发展并未像情敌学妹想象的顺利。她渐渐放松姿态，从自身家室谈及往年老师，她的家好像有两百平米，自带地下车库和游泳池，恩师都是教育界名流，父母每年能赚上百万。

再后来，不知如何扯至体育器材上，学妹颇为高傲，眉头挑得极高，双手愤愤挥舞："我姨父开体育用品店，什么样的篮球都有。下次我去学篮球，得问他要个最好的！你要不要？别人都弄不到，除了我姨父他们店……"

沈阑珊默默听了很久，终于转身看着学妹："你喜欢篮球？"

学妹眨巴眨巴大眼睛，扬着无辜脸："还行，玩玩呗。"

"那你玩吧，找你姨父教你。我不需要，谢谢。"说罢，沈阑珊起身离开座位，丢下学妹兀自离开，背影成风，一股帅气。

小菊仰头干尽高脚杯里的雪碧，心里狂欢大喊三遍 Yes。

经年累月，沈阑珊晋升为小菊的男朋友。小菊再与我谈及此事的时候，意味深长："你不知道吧，阑珊家里的篮球全是 NBA 球星的签名版，他爱篮球爱痴了。那学妹自以为了不起的事情，其实被阑珊视若敝履，简直傻得可爱。"

沈阑珊走过来，居家服是球衣，很眼熟的款式。

他递给我一杯茶："我都快忘了，当初对那学妹印象不好不止是因为篮球，是因为她那说话语气，怪怪的，听着不舒服。"

我点点头，他又挠挠脑袋，补充道："不知道她觉得卖篮球嘚瑟之处在哪儿，反正那姿态……啧啧，让人听着莫名生气。"

我笑了两声："你不生气就怪了，这种不自量力又瞧不起人的态度，确实没必要手下留情。更何况，小菊比其他妹子好多啦！"

小菊感慨万千："要是当初那学妹机灵点儿，指不定阑珊现

| 237

在就不是我的了……"

沈阑珊摸摸她的脑袋："不，不会。她没有闪光点，但是你有。你善良可爱聪明伶俐，上得厅堂下得厨房，还会画插画，而且你很懂我，你做的烤鸡翅是我吃过的最美味的烤鸡翅，比必胜客还好吃。"

我觉得沈阑珊喜欢的不止是烤鸡翅，更是会做烤鸡翅的小菊。因为，从内心深处发出的光芒，永远比浅表的光芒耀眼一百倍。

3

很久很久以前，看过一则寓言故事。

山林中有一只乌鸦想与百鸟竞争鸟王之位，奈何浑身羽毛又丑又黑，于是动用歪心思，每天都偷偷跟在其他鸟儿身后，然后趁机从它们身上啄下一片羽毛。

竞选鸟王之日，乌鸦将偷来的的羽毛纷纷梳理在自己身上，努力把原本漆黑的羽毛覆盖住，露出五彩斑斓的毛色。

当精心设计后的乌鸦成功糊弄过山神的眼睛，当上百鸟之王后，鸟儿们都生气极了，立即冲上去啄回自己的羽毛，而乌鸦瞬时变回原本丑陋的模样。

乌鸦出尽洋相，心中很是难过，而山神告诉它："你这样弄虚作假不好，要记住，只有真的，才是最美的。你懂吗？"乌鸦似乎明白了，惭愧地点点头。

小学生读本里的故事，竟有大多数人至今不懂其中含义。总借别人的火来烧自己的柴，倘若哪日别人的火不愿再借了呢？那些火统统用尽了呢？当没有人再支援你，当身处绝境之中，终于意识到，其实我们从未拥有过真正炽热的火焰。

后来，当我在没日没夜努力之后，终于获得心仪的成果。

我被主编夸奖，又在微博看见支持者的私信，我才充分体会到我们的每一分努力，终将可以成就更好的自己，而更好的自己，也值得被他人喜爱。

网络曾流行一段话：只有你变得强大，你的底线和原则才会被人尊重。

被爱亦是同样的道理。

我们喜欢站在舞台上的感觉，聚光灯的光辉撒满全身，让我们显得优秀且与众不同。这种耀眼的感觉，会让人觉得幸福。

幸福不能投机取巧，幸福也不能"借"。

让你耀眼的，从来都是你自己。

唯有真正的个人成就，才能抵抗任何鄙夷的理由，扛得住狂风暴雨，禁得起时间和情谊的考验。自此，才有山河烂漫，春暖花开。

希冀你可以相信，哪怕你生活能力已经差到难以自理，但只要能在某一方面突出优秀，就算只能煎个完美的荷包蛋，只会下味道不错的方便面，你都是闪闪发光的模样。

你要记住，千万不要借旁人的光辉来照亮自己前行的路。一旦他们的灯光撤离，你的黑暗顷刻降临。依靠自己，活如山间行风，潇潇洒洒地独立比菟丝花的攀附要美丽。

4

你是星辰，是太阳，是后羿也遥望的光辉。

璀璨琉璃、桃花灼灼，皆不及你自身耀眼。

你单反相机里的向日葵

生命的意义在于爱天地与爱人生，偶尔有乌云密布，请你稍稍等一等，坚持与梦想不会让你糟糕。而且，最令人欣慰的是，在你遇见心灵之旅的坎坷，还有一个人默默将你的最美时光定格。

　　Alice 站在两寸深的厚厚雪地里，深一脚、浅一脚地艰难前行，周身只有单薄的鲜红长裙遮掩住冻红的脚踝，宛若雪地里盛开出的激滟红莲。她眉心染了一点朱砂，像极了一滴血泪，乔木朝她笑，她回之一笑，紧接着"咔嚓"一声，完美无瑕。

　　乔木立刻放下挂在脖子上的单反相机，朝 Alice 跌跌撞撞地跑过去，踩在雪地上总有"嘎吱嘎吱"的细响。他一把抱起她，嘴中不停呼出白茫茫的雾气，往不远处的木屋里走去。

　　木屋里燃了暖炉，早早烧足了热水，一进屋就有一股暖流扑面而来。即使如此，Alice 照样冻得直发抖，牙齿哆嗦着打颤。乔木将她轻轻放在柔软的沙发上，转身去倒了盆温热水来给她暖足。

　　乔木将毛茸茸的厚重外套从暖炉上拿下来，迅速裹在她的身上，然后又把脖子上的单反相机取下来放在桌子上。

　　Alice 用足尖试了试水温，直接说："烫。"

　　"还烫吗？"乔木将手伸进水盆里，水温明明那么凉，可她还说烫，可见她的足比水更凉。

　　乔木坐在她身边，直接捉了她的双脚塞进怀里，胸怀的温度刚刚好，酥酥麻麻的感觉从她冰凉的足底传来，他在给 Alice 慢慢按摩足底。

　　乔木说："唉，咱们不拍这种折磨人的相片了。"

　　Alice 不知道听这句话听了多少遍，但她知道无论是乔木还是她自己，他们都做不到放弃梦想。

　　乔木是个摄影师，大学毕业在报社投稿相片时认识了 Alice，Alice 是中美混血儿，长相颇是灵气动人，乔木见她的第一眼，就知道她适合做一个模特。其实，Alice 不仅胜任模特这个角色，她也热爱中国文化，也时常写些游记去报社投稿，也算是一位业余作家。两人眼缘撮合之下互换了作品，果然一拍即合。

乔木说："你来做我的模特吧，我可以付你工资！"

Alice 反问："摄影师经常旅游吗？"

乔木扬了扬眉，目光之中已有琳琅山水神色："当然，不走遍美景，怎有好相片？"

Alice 腼腆一笑："如果你愿意带上我，我就答应你。"

乔木露出一口整齐白牙："没有问题！"

刚刚大学毕业的两人并没有像其他人一样削尖脑袋找工作。乔木的摄影技术不烂，靠相片投稿赚来的稿费足够他支撑起自己的生活开销，时而游山玩水也是一大乐事。

Alice 的出现，像是一团火焰将他原本寂静的心燃烧起来。乔木觉得，她那为了镜头而生的五官如果不落在相片上，简直是糟蹋了美好的青春年华。

一年里，两人结伴同行，虽有诸多不便，倒也过得安稳坦然。最快乐的时光，要属乔木一路拍照，而 Alice 边行边写，奔波着走走停停，创造着美文美景，美不胜收。

尤其是一张张相片经剪切、修刻，再洗出来，无论是树荫、雨露、石子儿，或是江河、高山、风雪日，全部落在薄薄的相片纸上，像卷藏着每一段丰富回忆。

2015 年 12 月 25 日，Alice 站在北京广场巨大的圣诞树下给乔木拍照。乔木的脸被相机完完全全地挡住，透过镜头看见穿着红色小斗篷的她捧着一个金灿灿的大铃铛，他笑着说："我们要这样拍下去，拍多久？"

Alice 说:"我希望是一辈子。"

乔木的手一抖,差点把相机砸在了地上,幸好有脖颈带系着,砸在胸口"咚"的一声响,又闷疼,又欢喜。他不敢相信自己的耳朵,虽然嘴角已经浮起激动的笑容,但他还是重新问了一遍:"Alice,你说什么?"

他的眼睛第一次与她的目光赤诚相对,没有透过镜头,背后烟花绚烂满空,周围是乌泱乌泱的人海,喧闹的,路过的,都消失了。乔木亮晶晶的眼睛就像他的镜头,捕捉到她弯弯眼眸,然后细长浓密的睫毛轻巧地"咔嚓"一下。

乔木在美国新年这一日与 Alice 在一起了,就像是圣诞老人骑着驯鹿路过他头顶的夜空,派发给他一个超完美的大礼物。

两人的朋友圈开始不断出现合影。是的,乔木从未拍过合影,他拍过草木花朵,拍过山水人像,唯独没拍过他们的合影。为了满足这一心愿,两人风风火火去了昆明,那个称为"春城"的温暖地域。

乔木凑足了钱,买了足以铺满小居所的鲜花,然后仔仔细细布置各处,就像是在完成一项伟大事业。然后,他们肩并肩躺在地板上,举着一束红玫瑰,合了有生以来第一张合影。

Alice 的朋友们羡慕极了,充满玫瑰香的浪漫生活仿佛刚刚起步。一日又一日,像这样普普通通又非比寻常地过着,时光消磨在浪漫主义者的情怀之中,温柔又体贴。

有时候,姻缘巧合真是难得,只是生命之中除了姻缘巧合之外,还有风雨飘摇的艰辛。浪漫的美好背后,总有一段意想不到的险阻。

春光明媚地过了一年之后,乔木的摄影作品越来越难登上杂志,他失去从前的耐心与冷静,相片浮躁又浮夸。只有 Alice 知道,他的心思不全在摄影上,因为一旦抱着结婚目的的恋爱

第五章 温柔与爱，都在这里

总得有些责任感，而他的摄影作品不足以养活一个家庭。

Alice 说："你可以养活自己，我也可以养活自己，这样就可以了。"

乔木说："那我还算个男人吗？"他说这句话的时候，已经两个月没有一星半点的收入。日子开始靠泡面过活，不是红烧味，就是海鲜味，连个卤蛋都不舍得买。

Alice 有些气恼，怒气冲天地说："你现在连自己都养不活，还要怎么养活我呢？"她想，乔木真是个愚蠢的男人，要是换作别人，巴不得女人能够自给自足。不过，她也不会喜欢上那样的男人。

乔木被她凶得愈发颓圮，他没有抽烟的习惯，不会一根根烧烟消愁，只呆呆在家中坐着。乔木毕业没有及时找工作，大学时期考的证件几乎过期作废，而且当初的专业技术忘了一大半。现在，除了一部单反相机，一位 Alice，再没有人陪伴他。

当初年少轻狂的勇猛敢当，被岁月蹉跎得不像样子。家中的落地窗帘长时间地拉合着，萎靡阴暗，就像乔木的心情一样。他头一回明白，什么叫做"心有余而力不足"。

同一时间，Alice 开始疯狂地写字，写各种各样的故事，为了撑起两个人的梦想，四处投稿，火爆得一塌糊涂。她的微博粉丝涨了又涨，又有几个出版社找上门来，跟她分析签约的各种裨益。

她拒绝了，她的文字需要乔木的梦想相片来搭配。

有个陌生粉丝在她的文字下留言：Alice，你一定是泡着一杯卡布奇诺，穿着碎花连衣裙坐在阳台上一边晒太阳一边写字，你的文字总是浪漫又灵气逼人，你就像向日葵一样。

Alice 瞧见的时候愣了一愣，迅速在回复中打了大段的字，准备发送时却又逐一删除。她苦涩一笑，除了她自己，谁知道

243

她正穿着褴褛的睡衣、蓬头垢面对着昏暗的荧光屏和一杯凉白开写这些充满"阳光"的文字？哦，还有乔木知道。

Alice 在文中写："我会等你勇敢起来，哪怕是一辈子。"年少才会轻易许诺一辈子，而她已经趋近剩女年龄，却还是许诺下一生一世。原因嘛，她觉得一切不会后悔就好，相片里的时光是不会后悔的美好时光，笔下的风景是向日葵的微笑。

她知道，乔木会仔细阅读 Alice 的每一篇文章，就像 Alice 同样认真地欣赏他摄影中的光彩，哪怕她是他如今唯一的观众。

她还知道，乔木不是一蹶不振的人。当乔木看见 Alice 在文中留下平淡一笔"波澜不惊也是生活"的时候，他的脑袋里像是被谁开了一枪，"砰"地一声响，结果没有毙命，反而涅槃重生。

他喝光面前一整杯凉白开，洗了把脸，擦干净单反相机，然后满血复活。

乔木没有和 Alice 打招呼，提着单反相机出门去了。他逛遍昆明大大小小的巷子，拍了数不胜数的相片，从清晨直到夜幕降临，他才回到那个简陋的小居所，曾经铺满鲜花的小屋重现光彩。

当相片被洗出来，再挑挑拣拣留下三十二张精品，Alice 惊呆了。

那册昆明相片投稿至昆明报社，一炮而红。无论是日历还是插图，来找乔木摄影的人络绎不绝。他开始向专业摄影师转型，最后成功变成梦想中的模样。

有人来给爱情与事业双丰收的乔木做专访，题为《当代大学生放弃找工作，拾起单反相机的阳光日子》。Alice 也在受访之列，她说，无论她存在与否，乔木都不会一蹶不振。因为，拥有梦想的人总是无比顽强与固执，爱情、友情、亲情只是梦想的催化剂，这才是梦想真正的特点。

乔木说，成功离不开背后每一个人的帮助，就像他摄影成功，不仅归功于自己，更是大自然的恩赐。他还特意强调，Alice 是他镜头之下的向日葵，阳光普照，驱散阴霾。

后来，乔木与 Alice 出版了一本非常热门的图文合册，其中有一段话是这样写的：生命的意义在于爱事物与爱人生，偶尔有乌云密布，请你稍稍等一等，坚持与梦想不会让你变得糟糕。而且，最令人欣慰的是，在你遇见心灵之旅的坎坷，还有一个人默默将你的最美时光定格。

梦想的成功重于觉悟的早晚，如果你可以早些醒悟，最坏的结果不过是大器晚成。我们总想走自己的路，实现自己的风景，于是，在我们不断攀荆棘而上的日子里，每一刻都比庸庸碌碌要精彩纷呈。